W0314502

L'Apprentie Voleuse

2. Le Clan des Ombres

Alexandra Ott

L'Apprentie Voleuse

2. Le Clan des Ombres

Traduit de l'anglais (États-Unis)
par Julien Sougeau

Seuil

D'Alexandra Ott, aux éditions du Seuil :

Sentinelles du royaume sauvage
2023

Sentinelles du royaume sauvage, tome 2 :
La Légende de l'or-des-fées
2023

L'apprentie voleuse, tome 1 :
La guilde des montagnes
2024

Illustration de couverture : Paul Echegoyen

Édition originale publiée en 2018
sous le titre *The Shadow Thieves*
par Aladdin, une marque de Simon & Schuster Children's Book, New York.
© Alexandra Ott, 2018
Tous droits réservés.

Pour la traduction française : © 2024, Éditions du Seuil
ISBN : 979-10-235-2056-9

www.seuiljeunesse.com

Conforme à la loi n° 49-956 du 16 juillet 1949 sur les publications destinées à la jeunesse.

PROLOGUE

CETTE FOIS, c'était sur son oreiller qu'ils avaient laissé un message.

Beck dégaina aussitôt son poignard de la main droite tout en éclairant la pièce à la chandelle de la gauche. Sa chambre semblait vide, mais il était évident que quelqu'un était venu : la bourse qu'il avait laissée sur la table avait disparu et un reste de bougie était renversé.

Et surtout, il y avait ce mot… Un carré de parchemin brun soigneusement plié sur sa taie d'oreiller.

Beck se précipita dans la salle de bains, couteau à la main. Rien là-bas non plus. Puis il jeta un coup d'œil derrière la porte et dans la baignoire, au cas où. Toujours rien.

Il rangea son arme et retourna dans la chambre pour lire le message en l'éclairant avec précaution. En fines pattes de mouche, il était écrit :

Nous attendons…

Rien d'autre, hormis une petite marque noire dans le coin inférieur. Une marque qui aurait pu être une simple tache d'encre, mais Beck savait ce que cela signifiait.

L'auteur était une Ombre.

Le premier message, glissé sous la porte de sa chambre quelques jours plus tôt, était plus menaçant :

Ne dis rien à personne...

Pourtant, Beck trouvait ce deuxième message bien plus terrifiant : cette fois, ils étaient bel et bien entrés...

Ce qui aurait dû être impossible, d'ailleurs, car des sorts protégeaient chaque pièce du repaire de la Guilde, empêchant les membres de s'introduire dans les chambres des autres.

Dans une communauté de voleurs, mieux vaut garder les portes verrouillées...

Un magicien avait-il brisé le sortilège de protection ? Peu probable. Les magiciens étaient les plus loyaux au roi – il faut dire que le roi les payait bien. Ces traîtres d'Ombres ne comptaient probablement pas de magicien dans leurs rangs. Leurs finances semblaient croître, mais pas au point de leur permettre d'engager un magicien capable de neutraliser un sort aussi puissant.

Mais alors comment était-ce possible ? Beck se dirigea vers sa commode et fouilla dans le tiroir du haut. Il retira le premier message de sa cachette (sous un tas de vieilles chaussettes) et plaça les deux bouts de parchemin côte à côte sur la table pour les examiner. L'écriture était la même. D'ailleurs, plus il les fixait, plus il était certain de savoir qui les avait écrits.

Même au sein d'une société secrète rassemblant les voleurs les plus talentueux du monde, Beck ne connaissait qu'une seule personne capable de forcer n'importe quelle serrure et d'entrer dans n'importe quelle chambre.

Pourtant, il ne voulait pas y croire, car si c'était vraiment lui… Beck n'aurait pas le choix : il devrait alors le confronter.

Il laissa la chandelle sur la commode, empocha les mots et sortit de sa chambre. Il marcha aussi vite que possible dans le couloir, le bruit de ses pas résonnant contre la pierre grise. Heureusement, il n'avait pas à aller loin : la nouvelle chambre qu'on lui avait attribuée après son épreuve était voisine de celle de son meilleur ami, Koby Mead.

– Mead ? C'est moi, appela-t-il en frappant à la porte.

Il frappa encore. Et encore. Mais rien.

Beck rebroussa chemin sans trop savoir où aller, mais convaincu qu'il ne pouvait plus faire comme si ces voleurs, ces Ombres, ne constituaient pas une menace.

Si son ami Mead était impliqué dans cette affaire, il voulait l'aider. Mais c'était stupide. Comme tout bon voleur, Mead ne protégerait jamais personne d'autre que lui-même. Beck devait en faire autant et avertir le roi.

Car cette fois, c'en était trop. Il devait agir.

Il fila en sens inverse à toute allure, en direction du hall où était situé le bureau de l'intendant. Il était encore tôt dans la soirée et Durban se trouvait probablement dans ses quartiers.

Tout à coup, une silhouette apparut sur son chemin, forçant Beck à s'arrêter.

– Hé, Reigler.

– Keene, répondit Beck d'un ton neutre.

– Je ne m'attendais pas à te voir ici à cette heure.

Son ton était décontracté, mais Keene bloquait clairement le passage.

– Je pensais dîner tôt, ce soir, expliqua Beck d'une voix faussement assurée, en montrant la salle à manger.

– Si j'étais toi, j'attendrais un peu, murmura Keene. Il paraît qu'ils servent quelque chose de *spécial*, plus tard dans la soirée.

Des mots vagues mais une menace claire. Quoi que les Ombres aient prévu, cela ne présageait rien de bon.

Si Alli avait été là, elle aurait sûrement tenté quelque chose de téméraire – embobiner Keene ou même forcer le passage pour aller trouver l'intendant… Tout sauf accepter qu'on lui dise non.

Pour la millième fois depuis son épreuve, Beck aurait voulu qu'elle soit avec lui.

Mais elle n'était pas là et il n'avait ni sa bravoure ni son talent pour l'improvisation. Il valait donc mieux jouer la prudence, laisser tomber pour l'instant et trouver un moyen de parler à Durban plus tard. Keene ne resterait pas planté dans le couloir pour toujours et, entre-temps, Beck pourrait retrouver Mead et en apprendre davantage…

– Dans ce cas, reprit Beck, je pense que je mangerai plus tard.

– Sage décision, répondit Keene sans bouger d'un pouce.

Beck rebroussa chemin à contrecœur.

– Oh, et Reigler ? lança Keene. Tu as un choix à faire, ne l'oublie pas. Décide-toi rapidement.

Ce qui signifiait la même chose que le message dans la poche de Beck : *Nous attendons.*

Beck s'éloigna rapidement en essayant de ne pas frissonner sous le regard de Keene dans son dos.

Il fit quelques détours pour mettre de la distance entre eux. Une fois certain de ne plus être observé, il retourna discrètement vers le bureau de Durban par un chemin détourné.

Peu importe les menaces répétées de Keene, il devait parler, car le roi était en danger.

Les Ombres avaient commis une erreur en envoyant ces messages provocateurs : maintenant Beck savait qu'ils étaient sérieux et dangereux. Mais au lieu de céder à leurs exigences, il allait les dénoncer avant que les choses n'empirent.

Durban prendrait évidemment la menace au sérieux – il prenait *tout* au sérieux –, et il s'assurerait que l'avertissement de Beck parvienne au roi. Il fallait juste espérer que Keene et ses amis les Ombres aillent rôder ailleurs.

Le couloir devant le bureau de Durban était vide. Beck frappa vigoureusement à la porte sans obtenir de réponse. Il s'apprêtait à essayer d'ouvrir la porte, quand soudain…

Un cri perçant retentit.

Beck se retourna ; cela provenait de la salle à manger, où la plupart des voleurs de la Guilde étaient en train de dîner.

« Quelque chose de spécial », avait dit Keene.

Beck fonça vers le réfectoire et découvrit un véritable chaos… Des voleurs couraient dans tous les sens en criant au milieu d'un fatras de chaises et de tables renversées.

Il sentit que quelque chose d'étrange se passait au fond de la pièce, mais la foule l'empêchait de voir.

Quelqu'un attrapa le bras de Beck. Instinctivement il voulut saisir son couteau mais il entendit une voix familière :

– Ne reste pas ici !

Mead le traîna à travers la salle. Il le fit sortir par un passage sombre puis ouvrit la marche en se retournant régulièrement pour s'assurer que Beck le suivait bien.

– Qu'est-ce qui se passe, là-bas ? demanda Beck en trébuchant.

– C'est Durban, répondit Mead sans ralentir.

– Durban ?

– Tu n'as pas vu ? Ils viennent de pendre son corps dans la salle à manger.

Beck se figea.

Durban. L'intendant du roi. L'une des personnes les plus puissantes de toute la Guilde.

Mort.

Non. Pas seulement mort.

Assassiné.

Trop abasourdi pour faire attention, Beck se retrouva de nouveau devant la porte de la chambre de Mead. Celui-ci la déverrouilla et poussa Beck à l'intérieur. Mead traversa la pièce pour allumer quelques bougies pendant que Beck tentait de démêler les nombreuses questions qui se bousculaient dans sa tête.

– Tu savais ? demanda-t-il finalement.

– Sois plus précis, répondit Mead d'un ton léger.

Léger, mais pas aussi désinvolte que d'habitude. Il semblait fatigué.

– Tu savais que les Ombres allaient tuer Durban ?

Si Mead fut surpris par la question, il n'en montra rien. Il s'affala dans le canapé et pianota sur ses genoux.

– Je n'en étais pas sûr, non.
– Mais tu t'en doutais.
– Disons que je l'avais deviné. Ils devaient le faire tôt ou tard pour prendre le contrôle. On ne peut pas se débarrasser du roi sans éliminer son intendant. Ce que je n'avais pas prévu, c'est leur mise en scène. Je ne savais pas qu'ils étaient si... *créatifs*.
– Ils viennent de se dévoiler à toute la Guilde, lâcha Beck, abasourdi.
Lui qui comptait révéler la présence des Ombres à Durban... Il avait été devancé.
– On dirait bien, répondit Mead. Le Clan des Ombres n'est plus dans l'ombre.
– Ils ont déclaré la guerre...
Beck savait qu'ils étaient dangereux, mais il ne s'attendait pas à une escalade de violence si rapide. Ils étaient déjà au beau milieu d'une guerre qu'il venait seulement de découvrir.
– Cela va les aider à augmenter leurs effectifs, je suppose, dit Mead nonchalamment. C'est quand même difficile de recruter quand on fait semblant de ne pas exister.
– Et tu sais de quoi tu parles, pas vrai ?
Mead soupira.
– Écoute, je ne...
– C'est toi qui as écrit ça, l'interrompit Beck en sortant les deux messages de sa poche. C'est ton écriture. C'est toi qui es entré dans ma chambre !
Mead étudia le visage de Beck ; il hésitait manifestement à lui dire la vérité.
– Je n'appellerais pas vraiment ça s'introduire. J'ai utilisé une clé.

– Celle d'Olleen ? devina Beck.

Elle était la seule à qui il avait confié un double.

– Non. J'ai emprunté un petit sort à Jarvin et dupliqué la tienne quand tu ne regardais pas.

– C'est Treya et Jarvin qui t'ont entraîné dans cette histoire ?

Beck n'avait jamais aimé la sœur de Mead et son mari, et il n'aurait pas été étonné qu'ils fassent partie du Clan des Ombres.

– Plus ou moins… Ils les ont rejoints il y a un moment et ont demandé à Keene de me recruter.

Beck serra les dents.

– Pourquoi les as-tu laissés faire ?

Mead s'enfonça dans les coussins du canapé, l'air décontracté mais avec une lueur de défi dans le regard.

– Les choses sont en train de changer. Tu le vois bien.

– Je vois surtout que l'intendant a été assassiné.

– Je ne suis pas d'accord avec tout ce qu'ils font, admit Mead. Et je pense qu'ils bousillent ce que Kerick a construit ici. Mais ce n'est pas parce que je ne les aime pas que je peux ignorer la vérité… Mets-toi ça dans le crâne, Reigler : il se pourrait qu'ils gagnent.

– Pas si on les arrête.

Mead secoua tristement la tête comme s'il devait expliquer quelque chose à un enfant.

– Tu as deux options. Rejoindre un camp en espérant qu'il soit vainqueur ou mourir. Ou alors… tu choisis les deux…

Beck lutta pour rester calme.

– Quand l'un des camps massacre l'autre, on ne peut pas « choisir les deux » !

– Bien sûr que si, c'est bien ce que je fais, moi. Ce n'est pas comme si j'étais le chef des Ombres. Je me montre intéressé par leurs idées, je leur rends quelques petits services. Et je fais la même chose pour le roi.

Beck brandit les morceaux de parchemin sous le nez de Mead.

– Ce genre de « petits services » ? Tu m'as envoyé ces menaces, et c'est ce que tu appelles un « petit service » ?

Pour la première fois, Mead parut perdre son calme.

– J'essayais de t'aider. Je ne voulais pas que les Ombres te recrutent. Ce n'est pas ma faute si Keene t'a choisi et que tu as refusé. J'ai entendu Keene parler de te tuer, alors j'ai proposé de laisser des messages pour te faire changer d'avis. Ils n'avaient aucune envie de t'éliminer, alors ils ont accepté d'essayer ma méthode. Mais moi, je savais que tu finirais par comprendre…

Pendant une seconde, Beck eut du mal à respirer. Il savait que décliner l'offre de Keene était dangereux, mais il n'avait pas réalisé à quel point.

– Tu te trompes, reprit enfin Beck. Je ne rejoindrai pas les Ombres, peu importe leurs menaces.

– Tu n'as plus le choix. Tu en sais trop. Soit tu intègres le Clan, soit ils te tuent.

– Je ne serai pas une Ombre et je ne ferai pas non plus semblant de l'être. Jouer sur les deux tableaux te fera tuer si quelqu'un le découvre.

– Qui pourrait le découvrir ?

La main de Beck trembla et il serra les messages dans son poing.

– Comment as-tu pu trahir Kerick ?

– La loyauté est un luxe qu'on ne peut pas toujours se permettre. C'est comme ça. Parfois, il faut juste être malin et survivre.

Beck fourra les messages dans sa poche.

– Il n'est pas trop tard pour les arrêter.

Mead leva les bras de frustration.

– Ce qui s'est passé ce soir ne t'a pas suffi ? Ils ont pendu l'intendant, et ils ne comptent pas s'arrêter là.

– Que veux-tu dire ? Kerick ?

– Pas seulement Kerick.

– Dis-moi, insista Beck.

Mead sortit un parchemin usé de sa poche.

– Voici la liste.

Beck la prit. Mead avait griffonné des noms, et celui de Kerick figurait tout en haut de la colonne. Et juste en dessous, il y avait... Non !

Ça ne pouvait pas être vrai.

Beck la relut puis regarda Mead.

– Il s'agit bien de...

– Je crois, répondit Mead en hochant la tête.

– Donc ces gens... ?

– Sont leurs cibles, oui.

Mead rangea soigneusement le parchemin dans sa poche.

Beck ne savait pas pourquoi ce nom s'y trouvait, mais cela n'avait pas d'importance. Il devait tous les avertir.

Non, il devait arrêter les Ombres.

– Il n'est pas trop tard, répéta-t-il, de plus en plus convaincu par ses propres mots. Ils ne gagneront pas. Pas si je les en empêche.

Avant que Mead ne puisse répondre, Beck sortit en trombe. Il courut dans les couloirs, se moquant bien d'être vu. Le temps de la prudence était révolu. Désormais, il fallait penser comme Alli : avec courage, audace et… inconscience.

Kerick n'agissait jamais à la hâte. Après le drame de ce soir, il avait sûrement envoyé quelqu'un pour prendre la mesure de ce qui se tramait, tandis que lui ne sortirait de ses quartiers que le lendemain, quand il aurait eu le temps de réfléchir à une riposte juste.

Beck avait donc de bonnes chances de le trouver dans son bureau.

Il s'enfonçait profondément au cœur du repaire, et la magie qui protégeait le sanctuaire du roi aurait dû l'arrêter. Sans l'intendant ou un magicien pour lever les sorts, il n'aurait pas dû être capable de s'approcher autant. Mais il continuait de marcher et rien ne se passait…

Après tout, peut-être que la magie avait senti ses intentions ? Peut-être que la force de sa loyauté lui donnait le droit d'avancer ? Ou peut-être tout simplement que les sorts avaient été désactivés à cause de l'état d'urgence.

Beck arriva rapidement à destination. Il sortit les messages de sa poche – son seul élément de preuve – et frappa à la porte du roi.

UN

La lumière du soleil se reflète sur les fils barbelés et m'éblouit. J'oublie toujours à quel point c'est lumineux, dehors… En prison, tout est gris et terne.

– Par ici, ordonne la directrice.

Elle serre dans ses mains ma précieuse attestation de libération. Je la suis à travers la cour en direction du portail, tout en clignant des yeux à cause de mes larmes.

Mon cœur bat fort dans ma poitrine. Ça y est. J'ai attendu cent quatre-vingts jours et, maintenant, je n'ai plus qu'à attendre que les portes s'ouvrent. La liberté est là, de l'autre côté.

Mais il ne se passe rien. Peut-être que le magicien qui doit ouvrir le portail fait la sieste ?

Il paraît qu'il doit dissiper un sort avant que quiconque puisse passer. C'est tout à fait crédible : cet endroit est censé être le centre pour mineurs le plus sécurisé de tout Ruhia. Et quand, comme moi, on s'est déjà évadé de ce genre de prison, les Protecteurs ne prennent aucun risque quand ils vous enferment à nouveau.

La directrice de la prison montre mes papiers au garde en faction. Dans une seconde je verrai de l'herbe, des arbres et… mon frère. En chair et en os.

Après des minutes qui me paraissent des heures, le portail s'ouvre enfin.

Est-ce qu'il sera vraiment là ? On m'a dit qu'il viendrait me chercher. Il ne changerait quand même pas d'avis à la dernière minute… À moins qu'on ne m'ait fait une horrible plaisanterie et que j'aie été trop naïve, une fois de plus.

Et s'il est bien là… Qu'est-ce qu'il pensera de moi ?

La directrice franchit le seuil.

– Êtes-vous Ronan Rosco ? demande-t-elle à quelqu'un de l'autre côté du portail.

Il est là.

Je m'avance sans réfléchir. J'ai attendu ce moment pendant cent quatre-vingts jours et, pourtant je ne suis pas prête.

Je m'arrête à côté de la directrice. L'allée qui se déroule devant nous est bordée d'herbe brune et d'arbres nus. Quand je l'ai empruntée pour la première fois, c'était le début de l'été. Mais nous sommes à présent au mois de Vyra. Ce sera mon premier hiver à Ruhia, avec beaucoup de neige, des températures glaciales et presque jamais de soleil. Je ne peux pas dire que j'ai hâte…

À quelques mètres en bas de l'allée de gravier nous attend une calèche rustique peinte d'un orange vif et tirée par un cheval brun famélique – le genre de calèche que l'on loue à l'heure. Le cocher semble à moitié endormi sur son siège, les coudes posés sur les genoux.

Et sur cette allée, en train de marcher vers nous, il y a mon frère. Ronan.

Il s'arrête devant nous. Il est si grand que je dois lever la tête pour le regarder. Je me souviens qu'il a environ cinq ans de plus que moi, et il a effectivement l'air d'avoir dix-huit ou dix-neuf ans. Comme moi, il a des cheveux sombres et plein d'épis. Mais contrairement à moi, il a fait un effort pour les coiffer en les attachant en queue-de-cheval. Il porte un vrai costume avec une cravate et tout le toutim.

Si cet accoutrement était destiné à impressionner la directrice, c'est raté : elle lui adresse à peine un regard avant de feuilleter ses papiers. Quand elle finit par trouver le bon, elle le lit d'un ton monocorde :

– « En tant que représentante du glorieux État de Ruhia, je libère ce jour cette pupille – Alli Rosco, âgée de douze ans, originaire d'Azeland – et vous établis, vous, Ronan A. Rosco, comme tuteur légal jusqu'à ce qu'elle atteigne la majorité. Conformément à la loi du glorieux État de Ruhia, son tuteur doit garantir sa présence à toutes les prochaines réunions de probation et/ou audiences jusqu'à ce que sa probation se termine. Le non-respect de ces conditions entraînera des sanctions pour la pupille et le tuteur. » Comprenez-vous ces termes ?

– Euh… Oui… balbutie Ronan.

– Très bien.

La directrice feuillette à nouveau ses documents et en tend un à Ronan :

– Signez ici.

Il s'exécute, et voilà, c'est fait… Comme ça, d'un coup, je peux partir ! Je suis libre.

– Bonne chance à vous, glisse la directrice en retournant vers la prison, sans que je sache si elle s'adresse à Ronan ou à moi.

Mon frère est là, devant moi, souriant. Ses traits sont doux et il semble encore plus gentil quand il sourit.

– Alors, on y va, Alli ?

Non, non, je pense que je vais rester encore un peu en prison.

Je ravale cette réponse sarcastique et me contente d'un « oui ».

Il me mène à la calèche et, en marchant, nous soulevons un nuage de poussière qui salit ses belles chaussures noires et brillantes. Son costume n'a pas l'élégance de ceux des nobles, mais c'est quand même un costume. On voit bien qu'il est apprenti avocat.

Moi, c'est une autre histoire… J'ai pu quitter mon uniforme de prisonnière, mais les seuls vêtements que j'avais sont ceux qu'on m'avait donnés avant mon audience chez le juge : un pull ample et troué ainsi qu'un pantalon trop court. Des frusques probablement fournies par une œuvre de charité, tout comme ce que nous portions à l'orphelinat.

Avant, ça ne me dérangeait pas mais à présent, devant mon frère, je me sens minable. Je me demande si les apprentis avocats portent toujours de beaux vêtements, combien ils gagnent, ou quel genre de maisons ils habitent.

Pourquoi n'ai-je pas réfléchi à tout ça avant ? J'étais tellement obnubilée par Ronan que j'ai oublié de réfléchir au reste.

Nous montons dans la calèche qui grince tellement que je prie pour qu'elle ne s'écroule pas sous notre poids. C'est tout de même gentil de sa part d'avoir prévu un moyen de transport.

« Gentil » est un mot que je commence à associer à mon frère, même si c'est la première fois que je le vois depuis mes trois ans. Je ne trouve pas d'autre mot pour décrire quelqu'un qui accepte de prendre à sa charge sa petite sœur de presque treize ans perdue de vue et jetée en prison.

Coucou, je suis la sœur que tu n'as pas vue depuis dix ans ! Je suis sans abri… Ah, et aussi, je suis en prison pour divers délits. Tu penses que je pourrais venir habiter chez toi quand je sortirai dans quelques mois ?

Sacrée première impression, Alli…

Le pire, c'est que Ronan avait apparemment une vie sans problème jusqu'à ce que je débarque. Enfin, c'est le peu que j'ai pu lister sur lui :

Un : il s'appelle Ronan A. Rosco.

Deux : il est actuellement apprenti avocat à Runia.

Trois : il doit être doué, car le juge chargé de mon cas l'estimait suffisamment pour accepter qu'il soit mon tuteur.

Quatre : il porte un vrai costume.

Conclusion : tout allait bien pour lui, du moins jusqu'à ce qu'il ait sa sœur sur les bras…

La calèche pile brusquement et nous secoue dans tous les sens. Ronan grimace.

– Désolé ! J'ai économisé quelques semaines de paie, mais c'est la meilleure calèche que j'ai pu avoir.

Il ne dit pas ça pour me faire culpabiliser mais je me renfrogne : c'est seulement la première dépense d'une longue liste que je vais lui imposer malgré moi.

Il regarde par la fenêtre tout en jouant avec sa cravate ; ses doigts sont longs et tachés d'encre et ses ongles sont soigneusement taillés. Un rayon de soleil éclaire une partie de son visage, laissant l'autre dans l'ombre. Il me ressemble beaucoup, avec sa peau mate et ses yeux bruns. Ses traits sont moins creusés que les miens, mais son visage présente des angles nets aux mêmes endroits : menton, nez, pommettes. Ses sourcils broussailleux rendent ses yeux pétillants plus sérieux. C'est mon frère, pas de doute.

Depuis le temps que nous sommes dans la calèche, je devrais probablement dire quelque chose… Mais quoi ? Lui aussi reste silencieux. Il se contente de me lancer des regards furtifs. Nous avons tellement de choses à nous raconter que nous ne savons pas par où commencer.

Je suis la championne pour parler à tort et à travers et je me suis juré de ne pas être insolente et de rester calme. Pour l'instant, toutes les premières questions qui me viennent me semblent un peu déplacées, alors je commence doucement :

– Qu'est-ce que le « A » signifie ?

– Quel « A » ? répond mon frère.

– Dans ton nom : Ronan A. Rosco.

– Oh ! répond-il. Rien du tout… Je l'ai inventé.

– Vraiment ?

– Vraiment ! Je ne connais pas mon deuxième prénom, et je ne sais même pas si j'en ai un, d'ailleurs… Mais j'avais besoin de quelque chose qui fasse sérieux.

– Pour tes études de droit ?

– Exactement, répond-il en souriant à pleines dents.

Un sourire qui m'en rappelle un autre similaire, et qui fait battre mon cœur plus vite… Cette façon qu'il avait de relever le coin de ses lèvres…

Sors de ma tête, Beck !

– Moi non plus, je n'ai probablement pas de deuxième prénom.

Son sourire s'efface.

– Je n'en sais rien… Désolé.

– Tu n'y es pour rien.

Nous nous remettons à regarder dehors en silence. La ville de Ruhia semble si différente de la dernière fois que je l'ai vue ! Au printemps, les arbres étaient couverts de feuilles, il y avait des fleurs partout et les rues grouillaient de badauds profitant de la douceur. Maintenant, avec le début de l'hiver, la végétation est sèche et brune et les rares personnes qui se risquent dans les rues sont emmitouflées dans des manteaux épais, des écharpes et des bonnets.

Quant aux routes, elles sont encombrées d'attelages ordinaires comme le nôtre. Mais je remarque aussi de majestueux thilastris aux commandes des calèches les plus élégantes. À Azeland, les thilastris sont rares mais, ici, on croise souvent ces créatures au bec doré et au plumage bleu vif qui contraste dans le paysage gris.

Notre calèche freine enfin et le cocher frappe deux fois contre la paroi derrière ma tête pour signaler notre arrivée.

Ronan sort le premier et m'aide à descendre. Tandis qu'il paye le cocher, j'examine les environs : la rue pavée est tranquille, bordée de bâtiments en brique bien alignés. Tout l'inverse d'Azeland où l'on trouve une diversité d'édifices, de matériaux et de populations. Là-bas, les rues révèlent la classe sociale de ceux qui y vivent. Ici, en revanche, l'architecture uniforme rend impossible de déterminer la nature du quartier. Bien que cette rue ne soit clairement pas habitée par des nobles, je ne peux pas en déduire grand-chose…

– Par ici, lance Ronan en me guidant le long du trottoir vers un grand bâtiment en briques rouges.

Je mémorise le numéro, seul élément qui le distingue des autres.

Ronan déverrouille la porte et m'invite à entrer. Nous traversons alors une salle de réception presque vide, puis montons trois étages pour atteindre l'étage où vit mon frère.

Le couloir est étroit et sombre mais relativement propre. Il n'y a que quelques appartements par étage, et Ronan me conduit à la deuxième porte à droite : « 4B », indique une plaque en bronze.

– Tu verras, c'est petit, annonce-t-il en déverrouillant la porte, l'air sincèrement désolé. Et je ne suis pas doué pour la décoration…

Je m'empêche de rire. Comme si c'était important…

Mais il est vrai que ce n'est pas son fort : la pièce est dépouillée. Il y a seulement un canapé usé, un fauteuil et un tapis devant une cheminée. Une petite cuisine au mobilier blanc défraîchi et dotée d'une seule fenêtre est séparée du salon par un muret. Un couloir sombre s'ouvre sur la droite et beaucoup de livres et de papiers sont empilés çà et là.

Voilà, c'est à peu près tout.

Mais c'est propre, il fait bon et je suis en sécurité. J'ai vraiment connu pire…

Ronan semble tout de même gêné et tripote nerveusement sa cravate. Il jette ses clés sur la table de la cuisine et saisit une boîte d'allumettes sur le rebord de la cheminée.

– Il fait un peu frisquet, en hiver, s'excuse-t-il à nouveau. Mais l'immeuble fournit le bois de chauffage, donc ce n'est pas un souci.

– C'est gentil de leur part, je réponds.

Maintenant que je l'ai davantage entendu parler, je remarque son accent d'Azeland. Après des mois en prison à n'entendre que des voix ruhiennes, je réalise combien les accents de chez moi m'ont manqué et combien cela me rend Ronan plus familier.

Il allume le feu et observe les flammes s'élever dans l'âtre.

– La salle de bains est au bout du couloir à gauche, ma chambre est au fond et la tienne est à droite.

– Ma chambre ? je répète, incrédule.

– Oui, ta chambre. Elle est au bout du couloir à droite.

Ma propre chambre. *Merci, sainte Ailara*... Je n'ai jamais eu de chambre à moi !

Enfin, si, une fois. À un endroit bien précis. Avec un certain garçon auquel je ne veux *pas* penser.

– Alors, demande Ronan en se redressant après avoir allumé le feu, tu veux dîner ?

Un dîner ! Avec de la nourriture digne de ce nom – et pas ce qu'on nous servait en prison ! Cette journée s'améliore de minute en minute.

Nous nous dirigeons vers la cuisine et Ronan soulève le couvercle d'une petite glacière blanche.

– Je ne savais pas ce que tu aimais, je n'ai pas vraiment fait de courses, donc il n'y a pas grand-chose...

Visiblement, nous n'avons pas la même définition de « pas grand-chose », car il sort une miche de pain, quelques tranches de jambon, un peu de fromage, des baies fraîches – ces fruits étranges que les Ruhiens parviennent à faire pousser dans l'hiver glacial – et deux bouteilles de lait. Pratiquement un festin !

Il a ensuite l'idée discutable de me confier un couteau (à moi !) pour que je prépare les sandwichs. J'ai à peine coupé quatre tranches de pain qu'il tripote de nouveau nerveusement sa cravate.

– Dis-moi, Alli, commence-t-il en tirant sur son col avec ses doigts tachés d'encre. Est-ce que ça te dérangerait si une amie à moi se joignait à nous, ce soir ? Elle finit son travail dans quelques minutes et elle passe me voir, parfois…

– Euh, d'accord.

Il veut donc que ses amis rencontrent sa sœur délinquante ? Est-ce qu'il compte aussi l'annoncer à tout le quartier ?

Je me racle la gorge et je demande :

– Elle est au courant pour…

– Je lui ai dit que tu venais vivre avec moi, répond-il prudemment.

Ce qui est une façon polie de dire « Je lui ai annoncé que tu sortais tout juste de prison ». Je réponds alors ce qu'il veut entendre :

– Donc pas quatre, mais six tranches de pain.

– Voilà.

Il sourit. Mon frère aime décidément beaucoup sourire.

Quelques minutes plus tard, on frappe à la porte. Ronan est occupé à enlever la paperasse qui jonche la table pour faire de la place.

– Entre, Mari, lance-t-il.

La porte d'entrée s'ouvre et une jeune femme pénètre dans le salon. Elle a l'air d'avoir l'âge de Ronan. Sa peau est d'un brun profond et chaud et ses cheveux noirs sont tirés en arrière par une tresse épaisse. Elle est vêtue de manière décontractée, avec un pantalon et un chemisier rouge tout simple.

Elle est aussi très jolie. « Une amie »… Prends-moi pour une imbécile, Ronan…

– Salut, Ronan… et toi, tu dois être Alli ?

Je hoche la tête, et elle me tend une main en souriant.

– Je suis Mari. J'habite à côté de chez vous, au 4A.

J'aime instantanément deux choses chez elle : premièrement, elle s'adresse à moi de la même façon qu'elle s'adresse à Ronan, sans utiliser ce ton condescendant que les adultes réservent aux enfants. Et deuxièmement, elle a dit « chez vous », pas « chez Ronan ». Comme si c'était ma maison autant que la sienne.

J'essaie de me rappeler les leçons de savoir-vivre de Sœur Perla, et je dis simplement :

– Enchantée.

– Tu arrives juste à temps pour des sandwichs, déclare Ronan en posant la dernière assiette sur la table.

– Des sandwichs ? Toi, tu as encore oublié de faire les courses… le taquine-t-elle.

– Non je n'ai pas *oublié*, proteste-t-il avec mauvaise foi.

– Bien sûr, bien sûr, réplique-t-elle malicieusement.

Elle s'assoit à table et Ronan prend place à côté d'elle, alors que je m'installe sur la chaise restante en face de Mari.

Ronan récite rapidement une prière et nous commençons à manger. Je dois lutter pour ne pas me précipiter sur la nourriture. Voilà des mois que je n'ai pas eu un repas pareil. Mais je dois faire bonne impression et me souvenir des bonnes manières à table, même si je n'en ai jamais vraiment eu…

– Alors, Alli, commence Mari, Ronan m'a dit que tu étais nouvelle à Ruhia ?

– Oui, je réponds avec prudence. Je viens d'Azeland.

Elle sourit.

– Eh bien, notre hiver va te changer, n'est-ce pas ? En ce qui me concerne, je vous plains : je ne sais pas comment vous pouvez supporter ces étés si chauds, à Azeland.

– Tu es déjà allée à Azeland ?

– Une fois, lors d'un voyage en famille. Une ville magnifique.

Tu n'as pas dû en voir beaucoup, pour la trouver « magnifique »…

Je prends rapidement une gorgée de lait pour empêcher cette pensée de jaillir de ma bouche. Pas question de m'attirer des ennuis. Ça, c'était l'ancienne Alli. La nouvelle sait se tenir, et si elle doit avoir des conversations polies et un poil ennuyeuses pour pouvoir rester vivre avec son frère, alors elle le fera.

– Au fait, Alli, intervient Ronan avec le même ton prudent, je sais que tu n'as pas… beaucoup d'affaires avec toi. Je pensais que tu voudrais peut-être aller faire des emplettes, demain ? Moi, je dois être au travail, mais tu pourrais y aller avec Mari…

Veut-il bien faire ou essaie-t-il de se débarrasser de moi ? Mari se penche vers moi d'un air complice et chuchote :

– Il ne connaît absolument rien à la mode. Ni à la décoration.

– Hé, j'ai meublé tout cet appartement ! proteste Ronan en feignant d'être offensé.

– C'est bien ce que je dis, répond-elle en m'adressant un clin d'œil.

– C'est d'accord ! je conclus.

Faire du shopping n'est pas ma tasse de thé, mais c'est vrai qu'il me faut de nouveaux vêtements. Les miens empestent l'antimite.

Ronan prend une gorgée d'eau et reprend :

– As-tu réfléchi à l'endroit où tu aimerais faire ton apprentissage ?

– Mon apprentissage ? je répète.

– Tu vas avoir treize ans le mois prochain, n'est-ce pas ?

Évidemment... Comme j'ai été naïve. Tout ce temps, quand nous parlions de ma venue chez lui, nous n'avons jamais discuté de la durée de mon séjour. Pas étonnant qu'il ait été si gentil et prêt à m'accueillir : ce n'est que temporaire. Juste pour un mois, jusqu'à ce que j'aie treize ans et que je sois assez âgée pour vivre seule ou être envoyée en apprentissage chez quelqu'un. Il n'a jamais été question que je vive ici de façon permanente.

Une partie de moi est un peu soulagée : vivre seule, je connais. Et même si j'aurais bien voulu qu'on habite ensemble, même si je veux encore apprendre à connaître mon frère, au fond, j'ai toujours su que ça se passerait comme ça. Je suis la sœur dont il ne veut pas, et plus vite il pourra retourner à sa vie parfaite, mieux ce sera pour lui.

Comment ai-je pu croire que j'allais avoir un vrai foyer...

C'est comme un coup de poing dans mon estomac.

La conversation se poursuit sans moi pendant quelques minutes. Je fixe cette assiette, cette table et cette pièce qui ne m'appartiennent déjà plus, qui ne m'ont jamais appartenu, en réalité.

Je reste encore et toujours une voleuse qui essaie de prendre ce qui ne lui appartient pas.

– Alli ? Alli ? répète Ronan, alors que je suis perdue dans mes pensées.

– Hum ?

– Mari peut passer te prendre vers 10 heures, demain matin. Ça te va ?

– Oui, très bien.

Comme si j'avais autre chose à faire, de toute façon.

Mari se met alors à parler des boutiques que l'on pourrait visiter, et j'essaie de hocher la tête et de sourire aux bons moments. Pendant ce temps, Ronan la regarde fixement, comme un papillon attiré par la lumière. Elle est plus discrète, mais ses yeux se tournent souvent vers lui. Bon, pas de doute, c'est sa petite amie.

Ensuite, elle demande à Ronan comment avance un dossier sur lequel il travaille au bureau. Il parle de souci de paperasse, mais reste vague.

– Et toi, ta journée ? s'enquit-il.

– Oh, tu sais... Comme d'habitude.

Elle fixe son assiette vide et Ronan se tortille sur sa chaise, mal à l'aise.

– Très bien...

On ne me la fait pas : ils cachent quelque chose.

– Où travailles-tu, Mari ? je demande, faussement naïve.

Elle jette un regard paniqué à mon frère qui se racle la gorge et se lance dans une explication embrouillée :

– Euh… Nous nous sommes rencontrés au travail en fait. J'ai emménagé dans cet immeuble parce que Mari m'avait, euh… dit qu'il y avait une chambre à louer ici.

– Donc tu es avocate, toi aussi ?

– Pas exactement… me répond-elle.

Ils échangent un regard apeuré et Mari m'avoue finalement :

– Je suis Protectrice.

J'en ai le souffle coupé. Cette fois, les mots sortent de ma bouche sans que je parvienne à les retenir :

– Tu plaisantes ?

– Non… J'ai terminé ma formation il y a quelques mois, raconte Mari le plus tranquillement du monde. Je suis la plus jeune de ma promotion.

Je dévisage Ronan d'un air accusateur :

– Et tu ne me l'as pas dit ?

Je ne sais pas à quel point il connaît mon histoire mais, en tant qu'avocat, il a forcément eu accès à mon dossier. Et même si j'ai menti au juge et omis quelques détails importants, Ronan sait forcément ce que les Protecteurs m'ont fait… Comment ils ont failli me tuer avec cette satanée malédiction, puis arrêtée, puis jetée en prison. Comment ils sont les responsables de tous mes malheurs. Et lui, il est juste *en couple* avec l'une d'entre eux ? Et il l'invite à dîner comme si de rien n'était !

Une vague de rage me submerge. Oh non ! Je m'étais juré de ne pas me mettre en colère ! Je risque de tout perdre si je perds mon calme, si je parle à tort et à travers…

Mais trop tard : je tremble, le sang bat dans mes tempes, je dois sortir d'ici.

Je me lève d'un bond en faisant tomber ma chaise contre le mur.

– Si vous voulez bien m'excuser…

Je ne sais même pas s'ils me répondent. Je cours hors du salon, loin de la Protectrice assise à la table de mon frère, et je file m'enfermer dans cette chambre qui n'est déjà plus la mienne.

DEUX

Je suis réveillée par le soleil, ce qui me rappelle aussitôt que je ne suis plus en prison.

Ses rayons filtrent par la petite fenêtre au-dessus du lit d'appoint de Ronan coincé dans le coin de la chambre. La pièce comporte un coffre en bois, une chaise blanche issue de la cuisine et… Rien d'autre.

Mon frère n'est pas venu me voir hier soir, après le désastreux dîner. Soit il veut me laisser tranquille, soit il se moque de ce que je pense. Je suis trop fatiguée pour jouer aux devinettes.

Je ne sais pas quelle heure il est mais, vu la lumière du jour, j'ai probablement trop dormi. L'avantage, c'est que je ne mettrai pas longtemps à choisir mes vêtements : je n'ai qu'une tenue.

J'entrouvre la porte pour jeter un coup d'œil dehors : la chambre de Ronan est fermée, tout est éteint et je n'entends personne dans la cuisine ni le salon. C'est bon, je peux me risquer hors de ma tanière.

Un bout de papier est posé sur la table de la cuisine, presque invisible sur la peinture blanche. C'est une note à l'écriture soignée :

Alli,
Je dois partir tôt pour le travail, mais tu peux réchauffer le bol de flocons d'avoine qui se trouve sur la cuisinière, et il y a des fruits dans la glacière.
Mari viendra te chercher à 10 h.
S'il te plaît, laisse-lui une chance.
R.

Tu parles que je vais lui laisser une chance !

J'envoie valser le mot de Ronan et je le regarde voleter jusqu'au sol.

Pour l'instant, le seul avantage de vivre ici, c'est la nourriture. Une fois que j'ai compris comment fonctionne la cuisinière – encore une décision risquée de Ronan : me donner accès à quelque chose qui produit du feu – j'engloutis les flocons d'avoine qui s'avèrent délicieux. Je suis en train de me demander si je vais attaquer le bol de fruits quand une clé tourne dans la serrure.

– Salut, Alli ! lance Mari en souriant, comme si rien ne s'était passé hier soir.

Génial. La *Protectrice* a une clé et moi pas.

Je reste muette.

– Prête à partir ?

– Je ne crois pas, non, je rétorque, en croisant les bras.

La bonne vieille Alli est de retour, la rebelle de l'orphelinat, et cette fois, je vais la laisser faire. Mais à ma grande surprise, Mari croise les bras à son tour et me regarde droit dans les yeux.

– Et pourquoi ça ?

– Je ne veux pas y aller.

Je manque d'ajouter « Et tu ne peux pas m'y obliger », mais je ne veux pas non plus faire trop gamine. Après tout, ils arrêteront de me traiter comme une enfant à la seconde où j'aurai treize ans…

– Écoute, Alli, reprend Mari en s'appuyant contre le muret qui sépare la cuisine du salon. Je comprends. Tu ne me connais pas, je ne te connais pas. Mais Ronan veut vraiment qu'on s'entende, et moi aussi. Tu ne veux pas au moins essayer ? Pour lui ?

Oh, Ronan veut qu'on s'entende ? Il le cache bien. Pourtant, je dois admettre qu'une petite étincelle d'espoir s'allume en moi. Car c'est *moi* au départ qui voulais que ça marche, et je le souhaite toujours. Mais par sainte Ailara, comment peut-il imaginer qu'une Protectrice puisse devenir ma meilleure copine ?

Voyons si elle est sincère.

– Qu'est-ce qu'il t'a raconté sur moi ? je demande.

Mari décroise les bras mais garde les doigts entrelacés et se triture les pouces.

– Il m'a dit que tu venais de sortir du centre pour mineurs.

– Et il t'a dit pourquoi j'y étais ?

Elle se triture les pouces de plus en plus nerveusement.

– Il m'a expliqué que tu avais fréquenté de mauvaises personnes et que tu avais eu des ennuis. Il a aussi parlé de petits larcins, je crois.

Évidemment. Il ne veut pas que sa précieuse petite amie Protectrice sache à quel point sa sœur est une délinquante.

– Eh bien, il t'a menti. J'étais là-bas pour des vols, et pas des petits…

Elle ne cligne pas des yeux et ne semble pas choquée.

– Ah bon ?

– Et ce n'est pas tout : j'avais déjà été arrêtée mais je m'étais évadée ! Ah, et aussi, j'ai cambriolé le manoir des Atherton.

Je marque une pause, guettant le moindre signe de surprise. Mais son visage reste impassible, alors je continue.

– Et pendant ce cambriolage, quelqu'un est mort.

Mari ne bouge toujours pas d'un cil.

– Je vois, lâche-t-elle.

– Je te dis ça pour que tu saches que, toi et moi, nous ne pourrons jamais être amies.

– À cause de ton passé ?

– Non.

Je prends une grande inspiration.

– Parce que quoi que mon frère ait pu te raconter, je ne suis pas quelqu'un de bien. Je ne suis pas innocente. Au contraire, j'ai commis des actes irréversibles.

Mari attend en silence que je continue et j'essaie de mettre de l'ordre dans mes pensées ; ce que j'ai à expliquer est à la fois évident et compliqué.

– Tu vois, ton métier, c'est d'attraper des gens comme moi. Donc peu importe ce que je dis ou fais pour essayer de me racheter, il y aura toujours une partie de toi qui me surveillera, guettera une erreur de ma part pour m'arrêter. J'aurai beau essayer de te prouver que j'ai changé, tu verras toujours la délinquante en moi. Alors soit tu es une Protectrice, soit tu es mon amie, mais tu ne peux pas être les deux.

Je me tais. Elle se redresse et fait un pas en avant.

– Très bien… À mon tour, maintenant : peu importe ce que tu as fait dans le passé, tu es importante pour Ronan, donc tu es importante pour moi. Et tu as raison, je t'aurai à l'œil, car je ne veux pas te voir gâcher ta vie ou mettre celle des autres en danger. Et s'il le faut, oui, je t'empêcherai de le faire. Mais tu sais quoi ? C'est exactement ce que font les amis : ils veillent les uns sur les autres. Je serai toujours là pour t'aider si tu en as besoin.

Ma gorge se serre.

– M'envoyer loin de Ronan, tu appelles ça m'aider ?

– Pas vraiment, en effet. Alors assurons-nous que ça n'arrive pas.

Je soupire.

– Comment ?

Elle extirpe quelque chose de sa poche et l'agite en souriant. C'est un portefeuille en cuir marron… celui de mon frère.

– Si on commençait déjà par faire du shopping ?

Faire les boutiques est un *tout petit peu* moins horrible que je l'avais imaginé : au moins, Mari ne me force pas à acheter des habits que je n'aime pas. Elle me laisse essayer des articles et fait quelques suggestions quand je suis dépassée par le choix. Cependant, elle tient beaucoup à ce que je regarde les « vêtements d'hiver », ce que, moi, j'appelle des « infâmes peaux de bêtes conçues pour résister au blizzard ». À Azeland, nous pouvions nous contenter de manteaux fins et de bottes légères pendant les jours les plus froids. Je ne suis pas habituée à être recouverte de mille couches de fourrure. Mais Mari insiste…

– Tu en auras bien besoin d'ici un mois, précise-t-elle tandis que je la regarde de travers, coiffée d'une ridicule toque en poil.

« D'ici un mois » a-t-elle dit, et je sais bien pourquoi. C'est à ce moment-là qu'ils vont me jeter dehors, et alors il n'y aura plus grand monde pour se demander si je suis bien couverte.

– Je peux enlever tout ça, maintenant ? je demande en soupirant.

– Attends, ajoute-t-elle en se précipitant vers une autre étagère. Peut-être qu'il te faut une écharpe supplémentaire !

Un souvenir me revient tout à coup : je me revois, debout dans une pièce un peu comme celle-ci, mal fagotée dans une robe tandis que des femmes s'affairent autour de moi, prenant mes mesures et ajoutant toutes sortes d'accessoires à ma tenue… Elles terminent le déguisement pour mon épreuve de la Guilde des voleurs. Avant que tout ne tourne mal.

Je ferme les yeux pour chasser cette image ; je ne veux pas penser à ça… Je ne veux pas penser à *lui*.

– Ah ! Ah ! s'écrie Mari en revenant avec une écharpe en laine épaisse qu'elle enroule autour de mon cou.

Elle est toute simple, c'est déjà ça…

– Voilà, c'est parfait ! s'exclame-t-elle.

– Ça veut dire qu'on a fini ?

– Oh, non ! Tu dois encore choisir au moins un autre manteau. Quand celui-ci sera en train de sécher, il t'en faudra un autre.

Je soupire.

– Je déteste l'hiver…

Mari sourit et répond :

– Pourtant, comme tu es née au mois de Zioni, ça devrait être ta saison porte-bonheur !

– C'est ce que tout le monde me dit, je réplique en levant les yeux au ciel.

En réalité, je ne connais même pas ma date de naissance. Ma mère n'a apparemment jamais daigné fournir cette information à qui que ce soit. Les sœurs de l'orphelinat ont simplement décrété que la date de mon arrivée chez elles serait celle de mon anniversaire.

Mmmh… Peut-être que Ronan, lui, connaît le vrai jour, ou qu'il se souvient au moins de la saison ?

C'est l'autre avantage d'avoir retrouvé mon frère (après les repas) : je vais enfin pouvoir obtenir des réponses sur la partie de ma vie que j'ai oubliée. Il en sait forcément plus que moi.

C'est bizarre… Avant, je m'en moquais : d'où je viens, qui est ma famille, quelle était notre vie d'avant, mon frère… Je ne réalisais pas l'importance de tout ça et, maintenant, je ne veux plus que ça m'échappe.

Malheureusement, Ronan m'a bien fait comprendre que je ne suis ici que pour un mois et que, ensuite, je devrai partir.

Mari se rend compte que j'en ai plus qu'assez et a pitié de moi.

– On pourra toujours revenir pour le deuxième manteau une autre fois, si tu as envie de partir.

Je m'imagine dans un mois, en apprentissage, recroquevillée dans un atelier glacial tandis qu'une tempête de neige hurle aux fenêtres.

– Non, j'ai changé d'avis, je réponds. Prenons-en un deuxième.

Quand Mari m'a fait essayer tous les manteaux du magasin, nous rentrons enfin à l'appartement, les bras chargés de sacs. Désormais, je possède sans doute la plus grande collection au monde de tricots épais, de lourds manteaux doublés de fourrure et de bonnets d'hiver. Mais Mari semble penser que c'est encore insuffisant et planifie déjà une autre virée dans les boutiques.

Mais il nous reste tout de même un dernier achat à faire : une grande armoire pour ranger toutes ces affaires. Mari en trouve une chez un menuisier du coin qui emploie un magicien. Celui-ci enchante l'armoire afin qu'elle se déplace toute seule, nous évitant ainsi de la porter. Je suis quasi sûre que ce service coûte les yeux de la tête, mais Mari n'a pas hésité une seconde. Quand nous arrivons devant l'immeuble, elle récite les instructions magiques pour faire monter le meuble jusqu'à l'appartement de mon frère.

Il est tard dans l'après-midi mais Ronan n'est toujours pas rentré du travail. Mari m'aide à ranger mes nouveaux vêtements dans la nouvelle armoire de ma nouvelle chambre (provisoire). Ou, plutôt, elle fait tout le travail de rangement et de pliage tandis que je tiens les sacs de courses ouverts en essayant de ne pas bouder. Pourtant, mon attitude peu enthousiaste ne semble pas la décourager le moins du monde…

Nous passons ensuite dans le salon où elle allume un feu, redresse quelques piles de livres branlantes puis se dirige vers la cuisine pour préparer le dîner.

– Tu ne vas pas me croire, mais Ronan est le meilleur cuisinier de nous deux, avoue-t-elle avec un air désolé. Cela dit, je suis sûre que je peux nous préparer quelque chose. Un bouillon de poule ?

– Avec grand plaisir, je réponds avec un véritable intérêt pour la première fois de la journée.

– Parfait !

Elle fouille dans les placards, et je me dis qu'elle ne vient pas ici *parfois*, comme Ronan l'a prétendu, mais *souvent*… Elle sait parfaitement où sont rangées les choses.

– Mauvaise nouvelle, annonce-t-elle après une minute. Il n'y a pas de bols propres… Je lave et tu essuies ?

Je la rejoins dans la cuisine à contrecœur : les corvées étaient ce que je détestais le plus, quand je vivais à l'orphelinat. Je pensais justement que l'intérêt d'être adoptée, c'était de ne plus avoir à faire tout ça. Enfin, c'est toujours mieux que laver la vaisselle en prison…

Je prends un torchon et je rejoins Mari près de l'évier. Quand Ronan rentre enfin à la maison un peu plus tard, les bols sont propres et le bouillon fume.

– Ça sent très bon ! déclare-t-il en accrochant son manteau et en entrant dans la cuisine.

– Comment s'est passée ta journée ? s'enquiert Mari.

– L'affaire Parson est toujours un cauchemar. Tout le bureau est noyé sous la paperasse.

Il prend le bol qu'elle lui tend, le pose sur la table et me regarde.

– Et vous deux, votre journée ?

– Eh bien, nous avons fait des courses, je réponds.

– Nous avons choisi deux nouveaux manteaux, des bottes, des bonnets vraiment mignons…

Mari énumère joyeusement la liste de nos emplettes en me passant un second bol.

Elle et Ronan entament une conversation décontractée, comme s'il ne s'était rien passé au dîner d'hier. Je ne sais pas si je dois être soulagée ou agacée que mon coup éclat n'ait eu que si peu d'effet.

Mari termine rapidement son repas et pose son bol dans l'évier :

– J'ai horreur d'être pressée pour manger, mais je suis de garde ce soir, nous annonce-t-elle.

Elle échange un regard tendre avec Ronan et le visage de mon frère devient doux et niais quand ils se disent au revoir. Beurk.

– À plus tard, Alli, me lance-t-elle comme si nous étions maintenant les meilleures amies du monde.

– Salut, je marmonne en avalant une gorgée de bouillon.

Dès qu'elle referme la porte, c'est le silence. Ronan semble soudain très intéressé par son bol vide et tourne nerveusement sa cuillère dedans. Il y a clairement une grosse différence entre mon frère et moi : j'aime parler, lui non. C'est donc moi qui vais devoir briser la glace.

Je me lance :

– Tu te souviens de… euh… de la date exacte de mon anniversaire ?

Il lève les yeux.

– Je suis désolé, je ne la connais pas. Nous…

Il s'interrompt, tourne sa cuillère, puis reprend :

– Je ne sais pas ce qu'il te reste de… de l'époque où nous vivions avec notre mère. Mais je crois que nous n'avons jamais vraiment fêté nos anniversaires. Je me souviens être allé manger une glace pour le mien quelques fois, mais c'est tout.

Je prends un moment pour assimiler cette information.

– Moi, je ne me rappelle rien, je murmure en espérant qu'il comprendra que je souhaite qu'il développe davantage.

Ce qu'il fait :

– Je ne me rappelle pas tout non plus. Mais je sais que nous habitions une petite maison au sud d'Azeland, près d'un parc ; elle était jaune avec des volets verts et une porte d'entrée rouge. Nous habitions à l'étage, il me semble, et nous partagions la cuisine avec les voisins du rez-de-chaussée. Il y avait cet escalier en bois tordu menant à notre appartement, et je me souviens que, quand tu es née, notre mère s'inquiétait toujours de ces marches biscornues. Elle disait que tu allais tomber et te cogner la tête. Tu étais tellement casse-cou ! Tu as appris à ramper très vite et tu te promenais partout ; elle était persuadée qu'un jour, tu dévalerais cet escalier.

Cela ne ressemble en rien à ce que j'avais imaginé… Ma mère, celle qui m'a *abandonnée*, s'inquiétant pour moi ? Mais je n'ose pas l'interrompre.

– C'est pour ça que j'ai fait équipe avec les enfants des voisins et que nous avons fabriqué une petite barricade de bric et de broc pour bloquer l'accès aux marches. C'était une protection de fortune faite de coussins et de casseroles et de je ne sais plus quoi d'autre, un truc assemblé par des enfants de huit ans, quoi… Mais nous en étions si fiers que nous t'avons immédiatement déposée devant, certains que ça allait marcher !

Il s'arrête, souriant à l'avance.

– Tu as fixé l'obstacle une seconde, puis tu as donné un tout petit coup dedans… Et tout s'est effondré !

Il rit et je l'imite. Cela me ressemble bien : Alli la fauteuse de troubles, toujours à causer des problèmes !

Certes, c'est agréable d'écouter ces histoires de moi bébé, mais ce n'est pas ce que j'ai envie de découvrir, là, tout de suite.

Ronan semble le sentir et se tait à nouveau en fixant son bol de bouillon de poule.

Je sens qu'il ne m'apprendra rien s'il n'y est pas encouragé, alors je finis par poser à haute voix LA question… Celle à laquelle j'ai essayé de ne pas penser pendant dix ans :

– Que nous est-il arrivé, à notre mère et à nous deux ?

Ronan plaque une mèche de cheveux derrière son oreille et prend son temps pour répondre.

– Beaucoup de choses, en réalité… Nos économies avaient toujours été… limitées. Je ne m'en rendais pas compte à l'époque, mais j'ai compris avec le recul. Je pense que notre mère avait deux ou trois emplois en même temps. Moi, je te gardais toute la journée. Et puis un jour, ça a changé : peut-être qu'elle a perdu du travail, peut-être que les dettes se sont accumulées, je l'ignore. En tout cas, une nuit, nous avons fait nos valises rapidement, quitté la maison jaune et emménagé chez une famille voisine. Ils avaient déjà plusieurs enfants, et je me souviens que nous avons dormi sur le sol de leur salon. Je ne sais pas combien de temps cette situation a duré. Et je ne sais pas non plus quand elle a décidé… de faire ce qu'elle a fait.

Rien de tout cela ne me surprend vraiment, je me doutais bien que nous étions pauvres. Mais je ne sais pas quoi penser maintenant que j'ai la confirmation que ma mère voulait peut-être me garder, mais qu'elle a été forcée d'y renoncer. C'était plus facile de la haïr quand je n'en étais pas sûre.

– L'autre chose dont je me souviens, reprend Ronan, c'est que, un jour, un homme est venu à la porte et a demandé à me voir. Il possédait une petite boutique d'apothicaire pas loin de là où nous vivions, et notre mère s'était arrangée pour que je devienne son apprenti. À partir de ce moment, j'ai travaillé là-bas. En échange, il me nourrissait et m'hébergeait.

– Pourtant, tu étais encore trop jeune pour être apprenti, n'est-ce pas ?

C'est la raison pour laquelle j'avais toujours pensé qu'elle l'avait choisi lui plutôt que moi : parce qu'il faut avoir treize ans pour obtenir un emploi ou un apprentissage. Je croyais que mon frère était resté auprès de notre mère, à l'époque.

– Pas à cette époque, m'explique-t-il. Ruhia a instauré des lois sur le travail des enfants depuis des décennies, mais Azeland ne les a adoptées que récemment, il y a six ou sept ans peut-être. J'avais seulement neuf ans, mais il n'y avait aucune loi contre cela à l'époque.

Eh bien, voilà une information que j'aurais aimé avoir plus tôt ! C'est ce genre de choses que les sœurs auraient dû nous apprendre, en cours d'histoire…

Parce que cet élément chamboule tout ce que je pensais savoir. Peut-être que notre mère ne l'a pas choisi *lui*, après tout… Nous avons tous les deux été placés ailleurs, mais Ronan a pu trouver un emploi tandis que moi, à trois ans, je n'avais d'autre option que l'orphelinat.

Tout ce temps passé à la détester… Et si j'avais eu tort ?

Ronan continue de parler, inconscient de ce qui me tourmente. Il s'anime, désormais plus sûr de lui.

– Je n'ai pas saisi tout de suite ce qui s'est passé : soit elle ne m'a pas dit la vérité, soit je ne l'ai pas comprise. En tout cas, je pensais que nous serions voisins et qu'elle viendrait me rendre visite ! Je croyais que je pourrais venir vous voir, toutes les deux. Quand je suis parti chez l'apothicaire, j'ignorais que je vous disais adieu.

– Et pourtant, c'était le cas.

Il hoche la tête.

– Elle n'est jamais venue me voir… Dès que j'ai eu un week-end libre, je suis retourné chez les voisins, mais vous n'y étiez déjà plus et ils ne savaient pas où vous étiez parties. J'ai essayé la maison jaune, mais pas de trace de vous deux non plus. J'ai écrit des dizaines de lettres, mais je ne savais pas où les envoyer !

Je me redresse d'un coup.

– Tu n'as jamais découvert un indice ? Si ça se trouve, elle nous attend quelque part ?

Il marque une pause bien trop longue, avant de secouer la tête. Je sais ce qu'il va dire avant que les mots ne sortent de sa bouche.

– Je suis désolé, Alli. Elle nous a quittés pour de bon.

– Tu en es sûr ?

– Certain. Quelques années plus tard, un coursier s'est présenté à la porte de l'apothicaire avec un message pour moi. C'était une notification officielle de la ville m'informant que notre mère était décédée. Elle ne précisait pas où ni comment elle était morte.

Bon… C'est plus d'informations que je n'en avais jamais eu.

– J'ai demandé de tes nouvelles et des précisions à l'employé qui avait apporté le message, mais il n'était pas au courant de ton existence. Il m'a juste expliqué que notre mère vivait seule. Impossible de savoir ce que tu étais devenue, si tu étais toujours en vie…

Soudain, je comprends mieux la décision de Ronan de prendre sa délinquante de sœur sous son toit : découvrir que je faisais de la prison était toujours mieux que me croire morte. Je me rends alors compte que, tandis que Ronan hantait mes souvenirs, je hantais également les siens. Une boule se forme dans mon ventre. J'essaie de l'ignorer et change de sujet de conversation :

– Comment as-tu atterri à Ruhia ? Qu'est-il arrivé à l'apothicaire ?

– Il a déménagé ici et m'a emmené, explique Ronan, visiblement soulagé de parler d'autre chose. Il a toujours été gentil avec moi et je l'appréciais mais, en vérité, je n'avais jamais voulu être apothicaire. Préparer des remèdes à base de plantes et balayer le sol, ce n'était pas ma passion…

– Tu n'apprenais pas à faire des potions magiques et d'autres trucs de ce genre ?

– Pas vraiment, répond-il en riant. Nous vendions bien quelques philtres dans la boutique, mais nous les achetions aux magiciens locaux. Nous ne les préparions pas nous-mêmes.

– Ah…

– J'étais beaucoup plus intéressé par d'autres sujets, et puis j'ai toujours été fasciné par les livres. Avec un peu d'aide, j'ai appris à lire et j'ai passé mes nuits à étudier à la lueur des bougies pour en savoir plus sur le monde.

– Tu étudiais quoi ?

– Littérature, orthographe, calligraphie, géographie, histoire, mathématiques… tout ce que je pouvais trouver !

Encore une différence entre nous… Comment peut-on s'infliger des trucs aussi ennuyeux ?

– Quand j'ai eu quatorze ans, poursuit-il, l'apothicaire a insisté pour que je parte faire un apprentissage ailleurs, dans un endroit où je pourrais lire et étudier tout le temps. Il a alors parlé de moi à l'un de ses clients qui était avocat. Comment a-t-il réussi à le convaincre de m'engager ? Cela reste un mystère pour moi, étant donné mon manque d'éducation. Quoi qu'il en soit, je suis devenu apprenti chez Avinoch & Associés !

Et voilà, exactement ce que je soupçonnais : Ronan et sa vie parfaite, sa carrière brillante, malgré tous les défis… Et moi, l'orpheline au passé tragique, la sœur sortie de prison qui n'a nulle part où aller et vient tout gâcher.

– C'est tout, conclut-il avec un sourire timide. Alors… et toi ?

À mon tour de trouver mon bol vide soudainement fascinant…

– Tu as lu mon dossier, je bredouille.

– Oui, mais je veux que *toi* tu me racontes.

Je lui résume mes années à l'orphelinat, en évitant soigneusement les moments où j'ai été adoptée puis « désadoptée ». Je ne sais pas si cela figure dans mon dossier ruhien, mais je ne veux pas qu'il découvre combien de problèmes j'ai causés à ces familles… Il vaut mieux qu'il pense être ma première chance d'avoir une nouvelle vie, pas la troisième. J'omets aussi soigneusement tout ce qui concerne la Guilde.

À la place, je sers à mon frère la même version qu'au juge après mon arrestation : comment j'ai fui l'orphelinat, mon bras marqué par une malédiction, puis atterri à

Ruhia avec un garçon nommé Berkeley ; comment on nous avait payés pour voler le collier de Lady Atherton, puis à quel point l'opération a mal tourné. Je lui raconte la mort de Lady Atherton, le fait que sa fille a failli mourir aussi. J'insiste beaucoup sur mes regrets et lui assure que j'en ai fini avec le vol.

C'est presque la vérité. Enfin, c'est une version édulcorée de la vérité.

Ronan écoute attentivement en dessinant des cercles sur la table du bout du doigt, sans jamais m'interrompre.

– Et puis le juge t'a contacté, et tu connais la suite.

Il hoche pensivement la tête. Je bois un grand verre d'eau, d'abord parce que j'ai la gorge sèche d'avoir autant jacassé, et pour m'occuper en attendant qu'il réponde quelque chose.

– Ce qui est arrivé à Lady Atherton n'est pas ta faute, tu sais, commence-t-il. Tu ne pouvais pas savoir ce qui allait se passer.

Ce n'était pas la réponse à laquelle je m'étais attendue.

– J'aurais dû le savoir, je rétorque. D'accord, je ne pouvais pas le prévoir, mais j'étais consciente que des gens risquaient d'être au moins blessés, et je ne m'en suis pas souciée.

Il réfléchit.

– Donc si quelqu'un t'avait dit à l'avance qu'elle allait mourir, tu aurais dit « je m'en fiche » ?

À mon tour de réfléchir un instant.

– Ben, non… Mais je me serais probablement menti à moi-même, j'aurais cherché des raisons de ne pas croire à cet avertissement pour pouvoir le faire quand même. J'aurais quand même pris le risque, je crois.

– Exactement, dit-il. Tu ne pensais *vraiment* pas que quelqu'un serait blessé. Tu as pris un risque en espérant que tout se passerait bien. Ce n'est pas la même chose que d'être tout à fait certain que quelqu'un mourrait à cause de toi.

Je m'appuie au dossier de ma chaise et demande :

– Tu es en train de faire ton avocat avec moi, là ?

Il rit.

– Un peu, peut-être… Excuse-moi.

– Quel genre d'avocat es-tu, d'ailleurs ? Tu fais partie de ceux qui mettent les gens en prison ou de ceux qui les en font sortir ?

– Ni l'un ni l'autre, en fait. Le cabinet Avinoch & Associés s'occupe surtout de droit des affaires. La plupart du temps, on rédige des contrats pour des accords commerciaux.

– Donc tu n'assistes pas à des procès pour meurtre et tout ? Où est le plaisir ?

Il rit encore.

– Nous allons parfois au tribunal quand il y a un différend sur un contrat.

– Ça a l'air fascinant…

– C'est peut-être un peu ennuyeux… concède-t-il.

– Tu devrais envisager d'être avocat de la défense, plutôt. Tu serais bon !

Je ne plaisante qu'à moitié. Il sourit.

– Pourquoi s'occuper de crimes mystérieux alors que je peux remplir des formulaires et argumenter sur des clauses de responsabilité ?

Quoi ? Des sarcasmes ? Maintenant, je suis sûre que nous sommes de la même famille.

– Écoute, je ne dirais pas mieux…

Il pousse sa chaise en arrière et se lève.

– Je ferais mieux de commencer la vaisselle. Je dois travailler à la rédaction de contrats fascinants portant sur la création d'une sous-société…

Je me lève à mon tour et prends mon bol.

– Je vais t'aider, je ne voudrais pas que tu rates quelque chose d'aussi palpitant.

Mon frère et moi nous tenons côte à côte dans la cuisine, nettoyant la vaisselle et plaisantant sur son travail. Peut-être que je commence à me sentir à ma place ici.

TROIS

La semaine suivante se passe un peu mieux. Avoir mes propres vêtements et quelques meubles de plus rend la chambre un peu plus personnelle, même si ce n'est que temporaire.

Ronan me laisse tranquille, Dieu merci… Il travaille beaucoup, part généralement avant que je me réveille et je ne le retrouve que le soir. La plupart du temps, Mari n'est pas là, elle fait son boulot de Protectrice je ne sais où, mais elle est tout de même revenue dîner deux fois.

Nous ne nous sommes plus disputées mais nous marchons sur des œufs, comme si nous savions que notre entente était fragile. De toute façon, elle nous rend visite essentiellement pour que Ronan et elle puissent se regarder avec des étoiles plein les yeux et des airs idiots. C'est dégoûtant.

Personne ne me surveille, alors j'ai tout le temps du monde et un millier d'idées pour m'occuper, tout en tenant toujours ma promesse de rester sage. Même si

Ronan prévoit de m'envoyer en apprentissage, peut-être que je pourrai rester chez lui un peu plus longtemps si je prouve que je sais bien me comporter !

Pendant qu'il travaille, je m'occupe de la cuisine, je fais le marché en négociant les meilleurs prix (sans jamais rien voler, promis). J'explore un peu le quartier, arpente les rues et prends des chemins détournés, juste comme ça, par curiosité, et certainement pas pour faire des bêtises. Il faut dire que cette partie de la ville est vraiment calme et résidentielle, même moi je ne risque pas de m'attirer des ennuis ici !

Ronan et moi commençons à avoir nos petites habitudes : il me laisse quelques pièces et une liste de courses le matin, je cours au marché l'après-midi, et je passe ensuite le prendre à son bureau sur le chemin du retour. Le cabinet Avinoch & Associés n'est qu'à quelques pâtés de maisons du marché.

Aujourd'hui, le trajet me paraît long à cause de l'air horriblement froid, alors je resserre mon écharpe autour de mon cou. Je n'ai pas encore osé porter l'un des manteaux en fourrure que Mari m'a achetés, mais je ne pense pas pouvoir tenir beaucoup plus longtemps. Pas de doute, l'hiver pointe son nez.

À cette heure-ci, les rues pavées sont pleines car les gens rentrent chez eux après le travail ou se ruent dans les magasins juste avant qu'ils ne ferment. Mais c'est une cohue agréable, civilisée ; rien à voir avec le chaos d'un marché d'Azeland.

Soudain, ce bazar de mon ancienne ville me manque si violemment que je suis coupée dans mon élan. Ça alors… Je n'aurais jamais cru pouvoir être nostalgique d'Azeland. Je ne me sentais pas chez moi, là-bas.

À l'inverse, Ruhia semble faite pour moi, avec ses petites boutiques confortables et ses rues bordées de maisons en brique…

Mais tout cela ne fait que souligner ce qui me manque. En réalité, je ne me sens pas chez moi ici non plus. J'ai juste… froid.

Je tourne au coin de la rue et cours les derniers mètres jusqu'au bureau de Ronan. Il travaille dans un bâtiment qui ressemble exactement à ses voisins, mais il est tout de même impressionnant : un long escalier en pierre mène à une entrée encadrée par deux statues jumelles de sainte Julina, la patronne de la justice. Sur la porte est inscrit en grosses lettres : AVINOCH & ASSOCIÉS.

Je dois être en retard car Ronan m'attend déjà dans le hall. Il descend les marches rapidement avec son gros manteau et ses cheveux sombres ébouriffés, comme d'habitude.

– Salut, lance-t-il en souriant. Comment était le marché ?

– Bondé, je réponds en regardant les lettres sur la porte du bureau. Tu sais, quand tu posséderas cet endroit, le cabinet s'appellera Rosco & Co. Ha ! ha !

Je m'attends à ce qu'il rie avec moi, mais il se renfrogne.

– Non, attends, je continue. Tu devrais l'appeler « Ros & Co », tout simplement !

Sans un mot, il prend un des sacs de courses de mes mains.

– ROS & CO ! C'est brillant, non ? Tu devrais vraiment le faire.

– Rentrons à la maison.

J'ai dû sortir une bêtise… Il commence à marcher en direction de l'appartement. Je ne sais pas quoi faire, mais je sens que je dois dire quelque chose, alors je continue à parler :

– Si tu adoptes le nom que j'ai trouvé pour ta société, est-ce que je pourrai toucher de l'argent, comme j'ai eu l'idée ?

Ronan évite quelques badauds et continue à marcher. J'accélère pour le suivre.

– Juste une petite commission, hein, je continue sans me démonter. Que dirais-tu de quatre-vingt-cinq pour cent ?

Il s'arrête net.

– Je ne posséderai jamais cette société, Alli.

Je m'immobilise.

– Mais tu es l'apprenti d'Avinoch, non ? Je pensais que tu allais devenir avocat.

– Je vais devenir avocat, oui… Si j'ai de la chance. Mais maître Avinoch léguera la société à son fils et mon apprentissage se termine bientôt. J'espère seulement être gardé comme associé le moment venu, mais rien n'est fait.

– Pourquoi ça ?

Il expire lentement, formant un nuage blanc dans l'air glacé.

– Personne ici ne rêve d'avoir un orphelin d'Azeland comme associé dans un cabinet d'avocats…

Mon souffle se joint au sien dans l'air.

– Oh… Je vois…

Ronan reprend sa marche, plus lentement cette fois.

– Il pourrait quand même te choisir, non ?

– Il ne le fera pas.

– Alors que se passera-t-il quand ton apprentissage sera fini ?

– Je serai sans doute embauché par un autre cabinet.

Il pense peut-être me rassurer avec cette réponse, mais j'ai surtout retenu le « sans doute ».

– Tu pourrais *vraiment* ne pas être embauché ?

Il hoche la tête.

– Vraiment, en effet.

– Oh…

Le sourire de Ronan revient lentement sur son visage.

– Mais dis donc… Cet intérêt soudain pour mon travail n'aurait-il pas quelque chose à voir avec ton propre apprentissage ?

Décidément, c'est l'un des sujets de conversation préférés de mon frère. Il doit penser qu'il est temps que je me préoccupe de ma future carrière. Pour me renvoyer plus vite de chez lui, à coup sûr…

– Je suis vraiment obligée de faire un apprentissage ? Regarde, je suis une excellente assistante de courses ! Pourquoi tu ne m'engages pas pour faire ça à plein temps ?

Ronan fouille dans le sac, vérifiant ce que j'ai acheté.

– Encore des bonbons ?

– Je ne vois pas de quoi tu parles… Une assistante de courses professionnelle n'achète jamais de bonbons si on ne le lui demande pas expressément.

Ronan sort une barre de chocolat blanc du sac et me tapote la tête avec.

– Oh ! Ça ! je m'exclame.

– Oui, ça.

Je saute par-dessus une fissure dans le trottoir.

– Bon, là, d'accord, mais tu me remercieras quand tu en mangeras. Car il est évident que je t'en laisserai un peu…

– Oh, je n'en doute pas.

Des sarcasmes, à nouveau !

– Puisque c'est comme ça, je vais manger toute la barre, mais toi, tu pourras avoir les miettes collées à l'emballage !

Le vent s'est levé, je suis frigorifiée, mais le sourire de Ronan me réchauffe le cœur.

– Non, elle est toute à toi.

– Attention… je me souviendrai que tu as dit ça !

Nous gagnons enfin l'appartement bien chaud de mon frère, et nous sommes immédiatement assaillis par de bonnes odeurs de cuisine : de la viande et des brocolis, probablement un ragoût. J'avais presque oublié que Mari avait promis de cuisiner, ce soir.

– Comment allez-vous, tous les deux ? nous lance-t-elle.

Ronan pose le sac de courses sur la table de la cuisine et retire ses gants.

– Alli était en train d'essayer d'éviter la conversation sur son apprentissage, plaisante Ronan.

– Oh ? Est-ce que tu as déjà des idées ? me demande Mari.

J'enlève péniblement l'écharpe qui m'étouffe.

– Non, aucune en particulier. Alors, qu'est-ce qu'on mange ? je lance, cherchant à faire diversion.

– Ragoût de bœuf, annonce Mari. J'espère que tu aimeras.

– Je suis *sûre* que je vais aimer.

Elle lève les sourcils.

– Dis donc… Qu'est-ce que tu essaies de te faire pardonner, toi ?

– Qu'est-ce qui te fait penser ça ?

– La flatterie, ça ne te ressemble pas, réplique-t-elle un peu sèchement.

– Je ne vois pas de quoi tu parles…

– Avez-vous évoqué le tutorat ? demande-t-elle en regardant Ronan.

Je me fige.

– Quel tutorat ?

Ronan et Mari se regardent avec cet air agaçant que prennent les adultes quand ils ont une mauvaise nouvelle à vous annoncer.

Mon frère accroche son manteau à une patère devant la cheminée et se passe la main dans les cheveux, les ébouriffant encore plus.

– Assieds-toi, dit-il.

– Oui, c'est probablement une bonne idée, je marmonne, avec le sentiment que cette conversation ne sera pas agréable.

Je m'assois sur le canapé et commence à délacer mes bottes, jetant des coups d'œil à Ronan. Il déplace une pile de documents posés sur son fauteuil et s'enfonce dans le coussin.

– Je pensais que pour te préparer à l'apprentissage, tu devrais commencer par prendre quelques cours.

C'est une blague ? Seuls les gosses de riches peuvent se permettre de suivre des cours, et Ronan ne roule pas sur l'or… En plus, même si les sœurs nous ont enseigné les bases à l'orphelinat, je n'étais pas la première de la classe ni la plus sage. Je ne vois pas ce qu'un tuteur pourrait tirer de moi.

– Maître Avinoch propose généreusement les services d'un tuteur à tous les enfants de ses employés. Quand il a su que tu allais venir chez moi, il a suggéré que tu suives son enseignement, toi aussi. Ce ne sera pas le même niveau que les cours que suivent les nobles, mais cela t'aidera quand même à te préparer.

– Euh… Je ne pense pas que ce soit une bonne idée.

– Pourquoi ?

– Disons qu'il y a toujours des problèmes quand je me retrouve en classe…

– Quel genre de problèmes ?

– Un peu tous les genres…

Ronan ne comprend pas.

– Je suis sûr que tu t'en sortiras très bien, ne t'inquiète pas.

– Non mais ce n'est pas ça…

Je retire soigneusement ma botte droite sans oser le regarder.

– Je ne comprends pas, Alli, insiste-t-il.

– Non, tu ne comprends pas.

Mon ton un peu agressif fait sursauter mon frère.

– Pourquoi ne veux-tu pas m'expliquer ?

Son calme est un peu exaspérant, alors je hausse le ton :

– Je ne veux pas, c'est tout !

– Alli, je sais que tu es capable de prendre ces cours, tu es une enfant intelligente, aucune porte ne te sera fermée si tu t'intéresses à ton avenir !

Oui, cet avenir auquel je ferais bien de me préparer parce que je serai bientôt *seule*. Je me retourne vers lui.

– Qu'est-ce que tu en sais ? je m'écrie d'une voix encore plus aiguë. Tu ne sais même pas qui je suis !

Un bruit sourd se fait entendre dans la cuisine ; c'est Mari qui écoutait et vient de laisser tomber quelque chose.

Ronan est décontenancé.

– Je sais que tu as bon fond, Alli.

Dans ma tête, une alarme retentit, mais trop tard : la colère est là…

– Comment tu le saurais ? Tu crois me connaître parce que tu as lu ce fichu dossier ?

– Alli…

– Je sais ce que tu penses : je suis une pauvre petite orpheline qui n'a jamais eu de chance et si tu es assez gentil avec moi, je deviendrai peut-être une bonne personne comme par magie. Tu veux savoir la vérité ? Je suis une mauvaise personne. Tellement mauvaise que j'ai été adoptée deux fois, et les deux familles d'accueil m'ont tellement détestée qu'elles m'ont laissé m'enfuir et ne m'ont jamais récupérée. C'était mentionné, ça, dans ton précieux dossier ?

Je n'attends pas de réponse et quitte la pièce en tapant des pieds. Comme je ne porte qu'une seule botte, c'est un peu ridicule… Tant pis, pour compenser, je claque la porte de la chambre.

Enfin seule, je jette ma deuxième botte et m'effondre par terre, dos contre le battant.

Un bourdonnement de voix s'élève presque immédiatement de l'autre côté, d'abord faible, puis de plus en plus sonore… Ils se disputent.

Génial. Maintenant, j'ai aussi ruiné sa relation avec sa petite amie. Je suis vraiment en train de pourrir sa vie…

Je jette un coup d'œil dans la chambre, maintenant remplie de toutes les choses que Mari et moi avons rapportées. Mais pourquoi ai-je pensé que c'était une bonne idée d'acheter tout ça ? Les vêtements, les chaussures, les manteaux… Mon frère n'est encore qu'un apprenti, il pourrait perdre son travail et, moi, je débarque et je lui impose de nouvelles dépenses… Pas étonnant qu'il veuille se débarrasser de moi dès que possible.

C'est un exploit : à peine arrivée, j'ai déjà réussi à tout gâcher.

J'essaie d'écouter à la porte pour entendre tout le mal qu'ils doivent dire de moi, mais le son est trop étouffé. Je me dirige vers cette armoire en bois trop chère et commence à sortir les vêtements : la plupart de ces affaires n'ont même pas été portées. Je pourrai très bien les vendre et rembourser une partie de ce que je dois à mon frère.

Tout à coup, la porte d'entrée claque. Mari est sans doute partie. Une minute après, des pas résonnent dans le couloir et je retiens mon souffle, priant pour que mon frère n'entre pas pour me dire ce que je sais déjà… Mais les pas passent devant ma chambre pour se diriger vers celle de Ronan.

Je consacre ensuite une heure à replier les vêtements dans les sacs afin qu'ils aient l'air neufs, puis je les range soigneusement au fond de l'armoire afin de ne pas les froisser. Au bout d'un moment, mon estomac se met à gargouiller. L'odeur du ragoût que nous n'avons jamais mangé arrive jusqu'à ma chambre comme pour me narguer. Après tout, si personne d'autre ne le mange…

J'entrebâille la porte et jette un coup d'œil dans le couloir : la chambre de Ronan est toujours fermée et l'appartement est silencieux. Je me glisse alors dans la cuisine où la table est dressée pour trois. Je regarde les assiettes tristement vides… Encore un dîner de famille ruiné… un dîner qui aurait pourtant pu être parfait.

Je prends une assiette et me sers dans la marmite encore chaude une bonne portion de ragoût. Je ne sais pas si Mari avait eu le temps de terminer sa recette, mais je trouve ce plat très bon. Un peu trop de brocoli à mon goût, mais je ne vais quand même pas faire la difficile après ce que j'ai connu.

Surtout dans ce fameux endroit auquel je ne pense pas du tout, en compagnie du fameux garçon auquel je pense encore moins.

J'engloutis le ragoût si vite qu'il me brûle la langue. Ronan pourrait avoir la même idée que moi et sortir à tout moment. Que lui dirais-je alors ? « Désolée, je suis une horrible personne, mais je t'en supplie, ne me chasse pas de chez toi ? »

Je racle mon assiette jusqu'à ce qu'elle soit propre et je la mets dans l'évier. Je l'aurais bien lavée, mais ça ferait trop de bruit, et mieux vaut quitter la cuisine rapidement…

Soudain, je sursaute : on frappe à la porte d'entrée. C'est sûrement Mari.

Non, attendez… Mari a une clé, elle ne frapperait pas…

Encore un coup, plus léger cette fois, presque hésitant.

Je traverse le salon sur la pointe des pieds en retenant mon souffle comme si la personne à la porte pouvait m'entendre. Est-ce que je devrais ouvrir ? Et si c'était un voleur ?

Cette idée me fait presque rire. Comme si je pouvais avoir peur des voleurs, *moi* ! C'est probablement un ami de Ronan ou quelqu'un de son bureau. Ou peut-être que Mari a oublié sa clé et est revenue pour se réconcilier avec mon frère. De toute façon, je n'ai aucune envie d'ouvrir la porte ni de parler à qui que ce soit.

En même temps, je suis très curieuse…

Je prends une grande inspiration et j'ouvre la porte.

Et là, je manque de crier.

Car c'est bien un voleur qui se tient sur le seuil.

C'est Beck Reigler.

QUATRE

– **Oh mon Dieu !** je m'exclame.

Beck me fixe, les yeux écarquillés comme s'il venait de voir un fantôme. Il est vrai que j'étais *littéralement* en train de mourir la dernière fois qu'il m'a vue… Pourtant, il sait mieux que quiconque que je ne suis pas morte, puisque c'est lui qui m'a sauvé la vie.

Il me paraît plus grand que la dernière fois que je l'ai vu, et ses cheveux ont encore poussé, formant des boucles qui tombent presque dans son cou. Mais ses yeux sont toujours aussi chaleureux.

C'est vraiment lui.

– Salut, chuchote-t-il.

J'essaie de mettre de l'ordre dans mes pensées.

– Que fais-tu ici ?

– Je… J'ai besoin de te parler.

– Tu as besoin de me parler… je répète lentement. Pendant des mois et des mois, je n'ai eu aucune nouvelle de toi et, là, soudain, tu toques à ma porte pour m'annoncer que tu as besoin de me *parler* ?

– Eh bien, je ne pouvais pas te contacter avant, sinon les Protecteurs m'auraient arrêté. Mais là, c'est… c'est important.

Je jette un coup d'œil derrière moi, m'assurant que Ronan n'a rien entendu. Heureusement, sa chambre se trouve tout au fond de l'appartement…

Oh, mon Dieu ! Mari. Elle habite juste à côté !

Je me retourne vers Beck.

– Tu ne peux pas rester ici !

Il regarde ses pieds.

– Je suis désolé. Je ne voulais pas te déranger. Je sais que tu es avec ton frère, maintenant. Mais j'ai besoin de ton aide, et je ne savais pas où aller…

– Chut ! Ce n'est pas sûr de parler ici.

Je pointe le doigt en direction de la porte de Mari et articule silencieusement le mot « Protecteur » Beck jure, regarde autour de lui dans le couloir, puis murmure :

– Viens avec moi. Je connais un endroit où nous pourrons discuter.

J'hésite. Je ne sais pas quoi penser de sa présence ici.

– Alli, insiste-t-il. Je pense que ton frère est en danger.

Le tourbillon de pensées dans ma tête s'arrête net.

– Quoi ?

– Viens avec moi et je t'expliquerai tout.

Je regarde l'appartement sombre. Et si Ronan sortait et remarquait que je suis partie ?

– S'il te plaît, chuchote Beck. Je dois te mettre en garde…

Je ne sais pas ce que je ressens pour lui, là, tout de suite, mais je sais qu'il ne mentirait pas à propos de quelque chose d'aussi grave. Alors je cède…

– D'accord. Donne-moi une seconde.

Je me précipite dans le salon et cours vers la cheminée, où le manteau de Ronan est toujours accroché. Je récupère les clés pour ne pas me retrouver enfermée dehors, puis j'enfile mes bottes de rechange et prends le manteau de mon frère car je n'ai pas de temps à perdre en allant chercher le mien.

Un craquement résonne dans le couloir et je me fige. Si Ronan se montre maintenant, il me prendra en flagrant délit.

Mais il ne se passe rien…

Je traverse alors la pièce sur la pointe des pieds puis sors en verrouillant la porte derrière moi.

Beck mène la marche et nous passons sans bruit devant l'appartement de Mari avant de dévaler l'escalier pour sortir du bâtiment.

– Où on va ? je murmure.

– Tu verras, répond Beck, ce qui n'est pas du tout une réponse.

C'est une nuit sans nuages. La lune et les étoiles ainsi que les lampadaires éclairent les allées obscures. Je trébuche dans le noir en essayant de suivre le rythme de Beck qui court comme si une dizaine de Protecteurs étaient à nos trousses.

– Pourquoi avances-tu si vite ? je demande en haletant alors qu'il tourne au coin d'une rue et accélère davantage.

– Nous devons nous mettre hors de vue. Ils pourraient nous surveiller.

– Euh, d'accord, ce n'est pas du tout effrayant…

Mais Beck ne développe pas, il continue simplement de courir. Nous dépassons alors le parc, puis un pâté de maisons plus au nord, et Beck s'arrête devant une longue rangée de maisons en brique identiques. Je ne vois pas de cachette possible pour nous ici, mais Beck scrute les cimes des arbres avec attention.

– Qu'est-ce qu'on cherche ? je murmure.

– Ça, répond-il en pointant du doigt quelque chose au loin.

Je suis son regard et aperçois un relief pâle qui s'élève des bois sur une colline lointaine. C'est si petit que je ne l'avais jamais remarqué avant, fin et blanc, presque comme…

– Un clocher ?

– Oui.

– Qu'est-ce qu'une église fait au milieu des bois ?

– Tu verras.

– Arrête de répéter ça !

Beck se faufile entre deux maisons et se dirige vers la colline.

– Il n'y a pas de chemin pour monter là-haut, je proteste.

Beck feint d'être effrayé :

– Hoooou ! Comment on va faire ?

– Tais-toi !

Tandis que nous gravissons la colline, j'ajoute :

– Tu sais, c'est bizarre : à Ruhia, il y a tous ces petits trottoirs partout, alors qu'à Azeland, on n'en a presque pas.

– Ce n'est pas bizarre. On appelle ça l'« urbanisation ».

Je lève les yeux au ciel, même s'il ne peut pas me voir dans le noir.

– Être aussi urbanisé, c'est louche, je grogne.

– Tu parles comme une vraie Azelandienne…

– Qu'est-ce que c'est censé vouloir dire ?

– Tu as vu votre ville ? Les rues tournicotent dans tous les sens ! Je pense que personne chez vous ne sait ce qu'est une ligne droite. Et aucun de vos bâtiments ne se ressemble !

Nous avons atteint la partie la plus dense des bois et je dois éviter une branche avant de pouvoir lui répondre.

– Les bâtiments ne sont pas *censés* se ressembler. Chacun a une fonction différente, alors pourquoi devraient-ils être tous identiques ?

Beck secoue simplement la tête en signe de désespoir.

– Et moi qui espérais que tu serais devenue une vraie Ruhienne…

– Plutôt mourir… Tu n'as pas remarqué comme il fait froid ici ? On n'est même pas encore au cœur de l'hiver et je dois déjà me barder d'écharpes et tout le bazar. Comment les Ruhiens font-ils pour supporter ça chaque année ?

Beck, lui, ne porte même pas de manteau ! Je m'apprête à en rajouter une couche sur Ruhia, mais je renonce : je ne sais pas encore ce qui se passe, ni si Beck a dû fuir la Guilde à la hâte. Peut-être qu'il aimerait avoir un manteau pendant que, moi, je me plains de porter des vêtements chauds.

Les feuilles mortes et les brindilles craquent sous nos pieds alors que nous avançons plus profondément dans les bois. Les arbres sont nus et fins, et plus nous montons, plus les arbres et les broussailles s'épaississent, tant et si bien que nous devons à présent écarter les branchages et contourner les bosquets les plus denses.

Hormis un oiseau qui vole au-dessus de nos têtes et fait bruisser les feuilles, tout est étrangement silencieux, comme si la ville qui nous entoure avait disparu. Il n'y a rien d'autre que des feuilles mortes, des arbres décharnés et des buissons piquants, le tout projetant des ombres étranges et effrayantes dans le clair de lune.

Maintenant que nous sommes presque au sommet, on ne voit plus le clocher, dissimulé par les arbres et l'obscurité. Mais tant que nous continuons dans la bonne direction, nous devrions arriver à le trouver. Peut-être qu'il y avait un chemin ici, autrefois, mais si c'est le cas, il a été avalé par la forêt. Cette idée me fait frissonner.

– Cet endroit est un peu angoissant, reconnaît Beck, faisant écho à mes pensées.

Finalement, après avoir été griffés par un million de branches, nous débouchons dans une clairière. C'est là que se trouve l'église.

Elle est plus petite que ce à quoi je m'attendais ; il s'agit davantage d'une chapelle, avec une petite porte voûtée à l'avant et le clocher à l'arrière. Contrairement à la plupart des bâtiments de Ruhia, elle est faite de pierre blanche dont la couleur s'estompe et s'écaille par endroits. Elle est encerclée de mauvaises herbes, comme si la forêt voulait l'avaler, elle aussi.

– Cette chapelle est totalement abandonnée ? je chuchote.

– Il me semble, oui, confirme Beck en avançant dans la clairière. J'ai vérifié plus tôt dans la journée : personne n'y est entré depuis des lustres, à mon avis.

Il semble confiant, mais je m'approche quand même prudemment car je ne sais pas ce que nous allons trouver à l'intérieur. Nous ne sommes peut-être pas les seuls à connaître l'existence de cette chapelle. Après tout, les endroits oubliés de ce genre font les meilleures cachettes. C'est Beck qui m'a appris ça.

Et ceux qui se retrouvent dans des endroits comme celui-ci ont forcément quelque chose à se reprocher. Comme nous, par exemple.

Le sol est jonché de feuilles que nous écrasons bruyamment en avançant vers la chapelle. Dans le doute, nous signalons notre arrivée à quiconque se cacherait à l'intérieur, mais rien ni personne ne réagit.

Nous passons sous l'arche et montons les trois marches en pierre qui nous séparent de la porte. Un motif complexe est sculpté dans le battant, mais il est tellement usé et sale qu'on ne peut plus vraiment distinguer le dessin. De petites fenêtres encadrent chaque côté, mais elles aussi sont obturées, et il n'y a pas d'autre moyen de regarder à l'intérieur.

Beck pousse la porte qui grince et résiste mais, après quelques vives poussées, elle finit par céder. À l'intérieur, il fait noir complet.

– Attends, murmure Beck. J'ai laissé une lanterne près de la porte.

Il franchit le seuil et tâtonne dans le noir.

– Comment as-tu trouvé cet endroit ? je demande. C'est une cachette de la Guilde ?

Les membres de la Guilde ont des planques éparpillées partout, et je ne serais pas étonnée qu'ils en aient une à quelques minutes de l'appartement de Ronan. Une éventualité qui me met d'ailleurs très mal à l'aise…

– Non, dit Beck. Nous ne serions pas en sécurité dans une cachette de la Guilde.

– Qu'est-ce que ça veut dire ?

Ses allusions sont à la fois alarmantes et agaçantes.

– J'ai passé la journée à chercher dans ton quartier un endroit discret que la Guilde ne connaîtrait pas, continue-t-il, ignorant ma question. Quand j'ai vu le clocher depuis la rue, j'ai décidé d'aller voir.

Quelque chose remue et une étincelle s'allume. Il me faut une seconde pour que mes yeux s'adaptent à la pénombre faiblement éclairée et que mon cœur cesse de battre la chamade. L'apparition soudaine du feu me rappelle de mauvais souvenirs…

Beck soulève la lanterne. Les flammes qui dansent à l'intérieur produisent des étincelles… *vertes*

Contrairement à ce que tout le monde semble croire, je ne fais pas exprès de mettre le feu aux choses. Mais si je ne suis pas experte pour gérer les flammes, je sais que normalement, elles ne sont pas vertes.

– Qu'est-ce que tu viens de faire ? je demande en soupirant.

– Ce sont des allumettes enchantées, explique-t-il. Elles s'allument plus facilement, c'est tout. Le vert, c'est seulement un effet secondaire bizarre.

– Cadeau de la Guilde ? je demande.

La lumière vacillante de la lanterne éclaire légèrement son visage, et je peux au moins voir qu'il semble un peu honteux.

– Oui, quelque chose comme ça.

Il tient la lanterne en l'air et me fait signe de franchir le seuil. Pour la première fois, j'ai une bonne vue de l'intérieur.

Je ne sais pas à quoi je m'attendais, mais cela ressemble à… Eh bien, à une chapelle. Il y a un petit autel surélevé et deux rangées de bancs séparées par une allée centrale. Quelques runes sont gravées sur les murs ainsi que sur les vitraux, mais hormis cela, il y a assez peu de décoration. Dans le style typiquement ruhien, on a même construit une petite cheminée nichée dans un coin en retrait près de l'autel. Vous ne verrez jamais cela à Azeland.

Cet endroit semble avoir été abandonné depuis des milliers d'années. Une épaisse couche de poussière recouvre tout, les bancs en bois sont vétustes et fissurés par endroits. C'est effrayant… et pourtant étrangement beau.

Nos pas résonnent tandis que nous avançons dans un air froid et poussiéreux qui rend la respiration difficile. Au plafond, la voûte bleue est tout écaillée et, au-dessus de la porte, il y a une petite loge avec quelques bancs, sans doute pour une chorale.

Beck emprunte l'allée centrale.

– Ce n'est pas une cachette sécurisée, commente-t-il, presque comme s'il s'excusait. Impossible de s'assurer que personne n'entrera ici.

Je suis tentée de lever les yeux au ciel encore une fois : nous ne sommes pas à la Guilde, bon sang ! Il ne peut pas espérer qu'il y ait une serrure magique à chaque porte.

Je remarque une petite statue blanche à l'arrière de l'autel, qui doit être le saint auquel la chapelle est dédiée. Je m'approche, curieuse, mais recule d'un coup…

C'est Harona.

Sainte Harona, la patronne des familles et des enfants, et la sainte que j'aime le moins. Celle qui n'a jamais écouté mes prières… Enfin, jusqu'à récemment. Évitons quand même soigneusement cette zone. Rien que la façon dont elle nous regarde et sourit me met mal à l'aise.

La lumière verte de la lanterne de Beck scintille sur le banc à côté de moi, celui sur lequel se trouve un petit livret bleu ; probablement un recueil de cantiques. C'est assez étonnant, car il est très coûteux d'imprimer ce genre d'ouvrage, et seules les églises les plus riches en possèdent, en général. Et quand elles en ont, elles ne les laissent pas traîner dans la poussière.

Que s'est-il passé ici ? Pourquoi tout le monde semble avoir oublié ce lieu ? Sont-ils tous subitement morts de la peste ou d'un mal si brusque qu'ils n'ont même pas eu le temps de ranger leurs livres ? Quelle chose horrible a forcé les gens à abandonner cette chapelle ?

En parcourant rapidement l'allée, je frissonne à nouveau…

– Et puis le clocher est visible depuis la rue, et ça ne me plaît pas non plus, note Beck, continuant sa liste des défauts de notre cachette. Mais bon, c'est un endroit isolé, sec, et je pense que personne dans la Guilde ne le connaît. Ça ira.

– Ça ira pour quoi ? Que faisons-nous ici, Beck ?

Il me regarde droit dans les yeux.

– Je suis venu te prévenir. Je pense que quelqu'un veut tuer ton frère.

CINQ

Je fixe Beck, refusant de croire ce que je viens d'entendre.

– Tu devrais peut-être t'asseoir, me dit-il.

Il se dirige vers l'autel et je m'effondre sur un banc en face de lui, soulevant un nuage de poussière qui me pique les yeux. Il balance nerveusement la lanterne de gauche à droite, projetant des ombres folles sur son visage. Mais il ne me regarde pas.

– Explique-moi, je demande quand j'ai retrouvé ma voix.

– Comment t'expliquer ça ? répond-il doucement.

Il y a un long silence, et je me force à me souvenir de la dernière fois que je l'ai vu, en train de s'échapper par la fenêtre du manoir des Atherton, le collier volé serré dans son poing. En route vers la calèche qui devait le ramener à la Guilde… La calèche qui était censée me récupérer, moi aussi… Et me sauver.

Est-ce qu'il pense parfois à cette nuit ? Est-ce qu'il a des regrets ?

Je devrais probablement lui en vouloir de m'avoir abandonnée là-bas, d'avoir laissé une femme mourir, d'avoir échappé à la prison. Mais tout se mélange.

Oui, Beck a fui sans moi. Mais ensuite, il a utilisé l'argent de la Guilde pour me sauver la vie. Certes, j'ai dû aller en prison, mais ça, c'était mon choix. Et si Beck ne m'avait pas introduite dans la Guilde, je n'aurais jamais retrouvé mon frère…

Je ne sais même pas par où commencer pour démêler tout ça, et c'est exactement pourquoi j'ai essayé d'éviter de penser à lui jusqu'à aujourd'hui.

Mais maintenant, il est en face de moi. Suis-je contente de le voir ?

– Dis-moi juste ce que tu as à me dire, c'est tout.

– D'accord. Je… j'essaie de trouver par où commencer.

– Tu sais ce que je dis toujours : commence par le début.

S'il reconnaît la référence à l'une de nos précédentes conversations, il ne le montre pas.

– Ce n'est pas si simple.

Je m'appuie contre le banc qui me glace le dos.

– Comment m'as-tu trouvée ?

– Le nom et l'adresse de ton frère étaient dans ton dossier, au tribunal.

– Comment as-tu pu avoir accès à mon dossier ?

Un petit sourire illumine son visage, un sourire si familier que mon cœur fait un bond.

– Je l'ai volé, Alli.

– Oh. Évidemment, suis-je bête.

– Je ne savais pas dans quel tribunal se trouvait ton dossier, alors je les ai tous faits. Il ne m'a fallu que cinq essais avant de tomber sur le bon, heureusement.

– Oui, heureusement, je répète. Mais attends… Comment tu savais, pour mon frère ?

– Je ne savais pas. J'ai seulement supposé que, où que tu sois envoyée, quelqu'un l'aurait enregistré quelque part. J'ai cherché dans plusieurs dossiers de placements jusqu'à trouver ton nom. Il était écrit que tu avais été confiée à ton frère, et il y avait son nom et son adresse. Après ça, ce n'était pas difficile de te trouver.

– Oh.

Il marque une pause. Bien qu'il regarde dans ma direction, il n'arrive pas à croiser mon regard.

– Tu savais… tu savais que tu avais un frère ?

– Oui. Enfin, je ne savais pas où il était. J'avais seulement trois ans quand je suis allée à l'orphelinat alors, pendant un moment, je ne me souvenais même plus de son nom.

Il fixe la lanterne dans ses mains.

– Il est comment ? Tu l'aimes bien ?

– Je crois… Je veux dire, il a été vraiment gentil avec moi jusqu'à présent. Mais je ne pense pas qu'il veuille que je reste chez lui. Et j'ai déjà tout gâché.

– Vraiment ?

– Oui. Apparemment, je ne suis pas très douée pour tout ce qui est « vie normale »…

– Tu le savais déjà, l'orféline, répond-il en riant. Tu t'es enfuie de combien de familles adoptives avant de quitter l'orphelinat, déjà ?

– Ha. ha. Merci de me le rappeler.

Mais je souris quand même… C'est agréable d'avoir enfin quelqu'un à qui parler de toute cette histoire avec Ronan. Surtout quelqu'un qui me connaît et sait tout ce que j'ai traversé. Beck m'a tellement manqué… Même si je ne lui avouerai jamais.

– Alors, comment l'as-tu localisé ? Ton frère, je veux dire.

– Eh bien… Euh… Il s'avère que le juge le connaissait. Quand il a lu mon nom de famille, il m'a demandé si nous étions de la même famille et, ensuite, je me suis souvenue…

Beck ne met pas longtemps à saisir l'information cruciale de mon récit.

– Comment le juge le connaissait-il ? s'étonne-t-il.

Je prends une grande inspiration, ne sachant quelle sera sa réaction.

– Ronan travaille parfois au tribunal. Il est apprenti chez un avocat.

Les yeux de Beck s'écarquillent.

– Tu plaisantes ?

– Il ne doit pas savoir que je t'ai parlé ni que tu es en ville. Sinon il pourrait…

– Me dénoncer ?

J'hésite.

– Je pense qu'il le ferait. Je n'ai jamais parlé à personne de la Guilde ni de qui tu es vraiment…

– Oui, je sais. J'ai lu ce que tu as dit au juge dans ton dossier. Jolie petite histoire, d'ailleurs !

– Oui, bon, ils savent quand même que tu étais avec moi ce jour-là, et ils savent à quoi tu ressembles parce que les Atherton t'ont décrit. Si mon frère te voit, il saura qui tu es. Et il…

– Est avocat, termine Beck. Donc il respecterait la loi. Il me dénoncerait.

– Il essaierait de faire ce qui est juste, je corrige. Et même si lui ne le faisait pas…

Ça doit sortir, je dois lui révéler, mais les mots sortent tout mélangés :

– SaptiteamieestuneProtectrice !

– Quoi ?

– Sa petite amie. Elle vit dans l'appartement d'à côté. C'est une Protectrice.

– Eh bien, fait lentement Beck. Voilà qui complique encore les choses.

– Complique quoi ? Et qu'est-ce que tu voulais dire par « quelqu'un veut tuer ton frère » ?

Il hésite.

– Je ne suis pas sûr de savoir par où commencer.

– Ça, tu l'as déjà dit ! je gémis.

– Il se passe quelque chose de grave à la Guilde.

– Donne-moi encore moins de détails ! j'ironise.

Il soupire.

– Tu veux savoir ou pas ?

– Désolée. Continue.

– Au début, ce n'étaient que des… on-dit, des rumeurs. Je n'y croyais pas. Mais depuis pas mal de temps, certains voleurs se plaignaient de Kerick – tu te souviens, le roi de la Guilde ? Ils remettaient en question son pouvoir. Tout remonte au temps où il est monté sur le trône. Kerick avait une sœur qui voulait aussi gouverner, et certaines personnes la soutenaient elle plutôt que lui. Finalement, sa sœur a quitté la Guilde, et tout le monde a reconnu Kerick comme roi, mais quelques partisans de sa sœur en ont gardé rancœur. Et le jeune âge de Kerick n'a pas aidé non plus… Les voleurs les plus âgés ont toujours été réticents à l'accepter. Et puis, dernièrement, les choses ont empiré : les gens se sont mis à critiquer le roi et à le faire ouvertement. Ensuite, des rumeurs ont commencé à circuler : il y aurait une nouvelle faction au sein même de la Guilde. Des conspirateurs qui voudraient renverser le roi… et qui formeraient le Clan des Ombres.

– Ça ne sent pas bon, c'est sûr. Mais quel rapport avec Ronan ?

– J'y viens. Donc, au début, je ne croyais pas ces rumeurs. Mais un jour, j'ai été affecté à un cambriolage avec un type appelé Keene. Je ne le connaissais pas très bien, mais il m'avait toujours semblé assez louche.

Je ne peux pas m'empêcher de rire.

– Vraiment, Beck, un membre de la Guilde, *louche* ? Comme c'est étrange.

– Tu vois ce que je veux dire… Il me faisait mauvaise impression, mais comme je ne le connaissais pas bien, je n'ai rien dit quand on m'a demandé de faire équipe avec lui. Au début, tout s'est bien passé : nous avons réussi le cambriolage, pris l'argent, et nous sommes repartis sans encombre. Mais au moment où nous devions retrouver la calèche qui nous ramènerait au repaire, Keene est parti dans une autre direction… Il avait l'argent, alors je n'avais pas le choix, je devais le suivre. Nous sommes finalement arrivés dans un entrepôt abandonné où se trouvaient d'autres membres de la Guilde, des gars que je ne connaissais pas. Et c'est là que Keene m'a révélé qu'il faisait partie du Clan des Ombres. J'ai compris que ces types détournaient de l'argent depuis des mois pour financer leur organisation secrète… Et tout ça dans un seul but : organiser un coup d'État pour renverser le roi.

– Et par « renverser », ils veulent dire « assassiner » ?

– Oui.

Son récit me donne la chair de poule : il ressemble à ces histoires effrayantes qu'on se raconte le soir dans le noir. Sauf que cette histoire-là est bien réelle…

– Attends une minute… Ils t'ont tout déballé comme ça ?

Il hoche la tête.

– Ils essayaient de me recruter. C'est comme ça qu'ils augmentent leurs effectifs : en parlant à des gens en petits groupes pour essayer de les rallier à leur cause. Je ne sais même pas combien de voleurs de la Guilde font partie des Ombres, maintenant.

– Pourquoi t'ont-ils approché, *toi* ? Parce que tu étais avec Keene, ou c'était une pure coïncidence ? Ou alors ils pensaient que tu ferais une bonne recrue ?

Beck expire lentement.

– Ils devaient s'imaginer que je serais réceptif à leurs idées, notamment parce que j'ai des amis qui ont déjà rejoint le Clan.

Des frissons remontent le long de ma colonne vertébrale jusqu'à mon cou.

– Quels amis ?

– Comme je te l'ai dit, je ne sais pas vraiment qui en fait partie, répète-t-il sans croiser mon regard.

– Mais qui connais-tu ?

– Mead.

– Tu plaisantes ! je m'exclame, le souffle coupé.

J'imagine Koby Mead capable de beaucoup de choses, mais pas de conspirer…

– Je l'ai confronté à ce sujet, et nous nous sommes disputés. En réalité, Mead se fiche de qui dirige la Guilde.

Il essaie de jouer sur les deux tableaux et d'être dans les petits papiers des Ombres au cas où leur plan réussirait…

– D'accord, ça, ça lui ressemble, j'admets. Il n'est pas du genre à mettre tous ses œufs dans le même panier, ni à se poser trop de questions morales… Donc les Ombres ont essayé de te recruter parce que tu es ami avec Mead. Sauf vouloir t'offenser, Beck, je ne vois pas en quoi cela nous concerne, mon frère et moi…

Beck soupire.

– Patience. J'y arrive. Donc les Ombres essaient de me recruter, et tu peux imaginer ce que je leur ai répondu…

– Euh, « non » ? je réponds.

Mais pendant une fraction de seconde, je n'en suis pas vraiment sûre. Beck a vécu trop longtemps au sein de la Guilde. C'est le garçon qui m'a sauvé la vie, mais c'est aussi le garçon qui est parti sans moi et a laissé une femme innocente mourir.

– Bien sûr, dit-il. Kerick a toujours été bon avec moi : quand ma mère est tombée malade, il a été très compréhensif, et quand elle est morte, il ne m'a pas mis à la porte comme la plupart des gens l'auraient fait. Enfin, tu l'as rencontré, tu sais comment il est.

Je ne peux qu'acquiescer : quand Beck m'a amenée au repaire, le roi était prêt à m'autoriser, moi, l'orpheline ramassée dans la rue, à gagner ma place parmi les voleurs. Et il a aussi essayé de m'en dissuader parce qu'il connaissait les risques… Pour un chef mystérieux d'une organisation secrète de super-voleurs, Kerick n'est pas si terrible.

– D'autre part, continue Beck, même s'ils ont des griefs légitimes, je n'aime pas leurs méthodes : détourner de l'argent, recruter des gens en secret, planifier des meurtres…

– Je ne vois vraiment pas ce qui te gêne là-dedans… je raille.

– Je leur ai dit que je n'étais pas intéressé, mais ils ne l'ont pas bien pris.

– Oui… J'imagine, je murmure lentement, commençant à comprendre où il veut en venir.

Beck s'arrête un instant et pose la lanterne entre nous, ses flammes n'éclairant plus que la moitié de son visage. Puis il lâche :

– Ils ont tué Durban.

– Tué ? je répète, comme si c'était un mot étranger.

Je savais que la vie à la Guilde était dangereuse, mais j'avais toujours pensé que les menaces venaient de l'extérieur. Jamais je n'aurais imaginé les membres de la Guilde s'entretuer… Et surtout pas supprimer *Durban*, le bras droit du roi au caractère glacial et terrifiant.

J'ai la tête qui tourne, mais je reprends :

– N'est-ce pas risqué de leur part ? Cet assassinat revient à annoncer leur existence à toute la Guilde.

– Exactement… Mais personne ne sait qui ils sont, ni comment les arrêter.

– Sauf toi, je note. Tu sais qui ils sont. Certains d'entre eux, en tout cas.

J'ai la boule au ventre : cette histoire ne peut que mal se terminer.

– Oui… sauf moi. Ils ne me laissent pas le choix, Alli. Mon temps est compté.

– C'est-à-dire ?

– C'est-à-dire que soit je les rejoins maintenant, soit je finis comme Durban.

– Est-ce que tu es en train de m'annoncer que tu rejoins ce Clan ?

– Pas exactement.

Il sourit tristement.

– Je n'ai pas pu me résoudre à devenir une Ombre. Alors je suis allé trouver le roi et je lui ai tout raconté.

– Par tous les saints, Beck ! Tu aurais pu te faire tuer !

Il secoue la tête.

– J'ai été prudent : personne n'était au courant. Et le roi et moi avons élaboré un plan.

– Pourquoi je sais déjà que je ne vais pas aimer ce plan ?

– Kerick savait déjà beaucoup de choses sur les Ombres, évidemment.

– Difficile de ne pas être au courant : ils ont tué son bras droit !

– Oui, mais il a besoin de plus d'informations pour les arrêter : leurs identités, leur fonctionnement, leurs méthodes de recrutement… Et, surtout, il doit savoir qui sont leurs chefs.

J'ai l'impression de savoir où tout cela nous mène, et ça ne me plaît pas du tout.

– Pour obtenir ce genre d'informations, il a besoin de quelqu'un à l'intérieur… Quelqu'un en qui il a confiance.

Je ferme les yeux.

– Dis-moi que tu n'as pas accepté de faire ce que je pense que tu as accepté de faire…

Sa voix est calme mais aussi déterminée que d'habitude quand il a un plan :

– Je vais infiltrer les Ombres et les espionner pour le roi.

J'ouvre les yeux.

– C'est la pire idée que j'aie jamais entendue. Et j'ai entendu beaucoup de mauvaises idées de ta part, Beck !

Il soupire.

– Écoute…

– Non, *toi*, écoute-moi. Tu parles de rejoindre un groupe secret de criminels encore plus dangereux que le groupe secret de criminels auquel tu appartiens déjà ? Un groupe qui a orchestré un meurtre public et Dieu sait quoi d'autre ? Tu veux les espionner et essayer de fournir des informations au roi de la Guilde des voleurs, qui est leur ennemi juré, et tu penses qu'il ne t'arrivera rien ? Non mais est-ce que tu t'entends ?

– C'est la seule solution. Le roi m'a choisi.

Je ramène mes genoux contre ma poitrine.

– Oui, à ce propos… Cela ne te semble pas un peu étrange ? Sans vouloir t'offenser, tu n'es pas le membre le plus expérimenté de la Guilde… Si cette mission est si importante et les Ombres si dangereux, pourquoi le roi confierait-il ce rôle à un garçon de treize ans qui vient tout juste de passer son épreuve ?

– C'est précisément pour ça qu'il m'a choisi. Si l'un de ses membres les plus expérimentés s'approchait du Clan, les Ombres devineraient immédiatement qu'il s'agit d'un espion. Mais il se trouve que le Clan veut déjà me recruter. Ce sont eux qui sont venus me trouver, donc ils n'ont aucune raison de se méfier. Et le roi sait à quel point je lui suis loyal : je l'ai prouvé en allant immédiatement tout lui révéler. Il a confiance en moi et les Ombres l'ignorent.

Il marque un point, mais il y a toujours quelque chose qui cloche dans toute cette histoire.

À moins que… À moins que le roi ne sache à quel point cette mission est risquée et qu'il ait choisi Beck parce qu'il ne voulait pas que ses meilleurs hommes périssent…

– Donc, poursuit Beck, après avoir planifié cela avec le roi, je suis retourné voir les Ombres pour leur annoncer que j'avais changé d'avis et que je voulais les rejoindre. Ils m'ont dit qu'il y aurait bientôt une réunion ici, à Ruhia, pour les nouvelles recrues. Je suis censé attendre de nouvelles instructions. Le problème, c'est que si le quartier général des Ombres se trouve bien à Ruhia – c'est ce que le roi et moi pensons – alors je dois rester en ville, pour être plus proche d'eux. Le repaire est devenu trop risqué, de toute façon. Je ne veux pas que les Ombres découvrent ce que je fais, évidemment, mais je ne veux pas non plus que les membres loyaux de la Guilde me prennent vraiment pour une Ombre…

– C'est pourquoi tu vas te cacher dans une chapelle abandonnée.

– Exactement.

– Mais quel est le plan ? Se terrer ici pour toujours ?

– Non. Toute cette histoire de Clan des Ombres va se terminer, d'une manière ou d'une autre. Je dois rester discret pendant un moment, jusqu'à ce que j'aie assez d'informations pour que le roi les arrête.

– Et si le Clan gagne ? S'il prend le contrôle de la Guilde et découvre que tu l'as trahi, tu ne pourras jamais revenir.

– Je sais.

Il baisse les yeux vers la flamme vacillante de la lanterne, et ajoute tristement :

– Si cela arrive, je trouverai une solution.

Mes yeux s'écarquillent de surprise car cela ne lui ressemble pas du tout. Certes ses idées sont généralement loufoques, mais il a toujours une stratégie. Si le Clan des Ombres gagne… soit ils le tueront, soit ils le forceront à fuir le seul endroit qu'il ait jamais considéré comme sa maison…

– Maintenant, en ce qui concerne ton frère.

– Enfin, tu y viens !

– Mead m'a appris que le Clan projette d'éliminer plusieurs cibles. Il m'a montré une liste de noms. Kerick était le premier, bien sûr. Mais le deuxième nom était Ronan A. Rosco.

J'en ai le souffle coupé, comme si on m'avait frappée à l'estomac…

– Ce n'est pas possible !

– Je sais ce que j'ai vu… J'ai reconnu son nom tout de suite puisque j'avais consulté ton dossier.

– Attends… Tu as trouvé mon dossier *avant* de voir son nom sur la liste ? Qu'est-ce que tu fichais à le consulter ?

Il baisse les yeux.

– Je… je voulais simplement m'assurer que tu avais guéri de la malédiction et que tu allais bien.

– Tu as fait tous ces efforts pour trouver mon dossier juste pour vérifier que j'allais bien ?

Beck regarde ses pieds et une drôle de sensation me traverse la poitrine…

Changeons de sujet, vite, Alli, reparle de Ronan !

– Tu es sûr que c'était son nom ?

Beck hoche la tête.

Impossible, il doit y avoir une erreur. Ou alors c'est un homonyme ? Non, « Rosco » n'est pas un nom courant à Ruhia – pas plus qu'il ne l'est à Azeland, d'ailleurs. Et « Ronan » est encore plus inhabituel. Et il y a ce « A » au milieu… Pas moyen que ce soit une coïncidence.

– Mais Ronan n'a rien à voir avec la Guilde ou le vol ou quoi que ce soit, je proteste. Il n'est qu'un apprenti avocat. Pourquoi le Clan voudrait s'en prendre à lui ?

– Je ne sais pas, et je ne sais pas non plus qui a mis son nom sur cette liste. Mais, clairement, ils ne plaisantent pas à propos de leurs cibles. Durban ne sera pas le dernier, c'est sûr. C'est pour ça que je suis venu te prévenir.

J'ai à nouveau la tête qui tourne.

– Je dois lui dire qu'il est en danger. Je dois le prévenir…

Non. Je ne peux pas faire ça… Parce que si je révèle tout ça à Ronan, il le rapportera à Mari et ils voudront tous les deux savoir d'où me vient cette information. Et je ne peux pas non plus leur parler de Beck… Mari et ses amis Protecteurs s'en prendraient à lui aussi vite qu'aux Ombres.

– Je ne peux pas lui dire.

– Tu n'auras pas à le faire. Si je peux infiltrer les Ombres, je peux les arrêter avant qu'ils ne s'en prennent à d'autres de leurs cibles. J'ai seulement besoin de ton aide.

– Je… je ne sais pas si je peux. Je ne suis pas membre de la Guilde et le vol, tout ça, j'ai arrêté.

– Je sais et, crois-moi, je ne voulais pas te mêler à cette histoire. Mais comme je n'avais aucun moyen de savoir qui était une Ombre ou pas, je ne pouvais faire confiance à personne… Sauf à toi. Tu es la seule personne que je connaisse en dehors de la Guilde… La seule qui puisse m'aider.

Cet aveu me brise le cœur… Parfois, j'oublie que Beck n'a jamais rien connu d'autre que la Guilde. Elle le définit ; je m'en suis bien rendu compte quand je l'ai vu disparaître par cette fenêtre, et je ne dois jamais l'oublier.

Je ne sais pas quoi lui répondre. Après tout ce qui s'est passé, je ne sais toujours pas où nous en sommes, lui et moi. Honnêtement, je souhaiterais que tout redevienne comme avant… Cela fait si longtemps que je n'ai pas eu de véritable ami.

– Comment je peux t'aider ? je demande finalement.

Beck s'adosse au mur, visiblement soulagé.

– Je n'ai pas encore tous les détails en tête. Mais avant tout : est-ce que tu penses pouvoir venir me retrouver ici ?

– Peut-être… En général, mon frère travaille toute la journée. Mais nous aurons besoin d'un moyen de communication, sinon je ne saurai pas si tu as besoin de quelque chose ou si tu dois changer de cachette pour une raison ou une autre.

– Pas faux. Voyons voir…

Il réfléchit un moment, pianotant sur son genou, le visage toujours éclairé par la lumière verte de la lanterne.

– Bon, que dis-tu de ceci : il y a un parc, pas très loin d'ici. Près de l'entrée se trouve un arbre creux ; nous pourrions cacher des messages dans son tronc.

– Oui, ça pourrait marcher.

– Et on pourrait avoir un genre de code pour tes visites ici : frappe trois fois pour que je sache que c'est toi, par exemple.

– Tu sauras que c'est moi, de toute façon, personne d'autre ne frappera avant d'entrer.

– Pas faux.

C'est n'importe quoi… Tout cela peut facilement tourner au vinaigre. Et si Ronan ou Mari découvraient que j'aide Beck ? Et si les Ombres mettaient la main sur lui – et, par la même occasion, sur moi et Ronan ? Je ne devrais pas me lancer dans cette histoire, je ne devrais même pas envisager de reprendre contact avec la Guilde, de remettre le nez dans les affaires de Beck… Tout cela ne peut que m'attirer des ennuis.

Mais c'est Beck. Celui qui m'a sauvé la vie alors qu'il n'était pas obligé de le faire. Et plus d'une fois. Et s'il a raison à propos du danger que court mon frère, alors je dois agir ! Enfin, je dois au moins découvrir pourquoi le nom de mon frère figure sur cette liste.

– D'accord, je lâche enfin. Que dirais-tu de nous retrouver ici demain, quand mon frère sera parti au travail ?

Je pourrai aller chercher Ronan au cabinet d'avocats ensuite comme d'habitude. Il ne se doutera de rien.

– Très bien, répond Beck.

J'ai l'impression que des heures se sont écoulées depuis que nous sommes arrivés ici. Quand je me lève enfin, j'ai des fourmis dans les jambes.

– Je ferais mieux de rentrer avant qu'on ne remarque mon absence.

Nous nous levons maladroitement. La lumière de la lanterne faiblit, ne laissant que quelques flammes vacillantes.

– Bon. On se voit demain, alors, je dis.

– À demain.

Un petit sourire relève les coins de ses lèvres.

– Merci, l'orféline.

J'ai soudain une boule dans la gorge

– Euh… Pas de quoi…

Je fais quelques pas vers la sortie de la chapelle, puis je m'arrête et me retourne. Il me reste une chose à lui dire :

– Hé, Beck ?

– Oui ?

– Merci. Pour avoir envoyé Mead. Pour l'argent, je veux dire. Tu n'étais pas obligé de…

La lanterne s'éteint subitement, et je ne peux plus voir son visage.

– Si, répond-il, je devais le faire.

– Eh bien, merci.

– De rien. Et merci de t'être dénoncée à ma place… J'ai lu les transcriptions de ton audition devant le juge. Je sais que tu as gardé le secret de la Guilde.

– Oui, bon, c'était ce qu'il fallait faire, n'est-ce pas ?

Je ne peux toujours pas voir son visage, mais j'imagine qu'il sourit.

– Je suis contente que nous ayons pu nous dire tout ça. Maintenant, n'en parlons plus jamais, veux-tu ?

– Comme tu voudras, l'orféline.

SIX

DE RETOUR DE LA CHAPELLE, j'entre dans l'immeuble de mon frère sur la pointe des pieds pour ne réveiller personne. Avec la chance que j'ai, Ronan pourrait penser que je suis une cambrioleuse et appeler Mari pour me renvoyer devant le juge…

J'ai arrêté de compter toutes les raisons pour lesquelles notre plan pourrait mal tourner. Ai-je le choix, de toute façon ? Impossible de parler de Beck à Ronan. Et même si je réussissais à convaincre mon frère de ne pas dénoncer Beck, il en parlerait à Mari, et c'est elle alors qui le dénoncerait. Je pourrais inventer une histoire, prétendre qu'un ami a besoin d'aide… Mais mon frère ne serait pas dupe : il sait que les seuls amis que j'ai dans cette ville sont des voleurs.

Soudain, je trébuche dans le noir au quatrième étage…

Je reste figée pendant que le bruit sourd résonne… Puis l'écho s'estompe, et je n'entends plus que les battements de mon propre cœur. Je m'approche alors de la porte de l'escalier et me faufile à travers.

Oups.

Je tombe sur Ronan et Mari, chacun devant son appartement, toutes lumières allumées.

Ils semblent stupéfaits de me voir : Mari se fige en plein milieu d'une phrase, bouche bée, et les deux me fixent sans un mot.

– Euh, salut ? je lance timidement.

– Alli, où étais-tu passée ? demande Ronan avec un soulagement qui me surprend.

– Je suis sortie me promener. J'avais besoin de prendre l'air.

– Tu es sortie seule ? demande Mari. La nuit ?

Elle a l'air inquiète, mais elle pourrait tout aussi bien faire semblant.

– Je ne suis pas allée loin, je me suis un peu baladée.

Ce qui est en partie vrai.

– Tu avais disparu, proteste Ronan. J'ai cru que…

Immédiatement, je comprends : il a cru que j'avais fugué. Ce qui est compréhensible, vu mes antécédents. Mais pourquoi en a-t-il parlé à Mari, la Protectrice ? Pour déclarer ma disparition ? Pour envoyer tous les Protecteurs de la ville à mes trousses qu'ils puissent me réexpédier à l'orphelinat ou en prison ?

Mari et Ronan échangent un regard, et mon frère semble la dissuader de parler. Alors avec une grimace, elle se contente de dire :

– Bon, si tu vas bien, je retourne me coucher.

– Désolée, je réponds, sans conviction.

Mari nous souhaite une bonne nuit et disparaît dans son appartement tandis que Ronan me fait signe de rentrer dans le nôtre.

– J'imagine que tu as ma clé ? demande-t-il.

– Euh… oui. Je ne voulais pas me retrouver coincée dehors.

Ça non plus, ce n'est pas vraiment un mensonge. Je lui rends la clé, et il fait tout un cinéma pour verrouiller la porte derrière nous, comme s'il rechignait à parler de ce qui vient de se passer.

Je feins de bâiller.

– Bon, je vais me coucher.

– Attends, répond-il en glissant la clé dans sa poche. Il faut qu'on parle.

– Désolée d'avoir disparu. Vraiment. Je ne voulais pas… je bredouille me dirigeant vers ma chambre. C'était super d'en parler !

– Alli.

Il y a une minute, son ton disait « Dieu merci, elle est saine et sauve », mais à présent, j'entends plutôt « tu es dans de beaux draps, jeune fille ». Il fera un excellent avocat avec cette palette de jeu !

La discussion risque de durer un moment, car il s'installe dans son fauteuil… Je sens qu'il va me passer un savon…

La tête basse, je traîne des pieds jusqu'au canapé et m'assois assez près du bord pour pouvoir fuir si nécessaire.

Ronan se frotte les yeux. Il a l'air fatigué.

– Je ne suis pas en colère contre toi, commence-t-il.

– Oh ?

– J'essaie simplement de comprendre. Je sais que tu as traversé beaucoup de choses et je sais que je n'en fais pas encore assez pour que cette situation soit moins pénible pour toi. La vérité, c'est que… je ne sais pas comment m'y prendre ! Je ne sais pas comment on fait pour être un grand frère, et encore moins comment être parent. C'est encore flou pour moi, tout ça.

Je reste silencieuse, stupéfaite. Lui non plus ne sait pas comment se comporter ?

Non. C'est moi. C'est moi qui ne sais pas comment me comporter.

– Ce n'est pas toi le problème, c'est moi... je murmure.

Ses yeux s'écarquillent, et il secoue la tête :

– Non. Je pense vraiment ce que je viens de dire. Certes, tu es particulièrement douée pour te mettre dans le pétrin, mais tu as bon fond, je le sais, précise-t-il en souriant.

– Comment peux-tu penser ça ?

– Je vois bien que tu fais de ton mieux.

– Mais sans succès.

– Tu réussirais peut-être un peu mieux si tu ne cherchais pas les ennuis.

Une image de Beck à la chapelle me traverse l'esprit.

– Parfois, j'ai l'impression que ce sont les ennuis qui me trouvent...

– Tu ne veux pas me dire pourquoi tu es si opposée au tutorat ? demande-t-il, avec tristesse.

Je marque une pause.

– Ça va mal se passer, j'en suis persuadée.

– Pourquoi ça ?

Cette question me surprend : d'habitude les adultes ne me demandent pas mon avis.

– Je ne suis pas une bonne élève. Je ne l'ai jamais été. Et je ne voudrais pas tout gâcher.

– Je vois... Et c'est tout ?

Il me regarde d'un air sceptique, typique d'un avocat.

– C'est mon procès ?

– Mais non…

– Je ne veux pas te décevoir.

– Mais, Alli, pourquoi serais-je déçu ?

– Tu veux dire que tu ne l'es pas déjà ?

Il semble pris de court un instant. Je peux pratiquement le voir consulter mon dossier dans son cerveau pour assembler les informations.

– Tu penses que je suis déçu à cause de ce qui s'est passé chez les Atherton ?

Pas étonnant que le cabinet Avi-machin-truc ait recruté Ronan comme apprenti. Il est très perspicace.

– Ce serait la moindre des choses, non ?

– Tu as commis des erreurs. Mais tu as aussi sauvé la vie d'une fille, ce soir-là.

Je hausse les épaules, mal à l'aise.

– Si par « sauver », tu veux dire que j'ai été tellement stupide que c'est un miracle que je ne l'aie pas tuée, alors oui.

– Ce n'est pas ce qu'on m'a rapporté.

– Eh bien, ce qu'on t'a rapporté est faux. Et je ne veux plus en parler.

– D'accord.

Il sent l'agressivité dans ma voix et s'enfonce dans son fauteuil.

– Alli, tu sais qu'on va devoir te trouver un apprentissage d'une manière ou d'une autre.

– Oui, ça m'avait effleuré l'esprit.

Évidemment, il ne parle que de ça… Pour quelqu'un qui se veut si compréhensif, il est quand même vraiment impatient de se débarrasser de moi.

– Bon, répond-il en ignorant mes sarcasmes. Je ne t'embête plus avec cette histoire de tutorat, on reparlera plus tard. Mais, Alli ?

– Oui ?

– Je ne veux plus que tu sortes seule la nuit. Et si tu as besoin de te *promener*, dit-il en me laissant entendre qu'il n'est pas dupe, je veux que tu me préviennes. D'accord ?

– D'accord.

– Très bien. Fin de la leçon.

– Je vais me coucher, alors. Bonne nuit ! je m'exclame en bondissant.

– Bonne nuit.

Je cours jusqu'à ma chambre et dès que la porte est fermée, je m'y adosse en poussant un soupir de soulagement. Finalement, ça ne s'est pas si mal passé ! Je ne suis pas habituée à ce que les adultes soient si compréhensifs avec moi…

Mon frère veut tellement voir le meilleur en moi. Malgré ses défauts – sa petite amie Protectrice, par exemple – Ronan est probablement la meilleure chose qui me soit jamais arrivée. Et ce serait une bêtise de gâcher cette chance… Il est ma seule famille, la seule personne qui se soucie de moi et dont, moi, je me soucie. Je dois tout faire pour que ça marche entre nous le plus longtemps possible pour qu'on ait la chance d'avoir une vraie relation fraternelle.

Rien ne doit se mettre en travers de ça, et surtout pas le Clan des Ombres. J'aiderai Beck à les arrêter.

Mais comment être à la fois la sœur parfaite tout en gardant des secrets et en mentant ?

Comment être à la fois la sœur de Ronan et une voleuse ?

Le lendemain, quand Ronan part au travail, je me dépêche de prendre mon petit déjeuner et prépare mon sac pour retrouver Beck à la chapelle. J'emporte une gourde d'eau et un peu de pain car je ne suis pas sûre que Beck ait quelque chose à manger.

À ce moment, je me sens un peu coupable : est-ce que donner un peu de nourriture à Beck, c'est voler mon frère ? Ronan ne dirait rien si c'était pour moi, alors est-ce que ça change vraiment quelque chose ?

En plein jour, il est beaucoup plus facile de progresser dans les bois, même si la montée reste rude. Quand j'arrive à la chapelle, je suis essoufflée et couverte de feuilles et de brindilles.

L'intérieur est légèrement moins effrayant maintenant que les rayons du soleil traversent les vitraux. Beck est allongé sur un banc ; il porte les mêmes vêtements qu'hier soir. Ses yeux sont fermés, mais je suis sûre qu'il sait que je suis là. Je marche jusqu'au banc face à lui et je m'assois.

– Tu m'as apporté à manger ? demande-t-il sans ouvrir les yeux.

– Euh… Bonjour ?

Il lève les yeux, et me sourit.

– Ça veut dire oui ?

Je brandis mon sac.

– Je ne sais pas si tu le mérites, je plaisante.

– Moi ? répondit-il innocemment.

Je soupire et lui lance le sac.

– Peut-être que je pourrais t'apporter d'autres choses plus tard, je continue. Des couvertures, des bougies et – je regarde alors la saleté sous nos pieds – peut-être un chiffon ou deux…

Beck rit.

– Honnêtement, ça va. La nourriture me suffira !

Il sort le pain et mord dedans avec avidité. Pendant qu'il mange sans en perdre une miette, je m'approche de lui sur le banc et dessine des cercles dans la poussière avec mes bottes.

– Alors… demande-t-il, hésitant. Tout va bien avec ton frère ?

– À peu près… Je me suis fait pincer hier soir en rentrant, mais j'ai inventé une histoire, et c'est passé… Plus ou moins.

Beck hoche la tête en continuant à mâcher.

– Tu n'as pas eu d'ennuis ?

– Pas vraiment. Il n'est pas très strict, je crois. Les tuteurs sont censés être stricts normalement ?

– Tu demandes à la mauvaise personne, répond-il en riant.

– C'est vrai. Disons qu'il est strict si l'on applique les standards de la Guilde.

Je marque une pause et lui demande :

– Et alors, à part cette histoire d'Ombres, comment les choses se sont passées au repaire, depuis que tu as réussi ton épreuve ?

– Difficile de penser à autre chose qu'aux Ombres, mais bien, je suppose.

– Bien ? C'est tout ?

Il hésite à ajouter quelque chose, mais se ravise.

– C'est super, vraiment, d'être un membre à part entière. Exactement comme je l'avais imaginé.

Je sens bien qu'il ne me raconte pas tout, alors je souris pour essayer d'alléger l'ambiance.

– J'imagine que ça a dû être dur de se passer de moi.

– Évidemment… On a failli fermer la Guilde !

– Tu n'as plus gagné une seule course de luge sans moi, n'est-ce pas ?

– Eh oui… Tu sais à quel point nous étions complètement nuls en luge jusqu'à ce que tu nous honores de ta présence.

– Je vous ai montré comment les pros dévalent la glace !

– Et comment passer à deux doigts de la mort ! ajoute-t-il. Je n'arrive toujours pas à croire que tu aies tenté ce saut de folie lors de ta première course.

– Première et unique course, je corrige sans réfléchir.

Ce rappel refroidit immédiatement l'ambiance… Beck avale une longue gorgée d'eau avant de reprendre la parole :

– Je pense que tu as manqué à toute l'équipe de luge. Quand tu étais là, Mead et Dryn se disputaient déjà pour savoir qui allait te recruter en premier.

Je regarde la poussière sous mes pieds, effaçant le cercle que j'ai tracé avec ma botte.

– Ouais, dommage que tout ne se soit pas passé comme prévu.

Beck se redresse, comme s'il se préparait à dire quelque chose d'important :

– Peut-être que tout n'est pas perdu.

– Comment ça ?

– Il y a peut-être un moyen que tu reviennes à la Guilde.

Mon cœur s'accélère au rythme des pensées qui se bousculent dans ma tête.

– Mais de quoi tu parles ? J'ai échoué à mon épreuve, je te rappelle !

– Je sais. Et normalement quand on échoue, c'est terminé. Mais si tu m'aides, je pense que le roi pourrait faire une exception. Réfléchis : les Ombres sont un tel problème pour lui que quiconque aidera à les éliminer gagnera forcément ses faveurs.

Je soupire.

– Tu as encore un plan en tête, n'est-ce pas ?

Il repose la gourde, s'appuie en arrière, puis lève les yeux vers moi.

– Dans cette histoire de Clan des Ombres, il y a une chose que je ne t'ai pas dite…

– Oh super, encore des bonnes nouvelles !

– Tu as déjà entendu parler de la Pièce du roi ? dit-il en tapotant ses doigts contre ses genoux.

– Euh, non.

– Bon, tu sais sans doute que les rois ont normalement une couronne pour symboliser leur pouvoir ?

– Oui, et alors ?

– Eh bien, le roi de la Guilde, lui, n'en a pas. À la place, il possède une pièce en argent qui se transmet de génération en génération au souverain de la Guilde. La Pièce symbolise le transfert du pouvoir, comme le ferait une couronne.

– D'accord…

– Mais ça ne s'arrête pas là… Cette Pièce serait magique et elle conférerait une sorte de pouvoir surnaturel au roi. On ne sait pas si c'est vrai, mais les gens qui y croient sont suffisamment nombreux pour que cette légende maintienne son autorité au sein de la Guilde : personne n'ose le défier… Mais si quelqu'un réussissait à tuer un roi pendant son règne, il devrait s'emparer de la Pièce pour prendre officiellement le contrôle de la Guilde.

– D'accord, mais ça reste juste une pièce, non ? Je veux dire, ça doit être plus facile de voler une pièce qu'une couronne.

– C'est justement le problème… Le roi doit soigneusement cacher ou protéger la Pièce pour s'assurer que personne ne la vole, car quiconque la déroberait pourrait contester sa légitimité à régner.

– Mais ça n'a aucun sens ! Si quelqu'un volait, disons, la couronne du roi de Ruhia, ça ne ferait pas de lui le roi !

– C'est vrai, mais la Guilde fonctionne différemment d'une monarchie classique. C'est une communauté de voleurs, donc le vol est indissociable du pouvoir : voler la Pièce du roi, c'est voler son pouvoir… symboliquement, du moins, et peut-être même littéralement si elle est vraiment magique. Certains prétendent même que c'est la Pièce qui choisit le roi, et qu'elle peut être possédée uniquement par ceux qui en sont dignes.

– Donc si je m'emparais de la Pièce de Kerick, je deviendrais reine de la Guilde ?

– Ce ne serait pas aussi simple : Kerick essaierait de te tuer pour la récupérer la pièce, tandis que certains lui resteraient probablement fidèles et lui viendraient en aide. Tu pourrais prétendre au trône, c'est sûr, mais le point important, c'est qu'il est impossible de revendiquer le trône sans la Pièce.

Il se passe une main dans les cheveux, les ébouriffe et reprend :

– Tu te souviens quand je t'ai dit que Kerick avait une sœur ? Celle qui l'a aidé à renverser le roi précédent ?

– Oui.

– Eh bien, il y a une autre légende, mais je ne sais pas non plus si elle est vraie… J'étais très jeune quand tout ça s'est passé donc je ne m'en souviens plus, mais on raconte que Kerick et sa sœur ont compris que, seuls, ils ne pourraient pas affronter le roi. Sans doute à cause du pouvoir magique de la Pièce. En revanche, en unissant leurs forces, ils ont réussi à le vaincre. Mais quand le roi est mort, c'est Kerick qui s'est emparé de la Pièce.

– Laisse-moi deviner : Kerick a finalement décrété qu'il ne voulait pas partager le pouvoir avec sa sœur ?

– Exact. On raconte que Kerick et sa sœur se seraient battus quand elle a essayé de lui prendre la Pièce. Tu te rappelles la cicatrice sur la main de Kerick ?

Maintenant qu'il le mentionne, oui je m'en souviens : quand je l'ai rencontré, j'ai remarqué une longue cicatrice rouge.

– D'après la version de l'histoire que l'on m'a racontée, c'est sa sœur qui lui a fait cette cicatrice. Alors qu'il tenait la Pièce, elle lui a tailladé le dos de la main avec un couteau pour le forcer à la lâcher.

– Mais ça n'a pas marché ?

– Non, ça n'a pas marché. Kerick a gardé la Pièce. Et c'est là que l'histoire devient intéressante : certains membres de la Guilde étaient loyaux à Kerick et voulaient qu'il soit roi, mais d'autres souhaitaient que ce soit sa sœur… Mais les voleurs ont finalement tranché :

comme c'est Kerick qui détenait la Pièce, c'est Kerick qui serait roi, peu importe les préférences de chacun. Résultat : sa sœur a quitté la Guilde et on ne l'a plus jamais revue. Tu comprends l'importance de la Pièce ? Dans ce genre de conflit, elle a le dernier mot.

– Alors si j'étais, disons, la cheffe des Ombres et que je voulais tuer Kerick pour devenir reine, je devrais me débrouiller pour récupérer la Pièce, c'est bien ça ?

– Exactement. Le problème, c'est que les Ombres l'ont déjà…

– Quoi ?

– Le roi ne m'a pas seulement demandé d'espionner les Ombres, il m'a aussi demandé de trouver la Pièce… Elle a disparu et il pense que le Clan l'a volée. C'est pour cela qu'ils se mettent à recruter des voleurs, car tout ce qu'ils ont à faire, c'est se débarrasser de Kerick et de ses partisans, et le reste de la Guilde devra accepter leur chef comme nouveau roi. Maintenant qu'ils ont la Pièce, les Ombres peuvent revendiquer le trône, et la légitimité de Kerick est fragilisée.

– Dans ce cas, comment Kerick peut-il encore être roi ?

– C'est la seule bonne nouvelle de cette histoire : personne dans la Guilde ne sait qu'elle a disparu, je suis la seule personne à qui Kerick l'a révélé. Il pense que les Ombres cachent la Pièce jusqu'à ce qu'ils soient prêts à faire leur grand coup. Donc pas d'autre solution : nous devons la récupérer avant que cela n'arrive.

Je me redresse

– Euh… qu'est-ce que tu entends par « nous » ?

– C'est là que je pensais que tu pourrais m'aider, car chercher la Pièce est beaucoup moins dangereux qu'infiltrer les Ombres. Et c'est probablement encore plus important… Si tu m'aides à la trouver et que nous la rapportons ensemble à la Guilde, le roi te récompensera sans doute. Sachant qu'il est déjà au courant qu'il y a eu, disons, des complications lors de ton épreuve… La seule raison pour laquelle tu as échoué, c'est que tu as voulu aider quelqu'un. Il pourrait être prêt à faire une exception et te laisser revenir.

Ses mots me giflent comme une rafale d'air froid… Il me faut quelques instants pour retrouver mes esprits.

– Tu penses vraiment que ça peut marcher ?

– Oui.

Mon estomac se serre. Je ne suis pas censée me retrouver à nouveau embrigadée dans ce genre de plan. J'ai déjà pris ma décision : je refuse de voler à nouveau. J'ai aussi juré de ne jamais revenir : être dans la Guilde, c'est prendre le risque que d'autres innocents soient tués ou blessés, comme les Atherton. Et puis j'ai Ronan, maintenant, et la chance de vivre une vie normale avec mon frère.

Mais d'un autre côté…

Ronan prévoit déjà de se débarrasser de moi en m'envoyant en apprentissage. Si les choses tournent mal, le repaire pourrait être un refuge.

Mais est-ce que c'est ce que je souhaite ?

Bon, d'accord, peut-être que l'idée de refaire de la luge ne me déplaît pas… Et il y a aussi des avantages : plus besoin de se faufiler en cachette le soir, plus besoin de mentir à mon frère et de garder des secrets, plus de pression pour être la gentille petite sœur de Ronan Rosco. Et puis je pourrais revoir Mead et Peakes et Dryn et Flint et…

Et Beck.

Le plus important dans tout cela, c'est que je pourrais être avec Beck.

Mais je ne pourrais pas dire à Ronan où je suis partie, et je ne le reverrai probablement jamais. Est-ce qu'il s'en soucierait ? Ou serait-il heureux d'avoir un problème de moins dans sa vie ?

Je baisse les yeux vers mes mains. Je me force à les regarder et à me souvenir du sang d'Arianncrah Atherton qui les maculait tandis que sa mère gisait morte sur le sol.

J'ai fait ça. Nous avons fait ça. La Guilde a fait ça. Je ne pourrai jamais l'oublier.

Mais il y a une autre option. Si le roi est prêt à me récompenser pour avoir trouvé la Pièce, alors peut-être que rejoindre la Guilde n'est pas la seule faveur qu'il pourra m'accorder. Et si je demandais simplement de l'argent ? La Guilde a beaucoup d'or. Si le roi accepte de me donner de l'argent, peut-être que je pourrais le donner à Ronan… Dès lors, peu importe s'il perd son apprentissage ! Je pourrais peut-être même le convaincre de me laisser rester. Ou alors, je pourrais toujours garder l'argent et vivre seule.

– Tu n'es pas obligée de me donner ta réponse tout de suite, dit doucement Beck en observant attentivement ma réaction.

Je n'arrive pas à le regarder… Il pourrait être contrarié si je lui avoue que je préférerais vivre avec Ronan plutôt que rejoindre la Guilde. Je devrai garder ce plan pour moi, pour l'instant.

– Imaginons que j'envisage de t'aider, je reprends. Que faudrait-il faire pour trouver cette Pièce ?

– Le roi m'a donné une adresse, ici, à Ruhia. Il pense qu'elle pourrait s'y trouver, mais il ne peut pas s'en assurer lui-même, au cas où elle serait gardée. Ce qui signifie que je ne peux pas non plus prendre le risque que les Ombres me voient fouiner. Mais toi, tu peux. Cette adresse, c'est le stand d'un vendeur, au marché. Tout ce que tu as à faire, c'est le fouiller.

– Eh bien, ça n'a pas l'air si terrible…

Beck sourit.

– Je savais que c'était dans tes cordes.

– Peut-être, mais je ne veux pas être trop impliquée dans des affaires de vols… J'ai déjà donné, tu te souviens.

– Oui, bien sûr.

– Arrête de sourire.

Son sourire s'élargit.

– On se retrouve ici demain, quand tu auras eu le temps de réfléchir ?

– D'accord…

– Super.

Ragaillardi, Beck se remet à manger un morceau de pain.

– Au fait, pourquoi le roi pense-t-il que cette Pièce se trouve dans un marché ?

– Il ne me l'a pas précisé, répond Beck en fronçant les sourcils. Il a simplement dit qu'un vendeur pourrait être impliqué. Ensuite, il m'a donné des indications pour trouver ce marché et une description du stand que je dois chercher.

Je jette un coup d'œil aux fenêtres pour essayer de deviner l'heure, mais je vois mal le ciel à travers les vitraux. Je suis déjà probablement très en retard… Sans compter que je dois faire mes courses et retrouver Ronan à son bureau, comme d'habitude, sinon il se méfiera.

Beck me voit regarder dehors.

– Vas-y, si tu dois partir.

– Oui je dois y aller, je réponds à contrecœur.

Cette chapelle est tellement sombre et déprimante que l'idée de laisser Beck ici me fait mal au cœur. Mais il a grandi dans les grottes obscures du repaire, il est habitué à se cacher et à se débrouiller sans personne pour l'aider.

Il a pourtant l'air si… seul.

– Ne t'inquiète pas, me rassure-t-il en faisant mine de se caler confortablement sur le banc qui grince pourtant de manière inquiétante lorsqu'il bouge.

– D'accord, si tu le dis…

Il me fait signe de partir, prenant une autre bouchée de pain.

– À demain.

– À demain.

Je remonte l'allée centrale mais je marque une pause devant la porte. La sensation désagréable dans mon ventre ne disparaît pas. Et je ne peux pas m'empêcher de penser à ce qui s'est passé : jusqu'à la nuit dernière, la dernière fois que nous nous sommes vus, c'était quand Beck s'est enfui par la fenêtre, vers la liberté. Et qu'il ne s'est pas retourné.

Maintenant, c'est moi qui m'éloigne, et je comprends pourquoi il a agi de la sorte. Si je me retourne, je n'arriverai plus à repartir.

Alors je garde les yeux fixés droit devant, même quand je referme la porte.

Je sens les yeux de Beck et de la statue de sainte Harona dans mon dos tandis que je les laisse derrière moi, dans l'ombre et la poussière.

SEPT

Quand je retrouve Ronan à son cabinet d'avocats après avoir fait mes emplettes, Ronan ne se doute de rien. Il me demande comment s'est passée ma journée de courses et je hausse les épaules sans conviction en guise de réponse, puis je change de sujet. Apparemment Mari ne viendra pas dîner ce soir, mais je ne sais pas si c'est parce qu'elle travaille tard ou parce qu'ils se font encore la tête à mon sujet. Je n'ose pas lui demander.

Ronan est silencieux pendant le repas et semble perdu dans ses pensées. Tout en mangeant, il trie une pile de paperasse à côté de son assiette (une habitude que Mari essaie de lui faire perdre, mais qu'il reprend toujours quand elle n'est pas là).

Je commence à soupçonner mon frère de travailler bien plus que ce qu'on demande à un apprenti… Il est visiblement inquiet de perdre sa place, même s'il ne l'avoue pas. Combien de temps lui reste-t-il avant que son apprentissage ne se termine ? Que se passera-t-il si Avinoch ne lui propose pas un poste permanent ?

Moi, en tout cas, je sais ce qui m'arrivera : Ronan me mettra à la porte…

Alors que je commence à débarrasser la table, il relève soudain la tête et regarde sa montre.

– Mince ! s'écrie-t-il, on est en retard !

– En retard pour quoi ? Tu ne m'as pas dit qu'on avait quelque chose de prévu ce soir.

– Je voulais te l'annoncer tout à l'heure et j'ai oublié, répond-il en empilant ses documents et en se levant de table. Ce soir, c'est la Nuit de l'hiver.

Me voilà bien avancée…

– C'est un festival, précise Ronan en voyant mon air perplexe. Une des processions passe dans le quartier, juste en bas de la rue. On devrait aller la voir.

– Euh… d'accord, j'acquiesce sans toujours comprendre.

Il est vrai que nous avions aussi ce genre de fête pour célébrer l'arrivée de l'hiver, à Azeland. On voyait passer le défilé depuis l'orphelinat. Des gens en costumes bleu et blanc dansaient et chantaient. Mais ce n'était pas vraiment le spectacle le plus passionnant. Et puis Ruhia et Azeland ont *beaucoup* de festivals consacrés aux saints, alors je ne vois pas pourquoi celui-ci serait plus important que les autres.

– Tu verras, ajoute Ronan comme s'il entendait mes pensées. Ici, à Ruhia, la Nuit de l'hiver est… différente de ce que nous avons connu à Azeland.

C'est idiot, mais j'aime ce « nous », comme si Ronan et moi partagions une expérience commune, même si nous n'avons rien vécu ensemble à Azeland. D'une certaine manière, notre statut d'étrangers nous unis.

Ronan se dirige vers la cheminée, attrape nos deux manteaux et me tend le mien.

– On peut encore avoir de bonnes places si on se dépêche, assure-t-il.

Je n'ai pas tellement envie d'affronter le froid, mais je ne veux pas non plus dire non à Ronan. Et puis ça pourrait être agréable de faire quelque chose avec mon frère… Alors à contrecœur, j'enfile mon manteau.

Nous dévalons les rues sombres à toute allure, et nous ne sommes pas les seuls ! Où que je regarde, il y a des gens emmitouflés et tous vont à peu près dans la même direction. Il y a beaucoup de jeunes enfants, courant, riant et criant, et plusieurs personnes agitent des bannières et des drapeaux ruhiens.

Ronan avait raison : il se passe *vraiment* quelque chose.

À un pâté de maisons de l'appartement, les gens se regroupent le long d'une rue et s'alignent de chaque côté. Ronan attrape ma main et la tient fermement pendant que nous nous frayons un chemin à travers la foule. Je vois plusieurs parents faire de même avec leurs enfants, et ça me fait chaud au cœur.

Nous rejoignons les badauds qui se regroupent sur les trottoirs tandis que plusieurs Protecteurs descendent la rue et écartent les gens sur leur passage. L'éclat de leurs uniformes rouges me fait toujours un peu peur. Je m'efforce de me ressaisir. J'ai le droit d'être ici : je suis une citoyenne ordinaire regardant le défilé avec son frère. Je n'ai rien à cacher.

Enfin, à part le voleur que je dissimule dans une chapelle abandonnée en haut de la colline, bien sûr…

Je suis tellement obnubilée par les Protecteurs et par le tambourinement de mon propre cœur que je rate une question de Ronan, qui doit répéter :

– Tu en veux une ?

Je regarde ce qu'il m'indique du doigt : un vendeur se dirige de notre côté de la rue en poussant un petit chariot rempli de tasses fumantes de… quelque chose que je ne connais pas.

Ronan n'attend pas ma réponse ; il jette quelques jamars au vendeur et attrape deux tasses quand le chariot passe devant nous.

– C'est du cidre de pomme aux épices, m'explique Ronan en me tendant l'une des tasses. Tradition de la Nuit de l'hiver ! Attention, c'est chaud.

Je prends une petite gorgée et, d'un coup, ma bouche est envahie de sucre, de cannelle et de muscade. C'est tellement délicieux que je reprends aussitôt une grosse gorgée, manquant de me brûler la langue.

– Depuis combien de temps connais-tu ce festival ? je demande dès que ma bouche ne me brûle plus. C'est incroyable !

Ronan m'adresse un grand sourire.

– L'apothicaire me l'a fait découvrir quand nous avons emménagé à Ruhia. Il emmenait tous ses apprentis à la Nuit de l'hiver ; pour lui c'était le meilleur des festivals de l'année.

Je prends une autre gorgée de cidre, plus mesurée, cette fois.

– Tu l'aimais bien, cet apothicaire ?

– Beaucoup. Il était… il était ma seule famille. Enfin, jusqu'à maintenant, bien sûr, précise-t-il en me tapant affectueusement l'épaule.

Heureusement, le roulement des tambours résonnant dans la rue m'épargne le malaise d'avoir à lui rendre cette marque d'affection…

Je reconnais ces tambours : ce sont les mêmes que ceux des parades d'Azeland ! Mais à l'orphelinat, on les écoutait de loin. Là, ils sont juste devant moi et leur rythme me parcourt tout le corps !

Les musiciens descendent la rue en uniformes bleus assortis. Ils sont suivis par deux personnages vêtus de capes sombres dont les mains semblent contrôler des sphères lumineuses bleues au-dessus d'eux, comme par magie. Elles dansent dans l'air, scintillant au rythme des tambours et illuminant le défilé en dessous.

Ronan me donne un coup de coude et me parle fort à l'oreille pour couvrir le vacarme :

– C'est là que ça devient intéressant.

Quelques mètres derrière les magiciens trotte un petit cheval blanc dont la crinière est parée de rubans bleus et argentés. Une jeune fille aux cheveux noir de jais, elle aussi en robe bleu scintillant, est assise dessus. D'après ce qu'il me reste des leçons des sœurs à l'orphelinat, elle doit représenter sainte Zioni jeune…

On ne peut pas dire que j'étais très attentive en cours, mais comme Zioni était censée être ma sainte patronne, j'ai fait un effort pour retenir son histoire : on raconte que Zioni était une jeune Ruhienne dont la petite sœur s'était perdue par une tempête de neige. Comme personne n'osait affronter le froid pour aller chercher la fille disparue, Zioni s'est lancée dans les bois sur son cheval, bien décidée à retrouver sa cadette. Tout le monde pensait qu'elles ne survivraient pas, mais au lever du soleil, quand la neige a cessé, Zioni a émergé des bois, portant sa cadette à bout de bras, toutes deux bien vivantes et indemnes. Quand on lui a demandé comment elles avaient survécu, Zioni a raconté qu'elle avait prié pour être protégée du froid et que Dieu les avait réchauffées. C'est le premier miracle qui lui a été attribué ainsi que la raison pour laquelle elle est devenue, plus tard, la sainte patronne de l'hiver.

J'ai toujours trouvé que c'était une légende un peu ennuyeuse, mais la voir jouée devant nous a quelque chose de fascinant… La foule est silencieuse, presque recueillie, tandis que la comédienne interprétant Zioni arrête son cheval. Les sphères magiques bleues dansent toujours au-dessus de nos têtes, illuminant la scène. Soudain, une rafale de flocons de neige magiques s'envole dans les airs, tourbillonnant autour de Zioni et de sa monture.

Le cheval semble indifférent à ce spectacle mais la fausse Zioni, elle, prend son rôle à cœur : elle renverse la tête en arrière, regarde le ciel et se met à chanter. C'est une sorte de cantique assez monotone, mais la comédienne a une belle voix ; la foule regarde le spectacle sans dire un mot, comme envoûtée.

La fille termine son chant et le silence retombe. Tout à coup, les flocons de neige magiques qui l'entourent cessent de tournoyer : ils flottent sur place, scintillants et immobiles. Les prières chantées par Zioni ont figé la tempête.

Zioni fait alors avancer son cheval et les flocons s'écartent pour la laisser passer, l'entourant sans jamais la toucher.

Soudain, la fille pousse un cri qui me fait presque sursauter et saute de son cheval. De nulle part (ou plutôt de derrière l'un des magiciens qui la cachaient), une deuxième fille apparaît. Elle est allongée au milieu de la rue sur un manteau de neige et porte une longue robe blanche et des rubans blancs tressés dans les cheveux. C'est la sœur de Zioni qui, selon la légende, est presque morte de froid sous un tas de neige.

Mais lorsque Zioni s'approche, la fillette commence à bouger. Zioni se remet à chanter en soulevant sa sœur et descend la rue en la portant dans ses bras. Je me mets sur la pointe des pieds pour suivre leur progression alors qu'elles s'éloignent de nous.

– C'est tout ? je murmure à Ronan. Les flocons de neige magiques étaient plutôt cool, c'est sûr, mais je ne comprends toujours pas pourquoi on s'est précipités ici.

– Attends, tu vas voir, répond Ronan en riant.

Comme par enchantement, les flocons suspendus dans l'air se mettent à tourbillonner et à se multiplier, de plus en plus, de plus en plus vite, jusqu'à former une véritable tempête. Au centre de ce tourbillon, une figure émerge : un joueur de flûte vêtu d'un costume éclatant qui entame la même mélodie que celle que Zioni chantait quelques instants plus tôt.

La suite du spectacle nous arrive de plus haut dans la rue : un groupe d'enfants déguisés en flocons apparaît, dansant au rythme de la musique.

La chanson accélère. De douce à implorante, elle devient rapide et joyeuse. Le tourbillon de neige éclate alors en un éclair de lumière bleue et une pluie de confettis argentés et blancs tombe sur la foule en liesse.

Les battements de tambour reprennent pour accompagner les chants, et de nouveaux danseurs en flocons remplissent la rue.

Ronan, aussi excité que les enfants qui nous entourent, me tape sur l'épaule et pointe quelque chose du doigt : les danseurs-flocons disparaissent dans un nouveau tourbillon de magie pour laisser place aux prochains artistes.

Un duo de thilastris massifs aux plumes bleues ornées de paillettes fait alors son entrée. Ils tirent un immense traîneau à étages orné de rubans, de banderoles et de paillettes. À son sommet s'élève un trône de glace sur lequel est assise la version adulte de Zioni, une femme aux cheveux noirs portant une magnifique robe de bal bleue.

La foule applaudit et pousse des cris de joie pendant que Zioni les salue en souriant. Puis le tempo des tambours s'accélère et Zioni lève les mains : un trait de lumière bleue monte au-dessus de nos têtes et explose dans les airs… Des feux d'artifice !

L'ancienne Alli aurait sûrement pointé tout ce qui est un peu ridicule dans ce spectacle : pourquoi Zioni adulte est-elle assise sur un trône de glace alors que la sainte n'a jamais été reine, par exemple ? Ou bien qui peut croire que la jeune Zioni est allée dans les bois en pleine tempête de neige, vêtue d'une robe à paillettes ?

Mais la nouvelle Alli doit admettre que c'était un beau spectacle…

Ronan me sourit en ôtant un confetti blanc de ses cils.

– Qu'en dis-tu ? C'est autre chose que la Nuit de l'hiver à Azeland, non ?

– Peut-être, je concède en lui souriant en retour. Même si ce que j'ai préféré, c'est le cidre…

– Pas moi, il y avait trop de confettis dedans !

– Tu veux dire que tu ne l'avais pas fini avant la pluie de confettis ? Quelle honte !

– Tu as raison. J'aurais dû être plus rapide.

– Je sens que je vais *aussi* devoir t'apprendre à apprécier les bonnes choses de la vie !

– Que ferais-je sans toi ? répond-il en souriant.

La foule se disperse petit à petit tandis que les artistes se retirent. C'est au tour des vendeurs de se frayer un chemin à travers la rue jonchée de confettis, proposant du cidre, des bonbons et des petits drapeaux avec l'emblème de Ruhia.

Ronan se presse pour nous acheter deux nouvelles tasses de cidre, et je me dis que je ne devrais pas le laisser dépenser autant d'argent… mais je ne me sens pas assez coupable pour refuser ! La boisson me réchauffe alors que nous retournons vers l'appartement en marchant sur des paillettes, des confettis et des flocons magiques.

– Est-ce que tu te plais plus ici qu'à Azeland ? je demande à mon frère en arrivant devant notre immeuble.

Il s'arrête, donnant à ma question bien plus de sérieux qu'elle n'en mérite.

– Ça dépend… Il y a des choses que je préfère ici, à Ruhia, et des choses d'Azeland qui me manquent.

– Comme quoi ?

– Ruhia est une ville beaucoup plus ancienne et j'aime la richesse de son histoire. On y trouve des cathédrales qui ont plusieurs siècles, par exemple. Et j'aime certaines de ses traditions – comme la Nuit de l'hiver – qu'Azeland n'a pas. Mais Azeland me manque pour son énergie, ses marchés toujours animés, cette impression constante que quelque chose d'excitant va arriver !

– Moi, ce sont les couleurs que je regrette le plus. Les marchés, les maisons… Tout est plus vif, à Azeland.

– Oui, moi aussi ça me manque…

– Et la chaleur, évidemment. C'est LE point fort d'Azeland.

– Et l'absence de neige ? ricane Ronan.

– Ça aussi.

À l'appartement, je pose ma tasse de cidre vide et déboutonne mon manteau.

– Tout ici est très… traditionnel, reprend Ronan. Certaines familles font les mêmes choses de la même manière depuis des générations. Mon cabinet d'avocats, par exemple : il s'est toujours appelé Avinoch & Associés, toujours dirigé par une nouvelle génération d'Avinoch. Ça rend les choses difficiles pour…

– Pour des gens comme nous, je termine.

Il a un petit sourire en coin.

– Exactement. J'ai eu beaucoup de chance qu'Avinoch me prenne, mais je ne sais pas ce que l'avenir me réserve. C'est difficile de se faire un nom, dans cette ville…

– Tu as déjà envisagé de retourner à Azeland ?

– J'y ai bien pensé une fois. Mais ce serait sans doute tout aussi compliqué pour moi là-bas car je ne connais plus personne en ville. Je devrais repartir de zéro…

– Oui, je comprends…

Je suis heureuse qu'il me confie tout ça et, en même temps, c'est un peu effrayant : pas étonnant qu'il veuille m'envoyer ailleurs quand j'aurai treize ans… Avec ses propres difficultés, la dernière chose dont il a besoin, c'est d'une petite sœur qui lui cause des ennuis.

Pourtant, je veux sincèrement rester avec mon frère. Je n'en étais pas sûre avant, quand j'osais à peine espérer que tout se passerait bien. À présent, il devient de plus en plus difficile de nier que j'aime Ronan, que j'apprécie de passer du temps avec lui. Hormis quelques broutilles, je dois l'admettre : vivre avec mon frère est la meilleure chose qui me soit arrivée.

Aider Beck est risqué à court terme. Cette histoire va forcément m'attirer des problèmes, et je pourrais tout gâcher avec mon frère s'il découvre ce que je fais. Mais si Beck a raison à propos de cette liste, si le nom de Ronan y figure pour de vrai…

Ronan sourit toujours en secouant sa chemise pour en faire tomber des paillettes et prend une nouvelle gorgée de cidre. Il est si calme, si insouciant. S'il savait… Devrais-je l'avertir d'une manière ou d'une autre ? Mais comment ? « Hé, au fait, je pense que des voleurs dangereux veulent te tuer pour une raison inconnue, et je le sais parce qu'un autre voleur me l'a appris… »

Impossible de le prévenir sans révéler d'où vient l'information, ni lui parler de la Guilde et du Clan des Ombres.

Mais je ne veux pas m'avancer tant que je n'ai pas plus de preuves et tant que je ne sais pas qui a écrit son nom sur cette liste, et surtout pourquoi. Inutile d'effrayer Ronan et de mettre les Protecteurs sur la piste de Beck, alors que je n'ai aucune certitude…

Beck et moi allons démêler tout ça et nous arrêterons les Ombres. Et moi, je m'assurerai que Ronan est en sécurité.

Je ne connais pas encore la vérité, mais je la trouverai…

HUIT

Le lendemain, j'expédie mon petit déjeuner aussi vite que possible. Ronan, qui n'a pas dû dormir de la nuit vu les cernes qu'il affiche ce matin, semble déconcerté.

– Tu as un programme chargé, aujourd'hui ? demande-t-il.

Je crois déceler une note de suspicion dans sa voix.

– Pas vraiment, je réponds en enfournant une grosse cuillerée de porridge.

– Alors pourquoi cette précipitation ?

– Pour rien !

Il frotte ses yeux fatigués.

– Ne t'étouffe pas...

– Ne t'inquiète pas !

Je continue pourtant de manger à toute vitesse car, ce que mon frère ignore, c'est que je dois aller chercher la Pièce au marché puis retrouver Beck à la chapelle avant de rejoindre Ronan à son bureau... Je n'ai pas une minute à perdre !

Je dois presque le traîner hors de chez lui, mais finalement, Ronan part travailler.

Quelques instants plus tard, je suis emmitouflée dans l'un de mes manteaux et je sors. À peine ai-je mis un pied dehors qu'une rafale de vent glacé me frappe de plein fouet… J'aurais dû mettre les gants que Mari m'a achetés…

Me voilà partie à travers les rues principales de la ville déjà bien animées à cette heure-ci : les gens se rendent au travail, à l'école… Là où vont les gens normaux, en fait.

Le grand marché se trouve seulement à quelques pâtés de maisons au sud et j'y arrive sans encombre. Les marchés de Ruhia sont beaucoup plus organisés que ceux d'Azeland : pas de tentes de toutes les couleurs, pas de cohue, pas de stands installés au hasard. Ici, les vendeurs ont des petits chariots en bois bien alignés et les clients passent sagement d'un stand à l'autre. Quel ennui…

Une petite voix me dit que c'est aussi beaucoup plus difficile de voler ici, car on ne peut pas profiter du désordre. Je lui souffle aussitôt de se taire ; je ne suis pas ici pour voler quoi que ce soit, ni aujourd'hui ni plus jamais.

Le fait que tout soit bien ordonné à Ruhia a aussi ses avantages : je repère immédiatement le bon vendeur, avec son chariot de marchand de soie peint en rouge foncé et gris. À l'avant, une pancarte proclame « La meilleure soie de la ville », exactement comme Beck me l'avait décrit. Le chariot est tout petit, donc la Pièce devrait être facile à dénicher.

Alors que je m'approche du stand, le vendeur de soie m'aperçoit et s'anime. Il a probablement le même âge que Ronan, des cheveux bruns bien coiffés et un grand nez busqué.

– Bonjour, lance-t-il joyeusement. Je peux vous aider ?

– Euh, bonjour, pourriez-vous… Euh…

Je dois à tout prix le distraire et l'éloigner de son chariot.

– Vous cherchez quelque chose en particulier ? demande-t-il en désignant son assortiment de soies et de tissus colorés.

– Euh, non. Enfin si… Je me suis perdue il y a quelques pâtés de maisons.

– Où allez-vous ?

Il ne semble pas du tout déçu que je ne veuille rien lui acheter.

– Euh… Avinoch… & Associés, je bredouille, car c'est la seule chose qui me vient à l'esprit. Le cabinet d'avocats.

Son expression change furtivement, puis l'homme sourit de nouveau.

– Ah, oui, je vois. C'est à quelques centaines de mètres à l'ouest, puis vers le sud. Mais attention, si vous arrivez aux Jardins de Grammercy, c'est que vous êtes allée trop loin. Cherchez la rue Thistle et vous ne pourrez pas vous tromper !

– Merci…

Comment puis-je l'éloigner de son fichu chariot ?

Il fronce les sourcils, l'air inquiet.

– Êtes-vous sûre de vouloir vous balader toute seule ? Personne ne peut vous accompagner ?

– J'ai treize ans, je déclare, car c'est *presque* vrai. Et de toute façon, mon frère travaille là-bas. Je le rejoins.

À nouveau, il affiche cette drôle d'expression… Ou bien ai-je rêvé ?

– Très bien, conclut-il avec un autre grand sourire. Passez une bonne journée !

Je dois toujours l'éloigner de son chariot… Et obtenir des informations sur lui. Bon, rien ne vaut l'approche directe.

– Excusez-moi… Comment vous appelez-vous ?

Confus, il hausse les sourcils, mais reste poli.

– Garil Gannon.

Ce nom ne me dit rien, mais je le garde en mémoire pour en parler à Beck plus tard.

– D'accord, merci pour les indications, monsieur Gannon.

C'est alors qu'une idée me vient :

– Auriez-vous la gentillesse de me rendre un autre service ?

– Bien sûr !

– Une de mes amies est aussi au marché, juste au coin de la rue. Je voulais lui acheter un cadeau d'anniversaire sans qu'elle le remarque, alors j'ai erré jusqu'ici, mais je me suis un peu perdue… Bref, pourriez-vous la distraire pour moi, juste une minute, le temps que je lui trouve un cadeau ?

S'il prend le temps de réfléchir, il se rendra compte que mon histoire ne tient pas debout, alors j'adresse une prière rapide à sainte Ailara.

– Je serais très heureux de pouvoir vous aider. Mais, euh…

Il s'interrompt pour regarder son chariot.

– Ne vous inquiétez pas, je vais surveiller votre chariot ! Je serai juste là-bas, au…

Je me retourne et jette un coup d'œil de l'autre côté de l'allée.

– Au stand de parfums !

– Eh bien, d'accord, tant que vous gardez l'œil sur ma marchandise ! Il y a beaucoup de voleurs, ici, vous savez.

J'essaie de ne pas rire.

– Oui, c'est ce que j'ai entendu dire…

– À quoi ressemble votre amie ?

– Euh, une fille de mon âge… avec des cheveux blonds et, euh… des yeux verts… Elle porte une veste… rose !

Je désigne la rue par laquelle je suis arrivée.

– La dernière fois que je l'ai vue, elle achetait du pain par là-bas, j'ajoute.

Dès que l'homme disparaît au coin de la rue, je me précipite derrière son stand et je fouille dans les étoffes ; il le remarquera, mais tant pis, je n'ai pas le temps d'être discrète.

Les deux étagères du haut ne contiennent que des rouleaux de tissu, et le chariot en bois lui-même ne possède ni recoins ni cachettes pouvant contenir la Pièce. À moins de percer des trous dans les étagères pour déterminer si elles sont creuses, je ne pense pas qu'elle soit là.

Mais derrière le chariot, cachée à la vue des clients, il y a une dernière étagère…

J'y trouve quelques effets personnels : une paire de lunettes, un portefeuille, une cruche d'eau. Rien d'autre, sauf…

Une bourse !

Elle est petite et rouge avec un cordon. Et surtout, elle est pleine à craquer.

Je n'ai pas le temps de la vider pour m'assurer qu'il n'y a pas autre chose que des jamars ordinaires. Le vendeur pourrait revenir d'une seconde à l'autre car il ne risque pas de trouver quelqu'un qui corresponde à la description que je lui ai fournie.

Mais je ne vois pas d'autre endroit où la pièce pourrait être cachée : je vais devoir emporter la bourse et tout son contenu.

Mon cœur bat la chamade. Je me rappelle cette montée d'adrénaline qui accompagne le risque, cette sensation que procure le fait de voler.

Mon estomac se noue. Je ne sais même pas qui est ce type ni pourquoi le roi le soupçonne... Peut-être qu'il est innocent et que je suis en train de lui dérober tous ses gains de la semaine. Peut-être même du mois !

Pourtant, je n'ai pas le choix.

Je prends une profonde inspiration.

Si la Pièce du roi se trouve dans cette bourse, nous aurons peut-être le moyen d'arrêter les Ombres et de mettre mon frère en sécurité.

Je dois simplement voler une dernière fois.

Juste une dernière fois.

Je glisse la bourse dans mon sac et m'enfuis.

Mon cœur bat à toute allure tandis que je m'éloigne du stand, mais le marché forme une boucle et, finalement, je reviens presque sur mes pas...

Je retrouve mon chemin tant bien que mal et quand j'arrive enfin aux alentours de la chapelle, le vent est devenu glacial et mes pieds me font mal. Mais ça y est, le clocher apparaît au loin.

Bien sûr, c'est à ce moment-là qu'il commence à neiger.

Je frissonne et ferme mon manteau, regrettant pour la centième fois de la journée de ne pas avoir pris de gants. L'herbe et les feuilles mortes givrées craquent sous mes pieds et de minuscules flocons de neige tombent du ciel gris.

Je me faufile à travers les arbres et atteins la clairière essoufflée mais heureuse de retrouver enfin Beck et de...

Quelque chose ne va pas.

La porte est ouverte !

Juste une petite fente, un trait de lumière tout fin qui m'indique que la porte est entrebâillée. Je l'avais fermée hier mais, bien sûr, Beck est entré et sorti depuis mon départ. Cela dit, pourquoi laisserait-il la porte entrouverte ? Il ne serait pas assez négligent pour le faire accidentellement. C'est Beck, quand même. Alors pourquoi laisserait-il entrer le froid volontairement ?

À moins que ce ne soit pas Beck…

À moins que quelqu'un d'autre ne soit entré dans la chapelle…

Je frissonne à nouveau mais, cette fois, de peur. Que faire ? Quelqu'un pourrait m'attendre là-dedans. Dois-je me sauver ? Non, Beck pourrait être en danger.

Je prends mon courage à deux mains et avance prudemment. Je monte les marches, à l'affût de tout signe inhabituel, d'indice pouvant laisser penser qu'il s'est passé quelque chose, d'un avertissement laissé par Beck, n'importe quoi.

Tout semble normal, hormis cette fente lumineuse au bord de la porte qui, à mesure que je m'approche, semble plus large… Beaucoup plus large, même. Ça ne peut pas être un accident, Beck l'a forcément remarquée.

Je tends la main et pousse la porte pour l'ouvrir complètement.

Des flocons de neige s'engouffrent dans la chapelle en tourbillonnant avant de se poser sur le sol.

Assis sur l'un des bancs, Beck, les yeux écarquillés, me dévisage.

Et debout devant lui, au centre de l'allée, il y a Rosalia Peakes.

NEUF

La dernière fois que j'ai vu Rosalia, je lui ai jeté un livre à la figure… Deux livres, même ! Je ne suis donc pas étonnée qu'elle me regarde de travers.

– Inutile de défoncer la porte, Rosco, gronde-t-elle.

– Quelqu'un l'a laissée ouverte alors j'ai cru qu'on avait attaqué Beck, je réponds d'un air soupçonneux. Est-ce que c'est le cas, d'ailleurs ?

– Tout va bien, Alli, intervient Beck d'un ton las. C'est moi qui ai demandé à Rosalia de me rejoindre ici.

– Et pourquoi as-tu fait une bêtise pareille ?

Rosalia me fusille du regard…

Bon, elle a toujours l'air d'avoir avalé quelque chose de travers, mais elle est jolie, avec ses longs cheveux bruns et ses traits délicats. Elle n'a que quelques années de plus que Beck et moi, mais son port altier la fait paraître plus âgée. En revanche, elle est vêtue plus simplement que la dernière fois que nos chemins se sont croisés : ses robes élégantes ont laissé place à des habits de ville ordinaires et à un manteau épais. Elle a dû arriver il y a peu de temps car des flocons de neige sont coincés dans ses cheveux.

– Pour ta gouverne, lance-t-elle d'un ton glacial, je suis ici pour aider Beck.

– Non, c'est *moi* qui suis là pour ça, je réplique en avançant de quelques pas pour me rapprocher de mon ami – en restant toutefois à bonne distance de Rosalia. Elle m'a mis un couteau sous la gorge une fois, et je n'ai pas particulièrement envie de renouveler l'expérience… Cela dit, même depuis l'autre bout de la pièce, elle pourrait probablement me tuer en un claquement de doigts. Sous ses airs délicats, c'est une voleuse de la Guilde jusqu'au bout des ongles.

De son côté, Beck semble ailleurs. Il balance ses jambes et joue avec la poussière sous le banc. Ses cernes se sont creusés et il se tient recroquevillé sur lui-même pour se réchauffer, les bras croisés sur sa poitrine. Un morceau de plâtre du plafond s'est logé dans ses cheveux en bataille.

– As-tu trouvé la Pièce ? demande-t-il avec impatience.

Rosalia écarquille les yeux.

– Tu l'as envoyée chercher la Pièce du roi ?

Je fais comme si je n'avais rien entendu.

– J'ai trouvé le stand et j'ai réussi à prendre cette bourse, mais je n'ai pas encore eu le temps de la fouiller.

Je sors le petit pochon à cordon et en verse le contenu par terre. Le cliquetis des pièces résonne dans toute la chapelle.

Beck s'accroupit à mes côtés et m'aide à les trier : un jamar ordinaire, un autre, et encore un autre…

Rosalia nous toise mais ne daigne pas se pencher pour nous donner un coup de main.

– Savez-vous au moins à quoi ressemble la Pièce du roi ? aboie-t-elle.

– On sait au moins à quoi ressemblent les jamars ordinaires, je marmonne.

Beck laisse tomber la dernière pièce dans un soupir :

– Elle n'est pas là.

– C'est le seul endroit où elle pouvait se trouver, j'ai vérifié.

Il se redresse, l'air déçu.

– Ce n'est pas grave, c'était quitte ou double, de toute façon : le roi avait bien précisé qu'il n'était pas certain que ce type soit complice des Ombres.

– Donc nous ne sommes pas plus avancés, râle Rosalia.

Et dire que c'est moi qui suis censée être la personne négative, ici…

– Moi, au moins, j'ai essayé de me rendre utile, je lâche d'un ton acerbe.

– Eh bien tu as échoué.

Comme d'habitude, elle a raison. Et, comme d'habitude, je la déteste pour ça. Si seulement j'avais un autre objet lourd à lui lancer à la tête.

– Excuse-moi mais, de ton côté, tu as fait quoi, exactement ?

Rosalia ne répond pas et Beck ne prend pas ma défense. Je lui jette un regard noir.

– Je suis bien contente d'avoir voulu t'aider même si, apparemment, tu t'en fiches parce que ta précieuse *Rosalia* est là pour te sauver. Qu'est-il arrivé à : « Oh, j'ai besoin de toi, Alli. Tu es la seule en qui je peux avoir confiance ! »

Beck s'apprête à répliquer mais, ivre de colère, je ne lui en laisse pas l'occasion.

– J'ai volé pour toi aujourd'hui, Beck, tu te rends compte ?

Son visage s'assombrit et il a l'air honteux. Il sait bien que je ne veux plus faire ça. Mais Rosalia l'ignore et me regarde comme si j'étais moins que rien.

– Et alors ? demande-t-elle en jetant un coup d'œil à Beck.

– Certaines personnes ne passent pas leur vie à voler les gens ! Par sainte Ailara, j'en ai tellement assez de la Guilde et de ses membres, vous êtes pourris jusqu'à l'os !

Je tourne les talons et traverse l'allée étroite. Dans mon dos, j'entends Rosalia marmonner :

– Elle n'acceptera jamais…

– Nous ne lui avons encore rien dit ! rétorque Beck.

Je m'arrête et me retourne.

– Me dire quoi ?

Rosalia croise les bras.

– Crois-le ou non, Rosco, je ne suis pas venue pour apporter à Beck un tas de vieilles pièces sans intérêt. Ça, tu t'en charges très bien toute seule.

– Alors qu'est-ce que tu fais ici ?

Elle sourit. C'est peut-être le seul sourire sincère que je lui aie jamais vu… Et c'est étrangement terrifiant…

– Je suis ici pour faire tomber le Clan des Ombres.

Je regarde Beck.

– On veut vraiment de son aide ?

Il hésite.

– Laisse-moi t'expliquer, Alli…

– Oh mon Dieu ! Ce n'est jamais bon signe quand tu commences comme ça.

Je m'assois sur le bord du banc face à lui et je le regarde droit dans les yeux.

– Vas-y, je t'écoute.

– Il y a des endroits dans la ville où les membres de la Guilde peuvent se laisser des messages. C'est ainsi que nous communiquons avec ceux qui vivent au repaire pendant les missions. J'ai fait le tour de certaines de ces cachettes parce que… Eh bien, j'ai besoin de savoir ce qui se passe à la Guilde. Bref, Rosalia m'avait laissé un message codé expliquant qu'elle savait que je voulais infiltrer les Ombres pour le compte du roi et qu'elle voulait m'aider.

Je le regarde en haussant les sourcils aussi haut que possible.

– Et tu l'as crue ?

Rosalia me foudroie de son regard inflexible.

– Ce n'est pas parce que tu ne m'aimes pas que je suis une Ombre.

Beck ferme les yeux et se masse les tempes.

– Vous pouvez régler ça plus tard, s'il vous plaît ?

Mais je viens de me rendre compte de quelque chose et je lance un nouveau regard suspicieux à Rosalia.

– Pourquoi voudrais-tu nous aider, de toute façon ? Qu'est-ce que tu y gagnes ?

Je ne la connais pas beaucoup, mais venir chercher Beck et lui offrir son aide ne lui ressemblent pas. Si les Ombres l'avaient menacée comme ils l'ont fait avec Beck, elle disparaîtrait simplement dans la nuit. L'altruisme ne fait pas partie des habitudes de la Guilde.

Rosalia semble hésiter à me répondre.

– Les Ombres ont volé beaucoup de gens, dit-elle finalement.

Il me faut une seconde pour comprendre, et puis ça fait tilt.

Rosalia se soucie d'une seule personne.

– Ton frère, je réponds doucement. Ils l'ont blessé ?

Elle grimace.

– Ils l'ont recruté.

Pendant un instant, je n'arrive pas y croire...

Je me souviens de son frère, Peakes, un garçon souriant et joyeux de mon âge, sans cesse taquiné par le reste du groupe mais toujours de bonne humeur. De tous les amis de Beck au repaire, Peakes est celui qui semble le moins... voleur. Comment pourrait-il être devenu une Ombre ?

Mais le visage de Rosalia m'apprend qu'elle ne ment pas : derrière son rictus, elle semble vraiment affectée. Et en colère.

– Je ne sais pas où il est, poursuit-elle. Il a quitté la Guilde pour aider les voleurs du Clan. Ils ont dû le manipuler d'une manière ou d'une autre, et je suis sûre qu'ils le tueront une fois qu'il ne leur sera plus utile. Peut-être qu'ils l'ont déjà fait. Mais vivant ou mort, je le retrouverai.

Je me souviens de la lame froide de son couteau contre ma gorge et je la crois sur parole.

L'histoire de Beck prend maintenant tout son sens. Il savait pour Peakes, c'est pourquoi il a fait confiance à Rosalia quand elle lui a envoyé ce message. C'est pourquoi il l'a invitée à le retrouver ici. Il savait qu'elle voudrait se venger.

– Alors, quel est le plan ? je demande.

Si Beck est dans le coup, il y a forcément un plan.

– Et surtout, qu'est-ce que je viens faire dans tout ça, moi ? j'ajoute.

– Il ne s'agit pas seulement de Peakes, répond doucement Beck. Il y a ton frère, tous les autres noms de cette liste et tous les voleurs qu'ils ont ciblés. Les Ombres doivent être arrêtés. Ils déchirent la Guilde de l'intérieur.

– Pourquoi font-ils tout ça ? Quel est leur but ?

– Le pouvoir, déclare Rosalia. Qui que soit le chef des Ombres, il convoite le pouvoir que détient le roi et se sert de l'impopularité de Kerick comme prétexte : beaucoup des voleurs qu'ils recrutent se moquent bien du roi, ils voient là une opportunité d'obtenir une meilleure position au sein de la Guilde. D'autres ont sans doute une dent contre Kerick ou certains de ses fidèles alliés, comme Durban.

Beck grimace.

– Nous devons trouver un moyen de les éliminer une fois pour toutes. Mais pour cela, nous avons besoin d'informations à transmettre au roi, précise-t-il.

– Quel genre d'informations ? je demande.

– Nous ne savons toujours pas qui est leur chef, observe Rosalia. Beck et moi connaissons certains membres du Clan, mais il y en a encore beaucoup à identifier. Nous devons découvrir qui les dirige, comment ils recrutent des voleurs comme mon frère, savoir ce qu'ils prévoient de faire et, surtout, comment les arrêter.

– Et trouver la Pièce, ajoute Beck. Et découvrir qui a mis le nom de ton frère sur cette liste.

– Donc, en gros, nous ne savons rien et tout reste à faire. Génial.

Rosalia soupire comme pour montrer combien ma présence la dérange.

– Le problème n'est pas tant le manque d'informations que le manque de moyens pour les obtenir. Je me suis déjà fait des ennemis parmi les Ombres. J'ai été, disons… très claire dans mon opposition au meurtre de Durban. Les Ombres me tueraient plutôt que de me faire confiance.

– D'accord, mais je ne vois pas vraiment le problème, Rosalia. Beck peut toujours se laisser recruter par les Ombres et les espionner comme il l'avait prévu.

Beck tapote son pied contre le bord du banc.

– Quand je suis allé chercher les messages de la Guilde aujourd'hui, j'ai aussi récupéré ceux que m'avaient envoyés les Ombres, explique Beck. Ils m'ont fait part de la date et du lieu de leur prochaine réunion. Mais voilà le problème : le Clan me teste en me demandant de recruter quelqu'un que j'emmènerai à la réunion…

– En d'autres termes, renchérit Rosalia, il ne peut pas se présenter seul. Mais je ne peux pas l'accompagner, car ils sauraient forcément que je suis une espionne.

Je n'aime vraiment pas la tournure que prend cette conversation.

– Oh ? je m'exclame, d'une voix bien plus aiguë que prévu.

Rosalia me fixe de son regard impitoyable.

– Tu vas accompagner Beck et infiltrer toi aussi les Ombres.

DIX

Je regarde Beck et Rosalia tour à tour, attendant que l'un d'eux s'écrie : « Mais non, c'est une blague ! » Bien sûr, ils ne disent rien, alors je romps le silence :

– Comment suis-je censée faire croire que je veux faire partie d'un clan secret si je ne fais même pas partie de l'officiel ? Je vous rappelle que je ne suis pas membre de la Guilde…

– On y a pensé, répond Beck. Mais tu sais, la plupart des voleurs de la Guilde ne te connaissent même pas. Très peu savent que tu n'as pas réussi ton épreuve, puisque très peu savent que tu en as passé une ! Quelques personnes que tu as rencontrées au repaire m'ont posé des questions quand je suis rentré après… après le cambriolage chez les Atherton. Mais les autres ignorent tout. Tu peux prétendre que tu as récemment réussi ton épreuve, ils ne se douteront de rien.

– Très bien, je vais simplement aller voir de terrifiants voleurs et leur dire : « Salut, les gars, je suis l'une des vôtres, promis ! Confiez-moi tous vos secrets les plus secrets, s'il vous plaît ! »

Rosalia renifle avec mépris :

– Bien sûr que non…

J'ouvre la bouche pour répliquer quelque chose de désagréable, mais Beck me coupe :

– Ils te croiront membre de la Guilde parce que tu auras… ça !

Il plonge la main dans sa poche et en sort un petit objet : c'est un pendentif en or en forme de serpent enroulé, avec une énorme émeraude en son centre. Même dans la faible lumière de la chapelle, il scintille. Il s'agit d'une clé du repaire, dans les grottes de glace d'Arat. Elle ouvre aussi d'autres planques de la Guilde et, maintenant que j'y pense, Beck m'avait en effet expliqué que c'est ainsi que les membres se reconnaissent entre eux. Ces pendentifs sont enchantés : ils ne peuvent pas être vus par n'importe qui, ni être volés.

– Rosalia te prêtera le sien pour la réunion, précise-t-il.

D'après l'expression de Rosalia, elle n'était pas au courant de ce détail, mais elle ne proteste pas.

– Ça me semble toujours très risqué. Ils pourraient deviner que quelqu'un m'a donné le pendentif !

– C'est tout à fait risqué, répond Beck en me regardant droit dans les yeux. C'est même *très* risqué, Alli. Personne ne prétend le contraire.

Rosalia hoche la tête en signe d'approbation.

– Il ne faut absolument pas que tu te fasses prendre, tu comprends ?

À ces mots, je déglutis péniblement… Quand deux voleurs vous assurent que quelque chose est « dangereux », cela signifie que vous êtes probablement en danger de mort. Et puis ces types du Clan des Ombres ne sont pas simplement des voleurs ou des assassins : ce sont des voleurs qui tuent d'autres voleurs !

Mais si Ronan est vraiment en danger, alors le risque en vaut la peine. Et puis il est hors de question d'admettre devant Beck et Rosalia que j'ai la frousse.

– Oh, arrête, tu sais que je n'ai peur de rien !

– C'est bien ce qui m'inquiète, grommelle Rosalia.

Je lève les yeux au ciel.

– D'accord, j'ai compris, la consigne est de ne pas se faire prendre. Maintenant, avançons : comment fait-on pour y arriver ? Mead et Peakes sont des Ombres, et les deux me connaissent, donc ils savent que je n'ai pas réussi mon épreuve.

Beck hoche la tête.

– C'est vrai, c'est clairement un risque. Mais nous misons sur le fait qu'aucun d'eux ne te dénoncera.

– Et par quel miracle ?

– Mon frère s'est laissé influencer par les Ombres, mais je ne crois pas qu'il te ferait intentionnellement du mal.

Moi, je n'en suis pas si sûre. Pour commencer, je n'aurais jamais soupçonné Peakes d'être capable de rejoindre un clan rebelle… Mais il faut croire qu'on ne le connaissait pas si bien que ça.

– Peakes et Mead te considèrent comme une amie, ajoute Beck. Ou du moins comme une de mes amis.

– Oui, et j'ai bien vu comment Mead traite ses amis, je rétorque.

Beck fronce les sourcils.

– Qu'est-ce que tu veux dire ?

Oh. C'est vrai... je ne lui ai jamais raconté la fois où Mead a failli me faire réduire en bouillie avec un sort. Bon, ça partait d'une bonne intention, il essayait de me prévenir d'un danger. Mais il devait y avoir un meilleur moyen pour m'avertir que d'attenter à ma vie !

Bref, comme il y a plus urgent que cette histoire, je fais comme si je n'avais pas entendu la question de Beck et j'en pose une à mon tour :

– Quand aura lieu cette rencontre avec les Ombres ?

Rosalia grimace.

– Demain soir.

– Et vous êtes certains qu'ils ne me soupçonneront pas ?

– Comme nous te l'avons dit, grommelle Rosalia, ils ne te connaissent pas. Ils n'ont aucune raison de se méfier de toi.

– Ils n'ont aucune raison de me faire confiance non plus.

– C'est vrai, dit Beck. Mais j'ai remarqué qu'ils deviennent un peu moins prudents. Quand ils tuent des gens au beau milieu d'une salle à manger commune, par exemple, ou quand ils essaient de recruter des voleurs comme moi. S'ils s'étaient renseignés un tant soit peu, ils auraient vite compris que je suis loyal au roi, mais ils ont tellement besoin de recrues qu'ils ont tenté le coup. Et toi, tu as encore plus de chances de les tromper que moi : tu viens de nulle part, ils n'ont aucune raison de douter de toi.

– Peut-être, mais j'ai l'impression qu'il y a beaucoup de « si » dans ton plan, Beck.

– Comme je te l'ai dit, c'est risqué. Tu sais que je ne te demanderais pas de faire ça s'il y avait moyen de faire autrement. Mais il faut agir. Quelqu'un doit les arrêter.

– Et tu penses que ce quelqu'un devrait être nous.

– Je pense que ce quelqu'un *doit* être nous.

Je ne suis pas sûre d'être d'accord, et je ne suis pas certaine de me soucier à ce point de ce qui se passe dans la Guilde. Cette lutte interne ne me concerne pas, je devrais m'enfuir loin de tout ça et les laisser régler leurs problèmes entre eux.

Sauf qu'ils pourraient tuer Ronan… Je me fiche des autres voleurs, mais tant que le nom de mon frère sera deuxième sur la liste des Ombres, il m'est impossible de rester les bras croisés. C'est ce que Beck a fait, à la fin de notre épreuve : il a été égoïste comme la Guilde le lui a enseigné. La nouvelle Alli ne se comporte pas de cette façon !

Je soupire et je finis par dire :

– D'accord. Imaginons – simple hypothèse – que j'accepte ce plan ridicule. Qu'est-ce que je devrais faire exactement ? Aller à cette réunion avec vous, me faire recruter, et… Ensuite ?

– Tu devras jouer le jeu et obéir à tout ce qu'ils te demanderont de faire, dit Rosalia. Ils te testeront probablement au début, ils te confieront des tâches simples. Peut-être qu'ils te demanderont de recruter d'autres voleurs. Fais-le sans broncher, ou du moins fais semblant, et profites-en pour chercher la Pièce et rassembler des informations : essaie d'apprendre les noms de tous ceux que tu rencontres, observe ce qu'ils font et ce qu'ils planifient. Gagne leur confiance puis découvre leurs secrets.

– Aucun problème, je suis sûre que ce sera *super* simple… Quoi d'autre, ensuite ?

– Rien, répond Rosalia. Beck transmettra ces informations au roi, et je les transmettrai à mes propres contacts dans la Guilde pour aider à faire tomber le Clan des Ombres.

« Faire tomber le Clan des Ombres » ? Est-ce qu'elle veut dire… les tuer ? Je ne suis pas sûre de vouloir connaître la réponse.

– Vous voulez que je sois votre espionne. Et que je vole la Pièce. Et c'est tout.

– Voilà, dit Beck. C'est assez simple.

Ce n'est pas *du tout* simple. Mais au moins, ils ne me demandent pas de faire du mal à qui que ce soit.

Penser à lui me fait culpabiliser : à chaque décision que je prends, j'ai l'impression de m'éloigner de Ronan.

Protéger Ronan et aider Beck (et, malheureusement, cette peste de Rosalia) me met dans une position délicate… Qu'en penserait mon frère ? Peut-être qu'il n'est pas nécessaire qu'il soit au courant…

– Très bien, entraînez-moi à devenir votre espionne ! je m'exclame, en me levant avec un peu trop d'entrain, ce qui me fait glisser sur des pièces abandonnées par terre.

En essayant de retrouver mon équilibre je donne accidentellement un coup à Beck et je m'étale dans un nuage de poussière…

Rosalia me regarde de haut, les bras croisés et l'air excédé.

– On a du pain sur la planche. Debout.

Je fais la moue et proteste :

– Pourquoi est-ce que c'est toi qui donnes les ordres ?

– Parce que quelqu'un doit s'en charger. Et ni toi ni Beck n'êtes qualifiés.

– Excuse-moi, intervient Beck en feignant d'être offensé. C'est moi que le roi a choisi pour cette mission, ne l'oublie pas !

– Et tu n'arriverais à rien sans nous ! je réplique.

– Oh que si !

– Oh que non ! lançons-nous en chœur, Rosalia et moi.

Je la fusille du regard.

– Ne me pique pas mes répliques !

– En quoi c'est *ta* réplique ?

– Bah, j'y ai pensé la première, c'est sûr, je suis clairement la plus maligne de nous trois…

Rosalia lève les yeux au ciel et dit à Beck :

– Pitié, fais-la taire.

– Crois-moi, j'ai essayé…

– C'est vrai, mais il n'est pas de taille face à mon esprit brillant.

– « Brillant » n'est pas vraiment le mot que j'aurais utilisé, glisse Rosalia.

Il me semble bien qu'elle essaie de masquer un sourire.

Pendant un instant, c'est comme si j'étais de nouveau au repaire à plaisanter avec Beck et ses amis. Là-bas, je me sentais acceptée.

Avec mon frère, c'est différent. J'ai toujours la pression d'être la nouvelle Alli et de ne pas le décevoir. En compagnie de Beck et de Rosalia, je peux être moi-même.

Mais ce bon moment est éphémère : Rosalia semble bien déterminée à me taper sur les nerfs.

– C'est très sale, ici, commente-t-elle en se promenant dans la chapelle comme si elle était chez elle.

– Comment ça ? Cette chapelle abandonnée dans les bois n'est pas assez confortable pour toi ? je marmonne.

Elle m'ignore et prend les devants. Avant que nous ayons eu le temps de dire quoi que ce soit, elle a déjà nettoyé et réarrangé la moitié des lieux.

– C'est plus sûr de dormir en haut, explique-t-elle en traînant les couvertures de Beck vers l'échelle qui mène à la loge. Si quelqu'un entre, tu le verras avant qu'il ne te voie. Et puis il fait un peu plus chaud, en hauteur.

– Mais si quelqu'un entre, il sera piégé à l'étage, je note.

Elle balaie ma remarque d'un geste de la main :

– Il sera coincé de toute façon puisqu'il n'y a qu'une seule sortie. En haut, il aura au moins l'avantage. Il pourrait même lancer un couteau.

Bien que je n'aie aucun doute sur le fait que Rosalia excelle au lancer de lames, je n'ai jamais vu Beck le faire… Mais avant que je ne puisse poser la question, Rosalia est déjà redescendue pour s'occuper d'autre chose.

– Tu ne peux pas manger sur ces bancs. Ils sont répugnants.

– Je n'ai pas… commence Beck, mais elle brandit déjà un chiffon de nettoyage – que j'ai apporté, soit dit en passant – et astique le banc le plus proche avec une efficacité redoutable.

– Tu vas la regarder sans rien faire ? je murmure à Beck.

– Je pense, oui, répond-il en souriant.

Comme si elle l'avait entendu, Rosalia lève brusquement la tête et nous pointe du doigt.

– Vous deux, rendez-vous utiles. Nettoyez cette cheminée et faites de la place devant.

– Attends, il ne devrait pas plutôt dormir près du feu ? je demande.

Rosalia secoue la tête.

– Seulement si nécessaire. Ce ne serait pas sûr de garder le feu allumé la nuit : la chapelle est en bois, il pourrait se propager pendant qu'il dort.

– Et qu'est-ce qu'il va faire brûler ? Du bois de la forêt ?

– Pourquoi pas, dit Rosalia en attaquant une toile d'araignée avec son chiffon. Mais je vois plein de choses qui peuvent faire l'affaire, ici.

Elle pointe du doigt des bancs et des planches cassés.

Je jette un coup d'œil à Beck, l'air stupéfaite. Je ne suis pas une grenouille de bénitier, mais quand même… vandaliser une chapelle dédiée à Harona ? C'est une sainte que je n'ai vraiment pas envie d'offenser en ce moment.

Je lui fais remarquer que ces bancs sont trop grands et qu'ils ne rentreront jamais dans la cheminée. Mais je ne serais pas du tout surprise que Rosalia ait une hache et qu'elle sache la manier comme une experte…

– Nous trouverons une solution pour le bois plus tard, décrète Beck. Voyons d'abord si la cheminée est utilisable.

– Mais quelqu'un pourrait voir la fumée à l'extérieur, non ? je demande.

– Vu comme cet endroit est isolé, on peut prendre le risque, déclare Rosalia. Assure-toi simplement d'utiliser du bois sec pour réduire la fumée, Beck.

La cheminée est couverte de poussière, de saleté et de cendres, mais une fois que nous avons tout balayé, il n'y a pas de fuite en vue, donc pas d'humidité ou de moisissure à craindre.

– J'ai bien l'impression qu'on va réussir à la faire marcher ! s'exclame Beck.

Nous nous relevons pour admirer les résultats de notre labeur.

– Qu'en penses-tu, Rosalia ? demande Beck.

Elle se retourne, nous regarde et éclate de rire.

J'observe alors Beck : ses mains, son visage et ses vêtements sont couverts de suie ! Je baisse les yeux et constate que je suis dans le même état.

– Génial, je grommelle.

Beck commence à rire aussi, ce qui fait rire Rosalia de plus belle. Elle se cache la bouche de la main mais laisse échapper des petits couinements ! C'est peut-être la première fois que je ne la vois pas sérieuse.

– Ce n'est pas drôle ! je proteste. Je vais devoir rentrer à la maison dans cet état !

Beck se calme aussitôt.

– Désolé. J'avais oublié… Ton frère va se fâcher ?

Évidemment qu'il avait oublié… Il ne comprend pas que j'ai cette nouvelle vie, à présent. Pas parce qu'il ne se soucie pas de moi, mais parce qu'une vie « normale » est un concept qui lui est étranger… Ce serait comme essayer d'expliquer ce qu'est la neige à quelqu'un qui vit dans le désert…

– Oh, je crois qu'à ce stade, ça n'a plus d'importance, je réponds en soupirant.

Rosalia a retrouvé son calme et me regarde avec un air interrogateur.

Je lève les yeux vers les fenêtres et remarque que la lumière du jour décline déjà.

– Je devrais probablement y aller. Je ne suis pas allée retrouver Ronan à la sortie de son travail et il se demande probablement où je suis… Et puis je n'ai pas envie de me promener seule dans les bois en pleine nuit.

– Nous avons presque fini, de toute façon, dit Rosalia. Il ne reste plus qu'à trouver du bois et à allumer un feu. Il va continuer à neiger cette nuit, il faudra donc mettre nos bouteilles d'eau près de la cheminée pour qu'elles ne gèlent pas. Mais sinon, ça devrait aller pour le moment.

Je hoche la tête.

– Tu resteras ici, toi aussi ? je lui demande.

– Je ne suis pas encore prête à abandonner le repaire de la Guilde, répond-elle d'un air sombre. Les Ombres finiront sûrement par s'en prendre à moi, mais d'ici là, je dois m'assurer que ma famille est en sécurité.

J'avais presque oublié : Rosalia et son frère ne sont pas les seuls membres de la famille Peakes. D'ailleurs, je ne sais même pas combien ils sont !

– Je vous retrouve ici demain soir, alors ?

– Oui, viens vers 18 heures, me dit Beck. La réunion aura lieu à 19 heures, et nous aurons besoin de temps pour discuter du plan puis pour nous rendre au lieu du rendez-vous.

Pas facile : chez mon frère, ce sera l'heure du dîner. Il faudra que je trouve une excuse.

– D'accord, à demain !

Rosalia hoche la tête en guise d'au revoir mais Beck, lui, me sourit.

– À plus tard, Alli.

Je lui rends son sourire, mais le mien est sombre. Demain, nous infiltrons le Clan des Ombres.

ONZE

La neige tombe plus fort quand je quitte la chapelle. Je regagne les rues, mes pieds glissant sur le trottoir humide. Comme mon manteau n'a pas de capuche, je garde la tête baissée et avance aussi vite que possible.

Après avoir grimpé l'escalier et atteint l'appartement de Ronan, je trouve la porte entrouverte…

Il m'attend.

Je suis dans le pétrin…

Il est assis sur le canapé et lit un gros livre de droit. D'autres bouquins l'entourent, empilés sur le fauteuil, la table et le sol. Quand je rentre, il se contente de lever les yeux. Le feu crépite bruyamment dans la cheminée, et aucun de nous deux ne prend la parole.

Finalement, Ronan s'apprête à dire quelque chose, mais il s'interrompt en découvrant mon apparence. Sous la couche de neige, je suis toujours couverte de cendres.

– Tu as ramoné une cheminée ?

Je devrais lui donner une explication, mais avec tout ce qui s'est passé aujourd'hui, je suis trop fatiguée. Je ferme les yeux et lâche :

– Vas-y, finissons-en…

– Pardon ?

Il semble plus confus que fâché.

– Fais-moi la leçon. Je sais que tu m'en veux parce que je suis en retard et que je ne t'ai pas rejoint au bureau. Alors sermonne-moi, qu'on en finisse.

Il reste silencieux alors j'entrouvre un œil. Il a une expression étrange sur le visage ; ce n'est pas de la colère comme je m'y attendais. Est-ce de la tristesse ?

– J'étais vraiment inquiet, Alli, murmure-t-il doucement.

– Oh…

Il referme son gros livre.

– Je ne savais pas où tu étais, ni s'il t'était arrivé quelque chose !

– Je… Je n'ai pas fait attention à l'heure. Et ce n'est pas comme si c'était une règle de te retrouver chez Avinoch & Associés tous les jours, non ?

– Mais tu ne m'as pas dit que tu ne viendrais pas ! J'ai attendu devant le bureau pendant une heure !

J'expire longuement. Quelques flocons à moitié fondus tombent de mes épaules. Ronan se frotte le nez, visiblement épuisé. Enfin, il lève à nouveau les yeux vers moi.

– Mais à quoi pensais-tu, Alli ? Que faisais-tu ? Où étais-tu aujourd'hui ?

Je me balance sur la pointe des pieds d'un air innocent.

– Rien. Nulle part.

Ronan soupire.

– Mauvaise réponse. Essaie encore.

– Je… je me suis baladée. Je suis allée au marché, j'ai fait les boutiques, traversé un parc… Une promenade, quoi !

Ronan laisse tomber son livre et le bruit sourd me fait sursauter.

– Tu vas me dire ce qui s'est vraiment passé ?

– Je viens de le faire.

– Alli.

C'est le ton le plus sévère qu'il ait jamais employé. Et le plus exaspéré.

– Tu ne m'as toujours pas dit ce que tu fabriquais dans une cheminée, ajoute-t-il.

On voit qu'il est élève avocat : il est vraiment doué pour les interrogatoires.

– J'étais…

J'hésite, cherchant une explication plausible. Je ne peux pas lui parler de Beck, mais peut-être que je peux lui dévoiler un bout de vérité ?

– J'ai retrouvé quelqu'un.

– Quelqu'un ?

– J'ai reçu un message d'un… ami. Il est en ville et voulait me voir, c'est pour ça que j'ai manqué notre rendez-vous à ton bureau.

Ronan essaie de rester impassible, mais il ne peut s'empêcher d'écarquiller les yeux de peur.

– C'est ce fameux garçon de ta vie d'avant, n'est-ce pas ? Celui qui a pénétré dans le manoir Atherton avec toi ?

J'hésite à confirmer ses craintes, mais il sait déjà qu'il a raison.

– Oui.

– Alli…

– Ce n'est pas ce que tu crois, d'accord ? Nous n'avons rien fait de mal. Nous n'avons rien volé. Il voulait seulement discuter. Il voulait savoir si j'allais bien.

– Alli, les Protecteurs le recherchent toujours. Tu aurais dû venir me voir.

– Pourquoi ? Pour que tu demandes à ta petite amie Protectrice de le mettre en prison ?

Ces mots m'échappent et Ronan recule d'un pas.

– Je ne voulais pas qu'il soit arrêté, j'ajoute rapidement. Enfin… pas avant d'avoir pu lui parler à nouveau. Je n'avais pas eu de ses nouvelles depuis l'été, et je… je ne connais personne d'autre ici… Je voulais simplement parler à un ami.

Pendant plusieurs secondes interminables, Ronan ne répond pas.

– Je sais bien que tu veux protéger ton ami, dit-il doucement. Mais tu es encore en probation, tu comprends ? Si tu es impliquée dans une nouvelle affaire – si tu es même seulement *suspectée* d'être impliquée dans une nouvelle affaire – ils te renverront en centre de détention. Et comme tu n'ignores pas qu'il est recherché par les Protecteurs, tu as l'obligation légale de le dénoncer.

– Je m'en fiche, je proteste un peu plus fort que je ne l'avais prévu. Je me moque de la probation ou des obligations ou de tout ton jargon juridique ! Tout ce que j'ai fait, c'est parler à mon ami.

– Non, ce que tu as fait, c'est courir dans la ville sans me dire où tu étais et traîner avec un criminel recherché. Je pense comprendre pourquoi tu l'as fait, mais il n'empêche que c'était mal et que tu le sais.

Je reste muette. Il soupire et regarde les livres par terre.

– Mari est partie à ta recherche ce soir, reprend-il sans me regarder. Elle a parcouru la moitié de la ville dans le froid. Si tu n'étais pas revenue, elle allait appeler une équipe entière de Protecteurs pour fouiller la région.

– Pour m'arrêter ?

Il lève les yeux au ciel.

– Mais non ! Pour te ramener à la maison ! Parce que j'étais inquiet pour toi. Parce que nous étions tous les deux inquiets pour toi.

Je suis bouche bée… Personne ne s'est jamais soucié de moi comme ça.

Ronan se lève.

– Ça a été une longue journée, conclut-il. Nous sommes tous les deux fatigués. Nous reprendrons cette discussion demain. Il y a un bol de ragoût pour toi sur la cuisinière. Va te laver et je le réchaufferai pendant ce temps.

– Merci.

Je tourne les talons. Je n'arrive pas à croire que je m'en sorte si facilement – du moins, pour l'instant.

– Hé, Alli ?

Je m'arrête.

– Oui ?

– Je ne veux plus que tu parles à ce garçon, c'est compris ?

Je hoche la tête. C'est compris, mais ce n'est pas *promis*.

Le lendemain matin, je me sens toujours coupable d'avoir menti à mon frère.

Je soupire, me tourne sur le dos et fixe le plafond. Il fait froid et je n'ai pas envie de sortir de sous la couverture. Et si je ne quittais plus jamais ce lit ? Comme ça, je n'aurai pas à « reprendre la discussion » avec Ronan…

Hier soir, j'aurais presque préféré qu'il me crie dessus. Il n'a presque rien dit après mon dîner. Il m'a seulement envoyée dans ma chambre puis est retourné à ses lectures. Mais je ne me sens pas soulagée. J'ai l'impression qu'il y a un poids au-dessus de ma tête, prêt à m'écraser, et moi, j'attends qu'il tombe.

Je ferme les yeux. Oui, je vais bel et bien rester dans ce lit pour toujours. Oublier mon frère et le fait que je le déçoive tant, oublier sa petite amie Protectrice qui se mêle de tout, oublier Beck et Rosalia et…

Beck. Rosalia. Les Ombres.

Mes paupières s'ouvrent brusquement.

La réunion des Ombres. C'est aujourd'hui ! Enfin, c'est ce soir, mais je dois tout de même trouver un moyen de me rendre à la chapelle à 18 heures C'est un problème, car Ronan sera à la maison et nous serons en train de dîner. Mari pourrait être là, elle aussi.

Après la discussion d'hier, pas question de manquer le repas. J'ai déjà de la chance que Ronan ne m'ait pas mise à la porte, alors si je disparais toute la soirée…

Que faire ?

Il y a une solution : je vais faire semblant d'être malade ! Je pourrai éviter le dîner et j'aurai une excuse pour rester dans ma chambre toute la soirée. Il sera difficile de tromper Ronan, mais je me suis beaucoup entraînée à simuler des maladies, à l'orphelinat.

Je saute du lit en bravant l'air froid et j'enfile des vêtements. En me coiffant, je peaufine les détails de mon plan : j'ai besoin d'un gant de toilette humide pour rendre ma peau moite comme si je transpirais de fièvre.

Un bruit sourd retentit de l'autre côté de ma porte, comme si quelqu'un avait laissé tomber quelque chose dans la pièce voisine.

Ce qui est impossible : il est tard, Ronan est parti travailler depuis des heures.

Mon cœur bat la chamade. Est-ce que ça pourrait être… les Ombres ? Ou quelqu'un de la Guilde ? Des voleurs se sont-ils introduits dans notre appartement ? En veulent-ils à Ronan ? Et si je les avais menés ici malgré moi et qu'ils avaient déjà tué mon frère dans son sommeil, et si…

Je prends une grande inspiration et laisse mon instinct affûté par mon entraînement à la Guilde me guider. À pas de loup, je me dirige pieds nus vers la porte et l'entrouvre.

À ma droite, la chambre de Ronan est sombre. La salle de bains aussi. À ma gauche, de la lumière provient de la cuisine ou du salon. Elle est trop jaune et vacillante pour être celle du soleil. Quelqu'un a allumé une lanterne ou une bougie.

Je sors de ma chambre et avance furtivement dans le couloir. Une odeur émane de la cuisine, quelque chose de familier, comme… des crêpes ?

Je jette un coup d'œil rapide à la pièce : une bougie est posée sur le comptoir et Mari se tient debout devant la cuisinière, une poêle à la main.

Moi qui m'attendais à trouver des voleurs, je tombe sur la petite amie de mon frère envoyée pour me surveiller. Et apparemment, elle me prépare le petit déjeuner !

Les Ombres ne sont pas venus pour Ronan. Pas encore.

J'essaie de calmer ma respiration et de faire comme si de rien n'était en entrant dans la cuisine.

– Bonjour, Alli, lance joyeusement Mari.

Comme si elle n'avait pas passé toute la soirée à traverser la ville dans le froid pour me chercher. Peut-être qu'elle ignore que Ronan me l'a révélé. Ou peut-être que nous allons faire semblant qu'il ne s'est rien passé.

– Tu veux des crêpes ? demande-t-elle.

Je m'assois à table

– Volontiers. Ça sent bon.

Mari n'est pas très douée en cuisine. Tout ce qu'elle sait faire, ce sont des ragoûts et des soupes. Mais les crêpes, elle maîtrise ! Elles sont chaudes, moelleuses, et elle les sert avec des framboises et du sirop.

Je les dévore en un éclair, sans prendre le temps de respirer. Je crois que c'est la première fois que je mange des crêpes faites maison.

Mari prend place face à moi et me regarde manger avec une expression que je n'arrive pas à déchiffrer.

Quand j'ai fini mon assiette, je demande :

– Ronan t'a demandé de me surveiller ?

– Quelque chose comme ça.

Elle guette ma réaction.

– Tu ne travailles pas, aujourd'hui ?

– Pas avant ce soir, je suis de garde de nuit.

Je hoche la tête.

– Et demain ?

– On verra, répond-elle de manière évasive.

J'en déduis que c'est un code pour « Nous ne savons pas encore quoi faire de toi, mais hors de question de te laisser seule ».

Bon. Ça complique mon plan mais ça ne l'annule pas complètement… Si tout ce que j'ai à faire, c'est être gentille avec Mari, ça ne devrait pas être trop compliqué.

Elle pensera probablement que je fais semblant d'être sympa pour me faire pardonner, ce qui est parfait : pendant ce temps, elle ne se doutera pas que je mijote quelque chose.

Je baisse les yeux vers la table et fais de mon mieux pour avoir l'air gênée :

– Je pensais faire quelque chose de gentil pour Ronan, aujourd'hui. Tu sais, à cause de… hier. Préparer le dîner ou quelque chose comme ça. Tu connais son plat préféré ?

– Tu sais cuisiner ? s'exclame Mari, sans cacher sa surprise.

– Pas vraiment, j'aurai besoin que tu m'aides… Non, laisse tomber, c'était une idée stupide.

Elle mord à l'hameçon.

– Au contraire, c'est une excellente idée. Tu feras très plaisir à Ronan. Il faut absolument que nous préparions son dessert préféré : des fondants au miel.

– Qu'est-ce que c'est ?

– Une spécialité ruhienne. Des pâtisseries saupoudrées de sucre et couvertes de miel.

– Ça a l'air délicieux. C'est facile à faire ?

– Oui, il faut seulement acheter les ingrédients au marché.

– Tu crois qu'on peut y aller ? je demande en levant un peu la tête.

– Bien sûr, répond-elle en souriant.

Elle n'aura pas été très difficile à berner… Un peu plus, et je me sentirais coupable.

Mais pas le temps pour les sentiments : pour l'instant, je dois être gentille avec Mari toute la journée, puis faire semblant d'être malade au dîner afin de sortir de l'appartement, le tout avant de retrouver Beck et Rosalia à la chapelle.

Avec un peu de chance, mon frère et sa petite amie ne seront pas les seuls que je duperai ce soir… Les Ombres aussi.

Mari m'emmène au marché puis nous consacrons la majeure partie de la journée à la cuisine. Il s'avère que passer du temps avec elle est assez sympathique. Elle est plutôt détendue, quand elle ne joue pas son rôle de Protectrice. Et elle me raconte des choses sur Ronan que j'ignorais : il est le plus jeune apprenti d'Avinoch et il a passé son premier examen face à des apprentis qui étudiaient depuis deux fois plus longtemps que lui. Il raffole des pâtisseries au miel et prend toujours trois morceaux de sucre dans son thé.

C'est étrange d'apprendre ces détails sur la vie de mon propre frère par quelqu'un d'autre. Quelqu'un qui le connaît mieux que moi. Mais c'est aussi agréable. Ce qui l'est encore plus, c'est que Mari partage tout cela avec moi comme si j'étais quelqu'un d'important dans sa vie.

Quand le dîner est prêt, je n'ai même pas besoin de simuler un mal de ventre car je suis malade de culpabilité…

Je reste tout de même debout assez longtemps pour accueillir Ronan avec son dîner surprise. Il est ravi.

Mari lui dit que je me suis chargée de presque tout, ce qui est un mensonge flagrant, mais Ronan me remercie quand même. Je m'excuse alors pour aller dans la salle de bains, où je me frotte le front avec un gant de toilette humide. J'attends quelques minutes, puis ressors et annonce que je ne me sens pas bien.

Mari fronce les sourcils, mais Ronan se lève d'un bond et pose sa paume sur mon front.

– Tu es effectivement en sueur, commente-t-il. Tu veux te reposer ?

– Oui, juste un moment. J'ai un peu mal à l'estomac…

– Tu veux du thé chaud ? me propose Mari.

Je n'arrive pas à savoir si elle me soupçonne ou non.

– Non, merci. Je vais m'allonger un peu.

Je rejoins ma chambre, grimpe dans le lit, me glisse sous la couverture et regarde l'horloge. Les bruits de vaisselle et des voix lointaines traversent les murs. Finalement, la porte d'entrée s'ouvre et se referme – ce doit être Mari qui part pour sa garde de nuit. Une minute supplémentaire s'écoule, puis la porte grince et mon frère jette un coup d'œil dans ma chambre.

Je fais semblant de dormir, et il referme la porte. Ensuite, j'entends ses pas s'éloigner lentement dans le couloir.

Je saute du lit. Il ne me reste plus que dix minutes pour arriver à la chapelle.

J'écris à la hâte un message à Ronan, juste au cas où il découvrirait que j'ai disparu. Je ne veux pas l'inquiéter à nouveau ni m'attirer plus d'ennuis.

Ronan,
Je suis juste sortie prendre l'air. Je n'ai pas fugué, ne t'inquiète pas ! Pas la peine de me chercher !
Alli

J'ai disposé mes oreillers sous la couverture pour que, s'il jette un coup d'œil depuis la porte, il me croie encore endormie et j'ai posé le mot sur l'un des oreillers, au cas où il s'approcherait et découvrirait la vérité.

J'enfile mon manteau et passe une écharpe épaisse en laine, puis prends mes grosses bottes de neige sans les enfiler pour ne pas faire de bruit. J'ouvre soigneusement la porte et je sors discrètement. Le salon est plongé dans la pénombre et la voie est libre. Je marche prudemment pour ne pas trébucher sur un des livres que Ronan laisse traîner un peu partout. Finalement, j'atteins la porte d'entrée, l'ouvre doucement et quitte l'appartement.

Dehors, le vent est glacial. La neige n'a pas tenu, mais le trottoir est mouillé et glissant. J'enfile mes bottes, remonte l'écharpe jusqu'à mon nez et me mets en route.

Quelques minutes plus tard, la chapelle se dresse devant moi. Cette fois, Beck et Rosalia ont eu la courtoisie de ne pas me faire une peur bleue et ont laissé les portes fermées. Néanmoins, je m'approche prudemment de l'édifice ; pas question de me faire surprendre.

À l'intérieur, un petit feu brûle maintenant dans l'âtre. La plupart des débris de l'allée centrale ont été dégagés, poussés vers les bords de la pièce. Rosalia est assise sur la marche menant à l'autel, face à la porte. Elle porte un lourd manteau de voyage bleu qui tombe en plis gracieux. Avec sa posture droite et son expression dédaigneuse, je suis sûre qu'elle se croit assise sur un trône doré plutôt que sur des ruines.

– Tu es en retard, aboie-t-elle.

Deux secondes en sa présence, et elle m'insupporte déjà.

– Hé, tu n'as aucune idée de ce que j'ai dû faire pour arriver ici.

– Tu as raison, Rosco, je n'ai aucune idée, m'interrompt-elle. Moi, j'ai passé la journée à faire sortir ma famille de la Guilde sans alerter les autres voleurs en espérant que nous ne serions pas assassinés par les Ombres. Mais tu as raison, je suis sûre que les dernières heures de ta vie ordinaire ont été très éprouvantes.

Je serre les poings de toutes mes forces.

– Pour ton information, je réplique entre mes dents serrées, il n'y a rien d'ordinaire à essayer de se faufiler loin de mon frère et de la Protectrice qui vit dans l'appartement d'à côté, tout ça pour retrouver des voleurs et assister avec eux à une réunion d'une organisation secrète dont les membres essaient de tuer tout le monde ! Mais tu as raison, tu es la seule à avoir des problèmes…

Rosalia se lève brusquement et s'apprête à répliquer, mais une voix flottant au-dessus de nos têtes l'interrompt :

– Est-ce que vous pouvez essayer de passer une minute dans la même pièce sans vous entretuer ?

Je me retourne et lève les yeux vers la loge. Beck est appuyé contre la balustrade, les bras pendants dans le vide. Son visage est dans l'ombre.

– Non, je rétorque. Je tolère très mal la condescendance.

Je distingue mal ses traits, mais j'ai l'impression qu'il lève les yeux au ciel.

– Nous n'avons pas le temps pour ces bêtises, dit Rosalia derrière moi. Allons-y.

Je me retourne.

– Je croyais que tu ne venais pas ?

Elle me lance un regard noir.

– Nous ne savons pas si les Ombres surveilleront les allées et venues au point de rendez-vous. Nous ne voulons pas que l'une d'elles te suive ici et découvre cette chapelle, alors toi et Beck allez prendre deux routes séparées pour aller à la réunion et en revenir. Je vais te montrer le chemin d'abord pour que tu puisses rentrer seule plus tard. Des objections ?

– Quelques-unes…

Cette fois, elle m'ignore et s'avance d'un pas. Postée juste devant moi, elle plonge la main dans sa poche et en retire un objet scintillant : un pendentif doré orné d'une énorme pierre précieuse verte. Sa clé du repaire.

– Tu en auras besoin pour prouver que tu fais bien partie de la Guilde.

Même si nous avons déjà discuté de cette partie du plan, j'ai conscience que ce n'est pas rien : les voleurs ne confient pas leur pendentif à n'importe qui.

Comme je reste les bras ballants, Rosalia tape du pied avec impatience.

– Pas dans deux heures, Rosco !

Je tends la main, et elle laisse tomber le pendentif dans ma paume. Il est plus lourd que je ne l'imaginais. Je le glisse rapidement dans ma poche.

Sans un mot de plus, Rosalia remonte l'allée centrale et ouvre les portes de la chapelle. Je la regarde s'éloigner puis je lève les yeux vers Beck.

– Je suis vraiment obligée d'y aller ?

Il sourit, et ses dents brillent dans l'obscurité.

– Bonne chance, l'orféline. On se voit là-bas.

Je soupire et traîne des pieds pour rejoindre Rosalia.

– Crois-moi, tu me revaudras ça, Beck Reigler.

En sortant de la chapelle, j'entends un murmure :

– Sois prudente.

DOUZE

ROSALIA MARCHE TRÈS VITE et, comme je trottine derrière elle, je manque à chaque pas de me faire gifler par les pans de son manteau.

– Tu ne pourrais pas porter un manteau normal, comme tout le monde ?

Elle fait semblant de ne pas m'entendre et reprend ses instructions :

– Souviens-toi de ce que tu as à dire : tu es membre de la Guilde, tu trouves que tu n'as pas été traitée équitablement sous le règne de Kerick et tu soutiens leur projet de renverser le roi. Assure-leur que Beck t'a invitée à la réunion et, s'ils demandent une recommandation supplémentaire, cite le nom de Koby Mead.

– Et si Mead leur révèle que je mens ?

– Dans ce cas-là, tu t'enfuis !

Son ton est si détaché qu'il me faut une seconde pour comprendre qu'elle est sérieuse.

– Je m'enfuis où ?

– Loin.

– Oh, très utile comme conseil, merci.

J'esquive à nouveau son manteau, évitant de justesse une collision avec un panneau.

– Tais-toi autant que possible, ne parle que si l'on t'adresse la parole, ne fais pas de commentaires sarcastiques. Enfin, si tu peux t'en empêcher.

J'accélère pour me mettre à son niveau.

– Rappelle-moi pourquoi c'est *toi* la cheffe ?

– Voilà, ce genre de commentaires, tu oublies, coupe-t-elle sèchement.

– Oui, Reine Rosalia, vos désirs sont des ordres !

– Et ça aussi, évite…

Je souffle d'exaspération.

– C'est quoi ton problème avec moi ?

Elle s'arrête si brusquement que je dérape, glisse devant elle et dois faire demi-tour. Elle me regarde de haut sans bouger d'un pouce.

– Je t'avais prévenue dès ton arrivée à la Guilde, gronde-t-elle. Je savais que tu n'étais pas faite pour ça et que tu échouerais à ton épreuve. C'est une chance que tu n'aies pas entraîné Beck dans ta chute, comme je le craignais. Malgré tout, Beck compte encore sur toi ! Mais une fois de plus, tu vas tout gâcher. Et cette fois, tu n'auras peut-être pas autant de chance…

Mon pouls s'accélère et ma colère monte d'un coup. Je me campe face à elle et la regarde droit dans les yeux :

– Tu ne sais rien de ce qui s'est passé pendant notre épreuve.

Elle fronce les sourcils.

– Tu n'es jamais revenue, répond-elle. C'est tout ce que j'ai besoin de savoir.

Elle insiste sur chacun de ces mots avec une lenteur cruelle, comme autant de coups de couteau.

Je ne reculerai pas. Je ne clignerai pas les yeux. Je ne céderai sûrement pas la première.

– Et toi, ce que tu ignores, je rétorque en imitant son ton condescendant, c'est que Beck a laissé une fille mourir, cette nuit-là. Pas moi.

Elle ne bronche pas… Elle ne semble même pas surprise. Soit Beck lui en a déjà parlé, soit elle dissimule ses émotions encore mieux que je ne l'imaginais.

– Eh bien, tu vois ? C'est exactement de cela que je parle… Tu sais peut-être faire les poches, mais ça ne fait pas de toi une *véritable* voleuse. Quand les choses se corsent, tu n'as pas le cran nécessaire !

Je respire fort pour me calmer et ne pas lui lancer mon poing à la figure.

– Tu sais quoi, Rosalia ? Peut-être que tu as raison. Peut-être que je ne suis pas faite pour la Guilde des voleurs. Mais tu devrais être contente ! Parce que si j'étais comme vous, je ne serais pas en train de risquer ma vie pour protéger mon frère et aider Beck… Ça non ! Je ne penserais qu'à sauver ma peau au lieu de me geler ici à t'écouter me donner des leçons ! Alors non, je ne te permets pas de me prendre de haut !

Elle cligne des yeux.

– Je ne te prends pas de haut… murmure-t-elle. Au contraire, je pense que tu as trop bon fond pour être embarquée dans cette affaire.

Elle me dépasse alors de quelques pas, s'arrête, se retourne et ajoute :

– Et tu n'es pas la seule à essayer de sauver son frère…

– Désolée. Je ne voulais pas te parler sur ce ton…

– Bien sûr que tu le voulais…

– Bon, d'accord, peut-être. C'est juste que tu ne sembles pas du genre, euh… sentimental. Enfin, sans vouloir t'offenser !

Elle me lance un regard noir.

– C'est vrai. Mais ça ne veut pas dire que je ne tiens pas à ma famille.

– D'accord. Désolée.

Elle soupire.

– Écoute, Rosco, je pense que toi et moi, on veut la même chose : arrêter les Ombres. Et quand je suis dure avec toi, c'est parce que je veux que tu t'améliores. J'ai besoin que tu réussisses, tu comprends ?

Elle n'a probablement jamais été aussi *peu* méchante avec moi, même si j'ai l'impression qu'elle m'a glissé une petite pique au passage. Mais je devrais sans doute accepter de faire la paix avec elle.

– D'accord.

Mais ensuite, je ne peux pas m'empêcher d'ajouter :

– Mais tu pourrais être plus sympa, quand même…

Rosalia sourit en coin.

– Je ne suis *jamais* sympa.

– J'avais remarqué.

Elle reprend sa marche, mais plus lentement pour me permettre de suivre son rythme.

– Je pensais que tu comprendrais, ajoute-t-elle après un moment. Puisque toi non plus tu n'es pas très sympa.

– N'importe quoi. Je suis adorable !

L'espace d'une seconde, je vois ses lèvres esquisser un petit sourire, mais très vite, Rosalia fronce les sourcils et accélère le pas.

– Suis-moi, assène-t-elle sèchement. On est en retard.

Nous cheminons en silence puis, après quelques minutes, elle s'arrête. Nous nous trouvons dans un quartier tout à fait ordinaire, avec des bâtiments en brique de style ruhien.

– Ma route s'arrête ici, déclare Rosalia. Je ne veux pas prendre le risque d'être vue avec toi. Suis la rue Astian-sud le long des deux prochains pâtés de maisons, jusqu'au 218. Là, frappe deux fois, et quelqu'un te répondra. Bonne chance.

Puis elle file sans se retourner.

Je continue alors mon chemin jusqu'au n° 218, une maison en brique rouge étroite presque identique à toutes les autres du quartier avec ses trois étages et son toit en ardoise. Une barrière décorative mène à un porche rempli de pots de fleurs et de jardinières colorés, vides à cause de l'hiver.

Je vérifie deux fois le numéro de la maison. C'est bien ça.

Je souhaiterais presque que Rosalia soit là avec moi. Non, je souhaiterais que *Beck* soit avec moi. Je ne suis jamais partie en mission sans lui, et même si notre épreuve a été un désastre, je ne regrette pas les moments où nous nous sommes entraidés.

Je me ressaisis et prends une grande inspiration. Beck est en chemin. Il compte sur moi. Je peux le faire.

Je gagne le porche et esquive les pots de fleurs. Le heurtoir est en forme de… de cœur ? Drôle de choix pour un repaire de voleurs.

Je tape deux fois et une jeune femme m'ouvre la porte. Elle a la vingtaine et des cheveux blonds bouclés presque aussi clairs que ceux de Mead. Elle ne ressemble pas du tout à une voleuse…

Est-ce que Rosalia m'a donné la mauvaise adresse ? Est-ce qu'elle s'est fichue de moi ? Je m'apprête à bredouiller une excuse et à partir, quand elle me demande :

– Invitation ?

D'accord… Je suis au bon endroit. Mais personne ne m'a parlé d'une invitation.

Oh ! Le pendentif ! Celui qui prouve que je fais partie de la Guilde. C'est ça, l'invitation.

Je plonge la main dans la poche de mon manteau, et…

– Lentement, m'ordonne-t-elle en fronçant les sourcils.

– Je ne suis pas armée.

Ce qui est vrai : nous savions que je serais fouillée.

– Lentement, répète-t-elle.

Finalement, je commence à voir la voleuse en elle… Il y a quelque chose d'inquiétant sous son apparence ordinaire.

Je sors le pendentif centimètre par centimètre et le lui tends. Elle examine l'émeraude, hoche la tête et me fait entrer dans la maison.

Un tapis tressé recouvre un plancher qui grince sous mes pieds. À ma droite, de petites peintures encadrées ornent le mur et, à ma gauche, le couloir donne sur un petit salon chic, avec des canapés fleuris et des vases qui ont l'air luxueux. Les rideaux sont tirés et face à moi, un escalier étroit monte dans l'obscurité.

– Viens, dit la jeune femme.

Je la suis jusqu'à une pièce sombre gardée par un homme costaud habillé tout en noir. Plusieurs poignards et autres objets en acier tranchant pendent à sa ceinture.

Pas de doute, je suis bien à la Guilde.

– Ivo va te fouiller, explique sèchement la fille. Laisse ton manteau sur le portemanteau.

Je suis surprise par tant de courtoisie mais comprends bien vite qu'ils ont besoin que je l'enlève pour vérifier mes poches.

Ensuite, la fille part et je me laisse fouiller tout en serrant le pendentif dans ma main. Ivo grogne pour me signaler que je peux y aller, et j'entre alors dans un petit salon carré éclairé par des bougies. Les meubles ont été repoussés contre les murs pour faire de la place à six ou sept convives assis par terre.

Ils discutent tranquillement entre eux et quelques personnes lèvent les yeux à mon approche. Pendant plusieurs longues et horribles secondes, je reste les bras ballants sans savoir quoi faire.

– Les nouvelles recrues ! Mettez-vous en ligne contre le mur ! tonne une voix grave de l'autre côté de la pièce.

Je plisse les yeux dans l'obscurité et repère qui parle. Il est adossé nonchalamment contre le mur près de la cheminée, chevilles croisées. Il est coiffé d'un large chapeau abaissé pour obscurcir son visage. Bien qu'il fixe le sol, j'ai le sentiment que rien ne lui échappe.

Je m'assois à l'endroit indiqué avec deux autres personnes, sous l'escalier. Les planches de bois grincent sous mon poids. Je jette un coup d'œil à mon voisin, mais il fait trop sombre pour que je distingue ses traits.

Les autres voleurs continuent de discuter ; seules les nouvelles recrues à côté de moi restent silencieuses. Je prie pour que Beck se dépêche.

En balayant la pièce du regard, je finis par remarquer un parchemin accroché à la cheminée. En haut d'une liste, en lettres majuscules on peut lire : LE ROI.

Et juste en dessous : RONAN A. ROSCO.

J'ai l'impression que mon cœur se détache et tombe dans ma poitrine. Beck disait donc vrai : les Ombres ont établi une liste de cibles parmi lesquelles se trouve mon frère.

Je parcours rapidement les autres noms. J'en ai déjà entendu certains, mais la plupart ne me disent rien. Sauf un, bien sûr : L'INTENDANT… barré d'un grand trait noir.

Aucun doute possible, c'est bien la liste des personnes que les Ombres comptent tuer.

Mais avant que j'aie le temps de paniquer, la porte s'ouvre à nouveau et Ivo escorte quelqu'un. C'est Beck qui secoue la tête pour se débarrasser de la neige collée à ses cheveux et traverse la pièce pour s'asseoir à côté de moi.

– Ça va, l'orféline ? murmure-t-il.

– Oui, ça va… Et toi ?

Il hoche la tête tout en scrutant la pièce, et tombe sur le parchemin.

– C'est la même liste que celle que Mead m'a montrée, chuchote-t-il. Je crois qu'ils ont ajouté des noms depuis.

Je me concentre sur ma respiration pour rester calme, mais sous cet escalier, j'étouffe comme en prison.

Après une ou deux minutes, la femme de la porte apparaît à nouveau, suivie d'Ivo. Elle traverse la pièce et s'assoit dans un fauteuil en osier blanc tandis que son sbire reste debout à côté d'elle, les bras croisés.

À son arrivée, les murmures cessent et une silhouette se lève au centre de la pièce : un jeune homme de seize ou dix-sept ans avec des cheveux courts brun foncé, une carrure moyenne, un menton pointu et une petite cicatrice sur le nez.

– Nouvelles recrues, lance-t-il en regardant dans ma direction. Debout !

Beck et moi nous levons, et les deux autres personnes à côté de moi font de même. Je garde mes mains dans mes poches pour cacher qu'elles tremblent.

Le garçon à la cicatrice me désigne.

– Toi, avance !

Je marche vers lui jusqu'à ce qu'il me fasse signe de m'arrêter. Nous sommes à moins d'un mètre l'un de l'autre. Tout le monde dans la pièce nous observe.

– Comment as-tu entendu parler de cette réunion ? demande-t-il.

– Beck Reigler m'a invitée, je réponds, respectant ainsi les instructions de Rosalia.

– C'est vrai ? demande « Cicatrice » à Beck, qui hoche la tête. Montre-moi ton pendentif.

Je le lui tends. Il l'examine en fronçant les sourcils.

– Quel est ton nom ?

– Alli Martell.

Il me semble préférable de donner un faux nom de famille, dans la mesure où le vrai est écrit en gros sur un parchemin affiché aux yeux de tous…

Cicatrice jette un coup d'œil à la ronde.

– Quelqu'un ici connaît Martell ?

Personne ne confirme… Cicatrice sourit froidement et demande :

– Quelqu'un d'autre que Reigler peut se porter garant de toi ?

– Koby Mead, je réponds rapidement. Il me connaît.

– Vraiment ? Allez me chercher Mead !

Derrière moi, quelqu'un se lève et quitte le salon. Un instant plus tard, ses pas résonnent dans l'escalier. Je déglutis péniblement. J'espère que nous avons eu raison de faire confiance à Mead.

Cicatrice sourit à nouveau.

– Prie pour qu'il confirme ton histoire, car personne d'autre ici ne semble savoir qui tu es.

– Je suis nouvelle…

Il me jette un regard acéré.

– Ça, je le sais. Tu as réussi ton épreuve ?

– Oui, à la fin du printemps dernier.

Cicatrice se penche en avant et me fixe.

– Alors pourquoi personne ne t'a jamais vue dans les couloirs de la Guilde, Martell ?

La vérité jaillit de ma bouche avant que j'aie le temps de réfléchir.

– J'étais en prison.

Il rit.

– Vous entendez ça, vous autres ? Nouvelle recrue et déjà une dangereuse criminelle ! Comment veux-tu que je gobe ça ?

D'autres mots me viennent alors naturellement mais, cette fois, ce sont des mensonges.

– Après mon épreuve, on m'a donné une mission absurde et on m'a associée à un imbécile de débutant qui a réussi à nous faire arrêter tous les deux ! J'ai passé l'été et l'automne en centre pour mineurs et je viens juste de sortir. C'est pour ça que je suis ici.

– Ah oui ? demande-t-il en ricanant.

C'est le moment de se montrer très, très prudente.

– Je n'ai plus aucun respect pour un roi qui envoie des équipes inexpérimentées sur des missions qui n'ont pas une chance de réussir. J'ai passé des mois enfermée à payer pour les erreurs des autres, et je ne trouve pas ça juste. Je suis ici parce qu'on dit que, vous aussi, vous partagez ce sentiment.

Un silence s'installe dans la pièce. Cicatrice me regarde attentivement et ne sourit plus.

– Peut-être que ce qu'on dit est vrai, dit-il très doucement. Mais ici, ce ne sont pas les sentiments qui comptent, c'est l'action. Tu en as conscience ?

Je le fixe, n'osant même pas cligner des yeux.

– Je suis restée trop longtemps en prison à me morfondre… Je n'attends que ça, l'action.

Cicatrice se tourne et regarde la fille qui m'a ouvert la porte. Elle est toujours assise dans son fauteuil en osier et hoche une fois la tête. En signe d'approbation, peut-être ? Ce qui signifierait que, malgré tous ses discours, ce type n'est pas le chef : c'est elle qui prend les décisions.

Je suis sur le point de pousser un soupir de soulagement quand des pas résonnent au-dessus de nos têtes. Un instant plus tard, la porte s'ouvre et deux personnes passent devant Ivo et entrent dans la pièce. L'une d'elles est Koby Mead.

Il a l'air encore plus mince et plus pâle que la dernière fois que je l'ai vu, si c'est toutefois possible. Ses yeux gris clair parcourent rapidement le salon et se posent sur moi.

Ce qu'il s'apprête à dire déterminera mon sort.

– Oh, c'est toi ! lance-t-il.

– Tu la connais ? demande Cicatrice.

– Bien sûr ! répond-il en s'appuyant nonchalamment contre le mur. On s'est rencontrés à la Guilde il y a quelques mois.

– Quand ? demande Cicatrice.

– Fin du printemps ? Début de l'été ? Quelque chose comme ça.

– Et est-ce que tu...

Mead soupire.

– Attends, c'est un interrogatoire, Keene ? Sérieusement, tu m'as fait descendre ici pour cette gamine ? J'ai à faire, moi !

– Euh... tu dormais, intervient le type qui était allé le chercher.

Cicatrice (le dénommé Keene) regarde Mead avec colère.

– Pourquoi est-ce que tu...

– Ça suffit ! coupe la fille dans le fauteuil en osier. Nous avons d'autres sujets à aborder. Martell, assieds-toi. Keene, appelle la prochaine recrue.

Je m'éloigne et reprends ma place par terre avec soulagement. Pendant que Keene interroge le nouveau, j'essaie de calmer mes tremblements. Je sens le regard de Mead sur moi. Le type au chapeau me surveille, lui aussi, sans jamais lever la tête.

Vient le tour de Beck, et c'est plus facile pour lui : tout le monde le connaît, et comme Keene l'a invité personnellement, on ne lui pose que deux ou trois questions.

Quand l'interrogatoire de la dernière recrue est terminé, la véritable réunion commence.

– Écoutez bien, commence Keene. Quelques ordres du jour rapides. Primo, pour ceux qui l'ignorent, Jarvin s'est cassé la cheville en mission il y a quelques jours et sera indisponible pendant un moment. Nous aurons besoin de quelqu'un pour le remplacer, et jusqu'à ce que nous ayons formé un nouveau, je veux que McCulver et Vellan s'en chargent. Secundo, avec l'afflux de nouveaux membres, nous devons prévoir un ravitaillement supplémentaire chaque semaine. Eckers, tu t'en occuperas. Tout est clair ?

La petite assemblée acquiesce puis Keene se tourne vers la fille dans le fauteuil :

– Autre chose ?

– Juste un rappel, dit-elle, et le silence tombe tout à coup. Ici, vous n'êtes pas à la Guilde. Vous ne pouvez pas aller et venir comme bon vous semble : aucun sort ne protège les lieux. Nous sommes dans ma propre maison avec de vrais voisins qui vivent juste à côté. Vous devez redoubler de prudence : ne faites pas de bruit, gardez les rideaux fermés et utilisez la porte de derrière autant que possible. N'entrez *jamais* si un voisin peut vous voir.

Ce qu'elle nous demande me semble impossible tant la maison est visible depuis la rue. Pourquoi avoir choisi cet endroit si peu adapté ? Et qui est cette fille ? Pourquoi sa maison accueille-t-elle un rendez-vous si important ?

Pendant ce temps, Keene continue de parler à diverses personnes dans la pièce et cite parfois des noms que je ne connais pas. J'essaie de tous les retenir, mais il y en a tellement ! Et impossible de savoir qu'il s'agit d'Ombres, de potentielles recrues ou de quelqu'un qu'ils veulent éliminer. Par-dessus le marché, il utilise une sorte de code plein de tournures de phrases étranges et de mots inventés. J'espère que Beck comprend mieux que moi…

En revanche, il y a un thème récurrent dans leurs conversations que je comprends très bien : le roi Kerick. Que ce soit Keene ou les autres voleurs, tous mentionnent les griefs qu'ils ont contre lui : untel n'a pas eu la mission qu'il souhaitait, un autre se plaint de la part de butin qu'il a reçue, un autre encore s'est vu privé d'une mission, etc. En revanche, j'ignore si leurs plaintes sont légitimes ou non.

Finalement les choses finissent par se calmer, la jeune femme se lève de son fauteuil et fait le tour de la pièce en compagnie de Keene. Elle s'adresse individuellement à chacun, donne des instructions et, au bout d'un moment, certains quittent la pièce, tandis que d'autres reprennent leurs conversations.

Derrière moi, Mead ne se décolle pas du mur et, quand je le regarde, il m'adresse un clin d'œil. J'aimerais pouvoir lui parler, mais il y a trop de monde autour de nous.

Tout à coup, la femme s'approche de moi.

– Tu nous as fait un discours impressionnant, dit-elle, paraissant pourtant plus méfiante qu'impressionnée. As-tu besoin de rester ici pour la nuit ?

Je ne comprends pas ce qu'elle veut dire, alors je me contente de répondre :

– Non, merci.

– Bien.

Elle s'éloigne, mais Keene est juste derrière elle.

– Reigler, tu termineras ta formation directement avec moi, déclare-t-il.

Beck hoche la tête et son visage semble inexpressif. Mais moi, je le connais, et je vois bien qu'il est tendu. Puis Keene se tourne vers moi :

– Prête pour ta première mission, Martell ?

– Oui.

– Les nouvelles recrues n'ont droit qu'à des missions test, donc tu feras équipe avec quelqu'un.

S'il vous plaît, mettez-moi avec Beck, s'il vous plaît, mettez-moi avec Beck…

Il jette un coup d'œil à Mead et dit :

– Puisque toi et Mead semblez déjà vous connaître, pourquoi ne pas l'aider dans les reventes d'objets ?

Je ne suis pas vraiment ravie de cette suggestion car je n'ai aucune confiance en Mead. D'un autre côté, je le connais mieux que les autres Ombres.

Mead, lui, ne semble pas d'accord avec cette suggestion.

– Ce ne sera pas nécessaire, répond-il à Keene. Je suis sûr que quelqu'un d'autre a plus besoin d'aide que moi.

À sa façon de fixer Keene avec ses yeux perçants, je comprends qu'ils ne s'entendent pas.

– Oh, je pense au contraire que ce sera utile, rétorque Keene d'un ton menaçant. À moins qu'il n'y ait une raison particulière pour laquelle tu ne veux pas travailler avec Martell ?

Ma respiration se bloque… Je crois que Keene lui a tendu un piège. Et Mead semble aussi le penser, puisqu'il s'empresse de répondre avec un sourire forcé :

– Non, non, pas de problème, je suis sûr que nous pourrons nous arranger.

– J'aime mieux ça…

Keene sourit et me regarde de nouveau.

– Toi, tu feras ce que Mead te dira de faire. À terme tu pourras avoir une vraie mission, mais seulement si tu fais du bon boulot. Dans le cas contraire, tu auras affaire à moi… C'est clair ?

– Très…

Keene lance un dernier sourire moqueur à Mead et s'éloigne. Beck me regarde avec regret et le suit.

– Allez, viens, *Martell*, lance Mead en soupirant.

Nous passons par une porte latérale qui débouche sur une cuisine sombre, puis sortons par la porte de derrière. Nous empruntons ensuite une ruelle étroite et marchons en silence. Après trois pâtés de maisons, quand nous nous sommes suffisamment éloignés du 218, rue Astian-sud, Mead s'arrête devant une boulangerie et s'assoit. La rue est plongée dans l'obscurité, éclairée seulement par une lointaine lanterne.

– Alors, tu comptes me dire pourquoi tu es là ?

– Pas vraiment, non.

Mead soupire à nouveau.

– Je m'attendais à ce que Reigler tente quelque chose de stupide… Mais je ne pensais pas que ce serait *aussi* stupide.

– Qu'est-ce que tu veux dire ?

Il me regarde droit dans les yeux.

– Rentre chez toi.

– Non.

– Rosco, tu m'obliges à devenir sérieux, et tu sais à quel point je déteste être sérieux. Pars maintenant, tant que tu le peux encore.

– Tu es aveugle ou quoi ? C'est le nom de mon frère, sur cette liste !

– Je sais. C'est moi qui ai dit à Beck de te prévenir. Mais je ne pensais pas que tu serais assez inconsciente pour infiltrer le Clan !

– Que signifie cette liste ? Pourquoi le nom de mon frère se retrouve dessus ?

– Ce n'est pas évident ? C'est une liste noire, l'un des moyens qu'ils utilisent pour recruter des gens : une fois que tu es officiellement une Ombre, tu as le droit d'ajouter un nom à la liste.

– Et qui a ajouté mon frère ?

– Je ne sais pas. Il est en deuxième position depuis que je fais partie du Clan. Mais qui que ce soit, il doit être haut placé pour que son nom apparaisse juste après celui du roi.

Je frissonne d'effroi.

– Eh bien, raison de plus pour que j'aide Beck à espionner les Ombres. Nous devons les arrêter avant qu'ils ne s'en prennent à mon frère !

Mead lève les yeux au ciel.

– Tu crois vraiment que deux adolescents de treize ans sont de taille à faire tomber les Ombres à eux seuls ? Ne soyez pas stupides : partez !

– Tu n'as aucun droit de décider à ma place ce qui est le mieux pour moi. Et tu pactises avec les Ombres – je baisse la voix et poursuis en chuchotant – alors je n'ai aucune leçon à recevoir de toi.

– Pactiser ? répète-t-il d'un ton moqueur. Je ne pactise avec personne. Comme toujours, je ne cherche qu'à me protéger. Et comme toujours, c'est un concept que tu sembles avoir du mal à comprendre…

– C'est toi que je ne comprends pas. Je sais que tu tiens à Beck, n'essaie pas de prétendre le contraire. Pourtant, non seulement tu refuses de l'aider, mais tu collabores avec ceux qui vont probablement le tuer !

Mead jette un coup d'œil dans la rue, s'assurant que personne ne traîne dans les parages.

– Écoute, il y a des choses qui t'échappent. Tu n'es pas restée à la Guilde assez longtemps pour comprendre comment ça fonctionne.

– Éclaire-moi, alors !

Il tambourine des doigts sur le bord du banc.

– Kerick est menacé, et il l'est depuis longtemps. On ne devient pas roi de la Guilde des voleurs sans se faire quelques ennemis, surtout quand on est aussi jeune que lui.

– Je sais, je les ai entendus se plaindre de lui, tout à l'heure.

Il hoche la tête.

– Ce n'était qu'une question de temps avant que quelque chose comme ça n'arrive. Même si Kerick parvient à arrêter les Ombres, d'autres feront pareil. La Guilde n'est pas une démocratie, tu sais, le pouvoir ne s'y transmet pas pacifiquement. Quiconque le détient voit ses jours comptés, et la meilleure chose que nous puissions faire – à vrai dire la seule – c'est être loyal envers l'un aujourd'hui, mais prêt à l'être envers quelqu'un d'autre demain. Que ce soit Kerick, les Ombres ou n'importe qui, je compte bien me rendre utile. Et si Beck veut rester dans la Guilde, il doit apprendre à faire de même ! Si tu avais un peu de jugeote, tu arrêterais de l'aider à creuser sa propre tombe et tu t'éloignerais de cette histoire autant que possible.

– C'est ridicule ! Je pensais que la Guilde reposait sur la loyauté.

– Bien sûr, mais nous devons être dévoués à la Guilde elle-même, donc à celui qui détient le pouvoir à un moment donné.

– En l'occurrence, Kerick. Comploter pour le renverser, c'est se montrer loyal peut-être ?

– Je ne complote pas réellement pour le renverser. Je fais seulement des petits boulots pour les gens qui complotent pour le renverser, juste au cas où ils réussiraient. En attendant, je continue mes missions pour Kerick, juste au cas où il tiendrait un peu plus longtemps. Dans les deux cas, je suis gagnant !

– À moins que quelqu'un ne découvre ce que tu fais.

– Comment pourraient-ils le découvrir ?

Il sourit plus largement.

– Les Ombres mènent tous une vie normale au repaire pour éviter les soupçons. Donc si Kerick découvrait que je traficote avec les Ombres, je pourrais toujours prétendre que je les infiltrais pour obtenir des informations. Tout comme toi tu essaies de le faire…

– Alors pourquoi ne veux-tu pas m'aider ? Si tu fais semblant d'être une Ombre, pourquoi je ne pourrais pas faire la même chose ?

– Parce que… sans vouloir t'offenser, tu n'es pas une vraie voleuse. Tu n'as aucune idée de ce que tu fabriques. Tu es une gamine qui s'est retrouvée impliquée dans quelque chose qui la dépasse.

Je lève les bras d'exaspération.

– Si c'est ce que tu penses, pourquoi as-tu menti pour moi, tout à l'heure ? Pourquoi ne leur as-tu pas révélé que j'avais échoué à mon épreuve ?

– Pour deux raisons…

Il lève l'un de ses doigts fins.

– Un : si je leur avais dit que tu n'es pas membre de la Guilde, ils auraient voulu savoir pourquoi Beck t'avait invitée, et comme tu l'as toi-même souligné, j'apprécie notre ami commun. Donc je n'ai pas vraiment eu envie d'attirer l'attention des Ombres sur lui, même si je pense que ce qu'il fait est stupide.

Avant que je puisse répliquer, il lève un second doigt.

– Deux : je ne t'aime pas particulièrement, mais je n'ai pas non plus envie que tu te fasses assassiner par une bande de voleurs assoiffés de sang. Et permets-moi d'être clair là-dessus, Rosco, c'est exactement ce qui se passera s'ils découvrent ce que tu essaies de faire.

– Oh, comme c'est gentil ! Alors comme ça, tu as un cœur ?

– Ne me fais pas regretter de t'avoir aidée !

– Moi ? Jamais… je réponds avec mon sourire le plus faux.

Il sourit.

– Eh bien, tout ça est très intéressant, mais il est tard et j'ai des choses à faire. Alors, que dirais-tu de passer directement à la partie où tu reconnais mon génie et décides de rentrer chez toi ?

– Désolée, je ne crois pas que ce soit au programme.

Il lève les yeux au ciel.

– Par tous les saints, que dois-je faire pour me débarrasser d'elle ?

– Allez, Mead, tu sais à quel point je suis têtue, non ? Je peux rester ici et discuter toute la nuit, alors dis-moi ce que je suis censée faire dans cette mission que Keene nous a confiée.

– Toi, rien… Moi, je suis censé revendre quelques objets volés par les Ombres.

– Mais Keene a dit que je devais t'aider.

– Keene essayait simplement de me taper sur les nerfs. Avec un certain succès, je dois dire.

– Eh bien, maintenant, tu es coincé avec moi. Alors, quand est-ce qu'on commence ?

Mead me dévisage.

– Dans deux nuits, j'ai un… rendez-vous. Si je décide de te laisser rester, tu pourrais m'accompagner…

– Parfait ! Où est ce rendez-vous ?

– Au marché nocturne.

– Le marché nocturne ? J'en ai déjà entendu parler, mais je pensais que c'était une légende ! Comme la Guilde d'ailleurs… Ce n'est pas là qu'ils vendent toutes sortes de sorts et de trucs magiques ?

Mead lève les yeux au ciel.

– Des « trucs », oui…

– C'est génial !

Il soupire.

– Bon sang, je regrette déjà cette décision…

– Est-ce que ça veut dire que je peux venir ?

– Si tu insistes pour faire une chose aussi ridicule et stupide, alors oui, tu peux venir. Rejoins-moi ici dans deux nuits, à 21 heures. Et amène Reigler avec toi. Peut-être qu'il réussira à te tenir éloignée des ennuis, pour une fois.

– D'accord.

– Et dis bien à Reigler que je suis complètement hostile à son plan.

– Je n'y manquerai pas…

Mead s'éloigne, et quand il passe sous la lanterne au coin de la rue, des ombres dansent sur son visage.

– Ah ! Et, Rosco ? Tu ne pourras pas dire que je ne t'ai pas prévenue…

TREIZE

Je retourne à la chapelle en empruntant le chemin que Rosalia m'a montré. Difficile de ne pas imaginer les Ombres sur mes talons, dans les rues silencieuses. Quand j'atteins les bois, la moindre branche qui craque, le plus petit bruissement de feuille me font sursauter.

Je trouve la chapelle vide : Rosalia a dû retrouver sa famille et Beck n'est pas encore rentré de la réunion. Je tâtonne dans l'obscurité, manquant de peu de me cogner le pied contre un banc, jusqu'à ce que je trouve la bougie et les allumettes que Rosalia a laissées sur la marche de l'autel. J'allume la bougie ainsi qu'un feu dans la cheminée avec le bois que Beck a récupéré des bancs cassés. La chapelle commencerait presque à devenir accueillante.

Je m'allonge ensuite sur le banc le plus proche pour faire une sieste ; Beck ne devrait sûrement plus tarder.

Mais il est difficile de dormir avec ces histoires de Clan et de liste en tête… Et si Mead avait raison d'avoir peur pour nous ? Et s'il y avait d'autres tests ? Que se passera-t-il si quelqu'un découvre mon vrai nom de famille ? D'un moment à l'autre, ils vont vouloir s'en prendre à d'autres cibles de leur liste. Et quand le tour de Ronan viendra...

Infiltrer les Ombres n'était pas la meilleure idée du monde... Mais quelle alternative avons-nous ? Le plan de Beck pour trouver la Pièce et informer le roi est notre seule chance, et je dois protéger Ronan. Et puis il y a Beck. Les Ombres découvriront tôt ou tard qu'il est loyal au roi. Et si le Clan gagne, il sera sur leur liste noire et devra fuir. Pourtant, cette possibilité ne me terrifie pas comme elle le devrait. Beck serait dévasté de quitter la Guilde, mais moi...

Soudain, une pensée me frappe et j'y vois enfin clair : je ne veux plus faire partie de cette Guilde ! Et je ne veux pas non plus que Beck y reste... Une fois tout ça terminé, je l'aiderai à en sortir.

Mais il n'acceptera jamais... Pas après avoir travaillé si dur pour y être accepté... Pas après ce que nous avons fait à Lady Atherton.

Soudain un grincement résonne dans la chapelle et je me redresse d'un coup. Beck se glisse par la porte, accompagné d'un souffle d'air hivernal qui fait vaciller la bougie sur l'autel.

– Attention au courant d'air ! je m'écrie.

Beck ferme la porte et remonte l'allée d'un bond.

– Alors, comment ça s'est passé, avec Mead ? Qu'est-ce qu'il t'a dit ? As-tu trouvé quelque chose ? As-tu vu où ils pourraient cacher la Pièce ?

– Attends, tu plaisantes ? Tu as vu comme moi la taille de la maison. La Pièce pourrait être n'importe où. Et encore, nous ne sommes même pas montés à l'étage !

Il s'assoit sur le banc en face de moi, son visage éclairé par la lumière de la bougie.

– C'est vrai. Mais elle doit bien se trouver quelque part là-dedans, tu ne crois pas ?

– Si, mais ça ne nous avance pas plus : il y a des voleurs partout dans cette maison, on ne pourra jamais la fouiller, ce qui, de toute façon, prendrait une éternité.

– Nous devrons arriver plus tôt à la prochaine réunion pour avoir le temps de jeter un œil, répond Beck, ignorant mes objections.

Je soupire.

– Cette Pièce est si importante que ça ? Je ne vois pas comment on pourra dénicher quelque chose d'aussi petit.

– Je te l'ai déjà expliqué : sans elle, le roi ne peut plus prétendre au trône…

– Le roi a bien dû t'en dire plus… Est-ce que la Pièce est magique, comme le prétend la légende ?

– Il est resté un peu vague…

– Ça ne m'étonne pas.

– Et toi, as-tu appris quelque chose d'utile de Mead ?

– Il m'a demandé de te faire savoir que tu es un imbécile.

Beck sourit.

– Ça ne m'étonne pas de lui, tiens…

– Et toi, avec Keene ? Quelque chose d'intéressant ?

– Pas grand-chose, répond-il, l'air irrité. Il passe surtout son temps à menacer et à intimider les gens.

Je frissonne.

– Ça a l'air amusant…

– Qu'est-ce que vous avez fait, avec Mead ?

– Il a décrété qu'on devait aller au marché nocturne dans deux nuits, à 21 heures.

Les yeux de Beck s'illuminent.

– C'est parfait ! Cet endroit grouille de receleurs qui marchandent avec les Ombres. Si ça se trouve, la Pièce est cachée là-bas !

Je fronce les sourcils.

– Et pourquoi la Pièce se trouverait-elle au marché nocturne, je te prie ?

– Le marché est rempli d'objets magiques. Pas mal comme endroit pour cacher la Pièce, non ?

– J'imagine.

– Nous chercherons des indices sur place.

– D'accord, je réponds, un brin sceptique. Connaissais-tu d'autres voleurs présents ce soir ? As-tu reconnu la fille qui commandait ?

– Quelques voleurs oui, mais que je suspectais déjà. En revanche je ne sais pas qui est cette fille, je ne l'ai jamais vue auparavant.

– Comment est-ce possible ? Tu as grandi au repaire ! Tu ne connais pas tout le monde ?

– Tous les membres de la Guilde ne vivent pas au repaire, tu sais.

Je fronce à nouveau les sourcils.

– Eh bien, cela nous fait au moins un premier indice pour le roi non ?

– Oui, et je peux au moins lui décrire cette fille. Il devrait savoir qui elle est, lui.

Je repense à ma décision de ne pas intégrer la Guilde.

– Tu penses vraiment que le roi sera reconnaissant, une fois que tout sera terminé ?

– Bien sûr ! Il t'offrira sûrement une place parmi nous, ne t'inquiète pas.

Je déglutis difficilement… Ce n'est pas *exactement* ce qui m'inquiète. Mais je ne pense pas que Beck comprendrait que je puisse préférer une vie normale avec mon frère à une place parmi les voleurs, car il n'envisage pas de quitter le repaire des montagnes. Enfin, je crois.

J'essaie de prendre ma voix la plus détachée possible.

– Et toi ? Tu demanderas quelque chose au roi ?

Beck hausse les épaules comme s'il n'y avait pas réfléchi, bien que je sois persuadée du contraire.

– Plus d'argent, déjà. De meilleures missions, peut-être… Je ne veux pas demander trop d'un coup.

– D'accord, mais il n'y a vraiment rien d'autre que tu pourrais envisager ?

Il fronce les sourcils.

– Comme quoi ?

– Je ne sais pas. Tu pourrais lui demander n'importe quoi… Tu pourrais prendre un million de jamars et quitter la Guilde pour faire ce que tu veux !

Il rit.

– Mais que veux-tu que je fasse d'autre ?

– N'importe quoi ! Je sais que la Guilde a toujours été ton foyer, mais il y a tant à découvrir à l'extérieur, Beck. Plus que tu ne peux l'imaginer !

– Attends… Tu parles sérieusement de quitter la Guilde ? Pour de bon ?

– Je… Je ne sais pas. C'est juste une idée.

Il secoue la tête, comme s'il essayait de chasser cette pensée.

– Je n'ai jamais été autre chose qu'un voleur, Alli. Je ne pourrai jamais partir.

– Je sais… Mais je dois au moins essayer de te convaincre. Peu importe qui est le roi, tu sais ce qui t'y attend : des morts inutiles, toujours. Comme Lady Atherton. Ce sera toujours le prix à payer.

Il se contente alors de sourire tristement.

– Nous ne choisissons pas tous notre maison, Alli.

Je ne sais pas quoi répondre… Si j'insiste, il pourrait se braquer. Alors je change de sujet.

– Bon, moi, je ne vais pas traîner, il est tard. C'est l'heure de me coucher !

Beck ricane.

– Comme si tu avais déjà eu une heure de coucher…

Il réfléchit un moment, puis reprend :

– Attends, ton frère t'impose une heure de coucher, maintenant ?

– Techniquement, oui… Enfin, il ne m'a jamais donné d'horaire précis. Ronan est assez souple sur les règles, d'ailleurs.

Beck hoche la tête.

– Tant mieux.

– Oui… Et je ne m'attendais pas à ça de la part d'un adulte, tu vois ? Si j'avais essayé d'expliquer le concept des « heures de coucher flexibles » aux sœurs de l'orphelinat ou aux gardiens de la prison, je pense qu'ils auraient bien ri…

Beck tressaille, et ce n'est qu'après avoir prononcé ces mots que je me rends compte que nous n'avons jamais parlé du fait que je suis allé en prison et pas lui…

Je ne lui en veux pas : je savais ce qui allait se passer quand j'ai choisi de rester avec Ariannorah Atherton, et je ne regrette rien. Et puis Beck m'a tout de même sauvé la vie en me donnant son argent de la Guilde. Peut-être que je n'aurais pas dû lui pardonner de m'avoir abandonnée. Pourtant, je l'ai fait. Mais à en juger par sa mine déconfite, il n'est pas au courant.

– Ce n'était pas si affreux, je dis doucement.

– Qu'est-ce que tu racontes ? répond-il, incrédule.

– Bon, d'accord, la prison n'était pas très amusante... Mais c'était comme vivre à l'orphelinat, avec des règles plus strictes : faire les corvées, partager sa chambre avec plein d'autres enfants, être surveillée toute la journée... tout ce dont j'avais l'habitude, en fait. L'orphelinat était déjà une sorte de prison.

Je laisse de côté le fait que ma cellule était minuscule et sombre et que, parfois, quand ils fermaient la porte la nuit, j'avais du mal à respirer, convaincue que les murs se refermaient sur moi et que j'allais mourir dans ce minuscule tombeau de béton... Beck n'a pas besoin de savoir tout ça.

Il ne semble toujours pas me croire mais change de sujet.

– Eh bien, au moins tu es avec ton frère, maintenant.

– Oui. Il n'est pas si terrible.

Il hésite, comme s'il réfléchissait soigneusement à ce qu'il allait dire.

– Est-ce qu'il t'a appris quelque chose sur ce qui est arrivé à ta mère ?

Je décide de lui donner la version courte :

– Il a dit qu'elle était morte.

– Je suis désolé...

De la part de n'importe qui d'autre, cette phrase me paraîtrait creuse... Mais pas venant de Beck. Il sait ce que ça fait de perdre sa mère.

Je hausse les épaules et reprends :

– Ça va. Je n'avais jamais espéré la revoir un jour, donc ce n'est pas comme si j'étais déçue. Retrouver Ronan me semble déjà être une sorte de bonus.

– Oui.

Il regarde la bougie vaciller sous l'autel, et j'essaie de ne pas me sentir coupable du fait que j'ai fini par vivre avec un membre de ma famille alors que Beck ne le pourra jamais.

– Maintenant, je dois vraiment y aller, je glisse à contrecœur.

– Oui, tu ferais mieux.

Nous nous disons au revoir et je sors rapidement de la chapelle, laissant Beck seul dans le noir.

QUATORZE

Le lendemain matin, j'ai besoin de quelques secondes pour comprendre pourquoi je me sens si mal. J'ai la tête dans un étau et mes yeux refusent de s'ouvrir.

Et puis je me souviens : je suis rentrée si tard à l'appartement qu'il faisait déjà jour… Je n'ai presque pas fermé l'œil et c'est déjà le matin.

Enfin, la fin de la matinée. Ronan m'a laissé me reposer, une fois de plus.

Oh, mais oui, j'avais oublié ça aussi : lui et Mari me croient toujours malade.

Une boule de culpabilité se coince dans ma gorge, mais qu'importe : leur mentir était nécessaire. Je me frotte les yeux, me force à me lever et les rejoins dans la cuisine.

Ils sont assis à table, entourés des restes du petit déjeuner.

– Salut, dit Ronan, tu te sens mieux ?

– Un peu, je réponds en bâillant. Qu'est-ce qu'il y a à manger ?

Ils rient tous les deux.

– Eh bien, ton appétit n'a pas disparu longtemps ! me taquine Mari.

Je les regarde tour à tour : ils ont l'air extrêmement heureux.

Mon cerveau se réveille enfin et ses sirènes d'alarme commencent à retentir sous mon crâne : il est tard, pourquoi sont-ils tous les deux ici et pas au travail ?

– Qu'est-ce qui se passe ?

– Rien ne spécial, dit Ronan.

– Pourquoi vous n'êtes pas au travail ?

Ils s'échangent des regards entendus.

– Va donc voir à la fenêtre, suggère Ronan.

Bon, cette fois, je ne comprends plus rien. Pourquoi devrais-je…

Mais quand je jette un coup d'œil par le carreau de la cuisine, je n'en crois pas mes yeux.

– C'est tout blanc dehors ! je m'écrie.

Le sol est entièrement recouvert d'un manteau blanc scintillant, et il est impossible de distinguer la rue, la pelouse et le trottoir.

À Azeland, nous avions parfois un peu de neige en hiver, et j'en ai déjà vu ici, à Ruhia. Mais jamais autant ! Ce matin, la neige est si haute qu'elle bloque les portes et les fenêtres, et recouvre tout : lampadaires, bancs, pancartes… Même les arbres ploient sous son poids, leurs branches menaçant de se casser. En une nuit, la ville s'est complètement métamorphosée.

– Il y a eu une tempête de neige pendant mon sommeil ? je demande.

– Oui, la première de la saison, lance joyeusement Ronan.

– Tu veux dire que ça va arriver plus d'une fois ?

– Bien sûr, intervient Mari. Tout au long de l'hiver. Et des plus grosses, en plus.

Je les regarde à nouveau, sans comprendre leur joie :

– Et vous trouvez ça… bien ?

Certes, je ne raffole pas de cette saison, mais je ne comprends pas pourquoi une tempête nocturne les transforme en enfants de cinq ans.

– Je n'ai pas à travailler aujourd'hui, explique Ronan. Le cabinet est fermé quand il y a de grosses chutes de neige !

– Moi non plus, je ne travaille pas, dit Mari. Nous envoyons moins de Protecteurs pendant les tempêtes car il y a moins de monde dans les rues.

C'est bon à savoir…

– D'accord, mais ça ne me dit pas pourquoi vous êtes si joyeux ?

– Comme nous sommes coincés à la maison, nous avons pensé que nous pourrions faire quelque chose, tous les trois, propose Ronan. Enfin si tu es d'attaque, bien sûr.

– D'accord, je réponds, sans comprendre de quoi il parle. Je peux manger d'abord ?

Ronan rit.

– Bien sûr ! Mari t'a préparé de la soupe !

– Et Ronan a fait du chocolat chaud, si ton estomac le supporte, ajoute Mari.

Ma culpabilité ressurgit… Jusqu'à aujourd'hui, personne ne m'avait jamais fait de la soupe ou du chocolat chaud quand j'étais malade. Je ne savais même pas que les gens pouvaient avoir ce genre de petites attentions…

Et maintenant que j'ai trouvé deux personnes aussi prévenantes, je leur mens…

Je me force à sourire pour qu'ils cessent de me regarder, car je crains que la culpabilité ne se lise sur mon visage.

– Ça a l'air délicieux !

Je m'assois et prends une grande cuillerée de soupe chaude pendant que Mari et Ronan discutent tranquillement. Ensuite, je me verse une tasse de chocolat bien chaud.

Oh mon Dieu ! Je n'ai jamais rien goûté d'aussi délicieux… C'est encore meilleur que le cidre aux épices de la Nuit de l'hiver ! C'est une perfection chaude, sucrée et chocolatée. Je l'avale si vite que je me brûle la langue, mais je m'en fiche !

– Mmmh…

Je soupire en fermant les yeux et en souhaitant que ce moment dure une éternité… Pourquoi ai-je bu autre chose que du chocolat chaud jusqu'à présent ? J'ai vraiment raté ma vie !

Ronan remarque mon expression et rit.

– J'en déduis que c'est… bon ?

Je secoue la tête.

– « Bon » n'est pas le mot juste.

Je pourrais chercher des heures le terme adéquat, mais je suis trop occupée à boire toujours plus de chocolat chaud.

Ronan rit à nouveau, puis une expression étrange passe sur son visage.

– Rassure-moi : tu avais déjà bu du chocolat chaud, n'est-ce pas ?

– Non. Jamais…

Je lève les yeux et surprends alors un regard entre Ronan et Mari…

Je connais ce regard condescendant que les adultes posent sur la pauvre petite orpheline, et je le déteste. Alors je mens précipitamment :

– Enfin si, mais ça fait longtemps.

Mon frère hoche la tête, mais je vois bien qu'il ne me croit pas.

À contrecœur, je pose la tasse.

– Alors, qu'est-ce que vous avez prévu ? je demande.

– Tu verras bien, dit Ronan avec enthousiasme en se levant de table. Nous devrions y aller d'ailleurs. Mari, tu veux bien aider Alli à s'habiller ?

– Je n'ai pas cinq ans ! je proteste.

Et voilà ! Toute la joie du chocolat chaud a disparu… Je ne suis pas un bébé ! Je pensais que Ronan avait compris.

– Non, je veux dire, t'aider à te préparer pour le froid, précise Ronan. Si tu n'es pas bien couverte pour affronter un temps comme celui-ci, ce sera… désagréable.

– Attends, nous allons dehors ? Avec cette neige ? Et pourquoi donc ?

Mari m'adresse un clin d'œil.

– Surprise…

– Vous le faites exprès parce que je déteste l'hiver ?

– Eh bien dis donc, commente Mari avec un léger sourire, on devrait bien s'amuser alors !

Je reprends ma tasse de chocolat et la serre contre moi. C'est peut-être le dernier moment de véritable chaleur ou de bonheur que je vais vivre aujourd'hui.

Ronan disparaît dans sa chambre et Mari me suit dans la mienne pour fouiller dans ma garde-robe, à la recherche des vêtements qu'elle m'a achetés et que je n'ai jamais portés. Elle sort finalement quelque chose qu'elle appelle ces « sous-vêtements longs » et qui sont, hélas, exactement ce que leur nom indique. Elle me conseille même de mettre deux épaisseurs. Par-dessus, j'enfile un pull et un pantalon épais.

– C'est bon, c'est fini ? je marmonne.

Mari rit, et je comprends que je suis fichue.

Elle sort le manteau en fourrure que j'avais caché au fond de la garde-robe, me coince dedans et le ferme jusqu'en haut. Puis elle trouve trois paires de chaussettes en laine, deux paires de moufles épaisses, une longue écharpe, un bonnet et ma plus grosse paire de bottes. Quand elle a fini, je ne suis plus qu'une montagne de laine. Seuls mes yeux et mon nez sont à l'air libre.

– Étaif vraiment néfeffaire ? je baragouine à travers l'écharpe qui entrave ma bouche.

Mari rit encore.

– Allons voir si ton frère est prêt !

Tout cela doit faire partie d'un plan élaboré qu'elle a concocté pour m'humilier.

– Je ne pense pas pouvoir marcher. Ou baisser les bras. Ou voir, je proteste.

Elle soupire.

– Mais quels bébés, ces Azelandiens !

Je prends aussitôt la mouche.

– Un, c'est faux, et deux : je parie que les Ruhiens ne survivraient pas une seconde à un été d'Azeland. Ici, vous ne savez même pas ce que c'est, le soleil !

– Et moi, je parie que tu ne tiendras pas cinq minutes dans la neige ! rétorque-t-elle en se dirigeant vers la porte.

Elle plaisante mais, maintenant, je suis obligée de tenir au moins cinq minutes dehors : un pari est un pari !

– Bien sûr que si, et je vais te le prouver.

– Tout le monde est prêt ? demande Ronan en apparaissant dans l'embrasure de la porte.

Comme moi, il est emmitouflé dans un épais manteau, des bottes de neige, des gants, une écharpe et un énorme bonnet tricoté. Je ne peux pas m'empêcher de rire en le voyant.

– Quoi ? demande Ronan avec un clin d'œil.

Mari revient quelques instants plus tard, équipée pour le blizzard. Mais contrairement à Ronan et moi, elle arrive à rester élégante. Jolie, même. Je dois avouer que je comprends pourquoi mon frère l'aime bien.

Ils attrapent de grands sacs noirs sans me dire ce qu'il y a dedans. Je soupire, et nous sortons dans la rue, devenue un cauchemar glacial et hostile.

Par la statue de glace de sainte Ailara ! Je savais qu'il ferait froid, mais pas à ce point ! Chaque fois que je me tourne face au vent, j'ai l'impression que mon visage est tailladé par des milliers de petites lames glacées. Je relève mon écharpe bien haut sous mon nez.

La couche de neige est plus haute que moi ! Heureusement, devant la porte, nous pouvons emprunter un chemin qui a été dégagé.

Les rues habituellement animées à cette heure sont calmes et presque vides. Nous croisons à peine un homme en train de déneiger son porche, une femme avec un chien et quelques enfants qui jouent dans la neige. Les reflets du soleil sur la surface blanche m'aveuglent, j'ai les yeux qui pleurent, le nez qui coule…

– C'est bon, je m'écrie, je crois que j'en ai assez vu maintenant, on peut rentrer boire du chocolat chaud.

– Ces Azelandiens… grommelle Mari en levant les yeux au ciel.

– Ça fait cinq minutes. J'ai gagné. Allons célébrer ma victoire à l'intérieur.

– J'en vois un ! s'écrie Ronan en pointant du doigt.

– Un quoi ?

Personne ne répond, mais une seconde plus tard, j'aperçois un cheval au coin de la rue. Il trotte, ce qui fait tintinnabuler les petites clochettes de son harnais. Il tire un grand traîneau en bois rouge derrière lui. Un homme est assis à l'avant, les mains gantées. On dirait une image tout droit sortie des livres de contes de fées que je lisais à l'orphelinat. Je me souviens que nous en riions car, pour nous, tout cela ne pouvait pas exister ! Et pourtant, le cheval et le traîneau se dirigent bel et bien vers nous, quoique péniblement à cause de la poudreuse.

– Cinq jamars par passager, lance le conducteur, ce qui me semble excessivement cher.

Mais j'imagine qu'un jour comme aujourd'hui, il peut demander ce qu'il veut. C'est probablement le seul moyen de transport disponible dans toute la ville en ce moment, hormis les thilastris, bien sûr, que seuls les nobles peuvent s'offrir.

Ronan paie et nous montons tous les trois à bord du traîneau derrière le siège du cocher. Le banc en bois est rembourré, mais les coussins sont un peu humides. Nous époussetons la neige et nous nous serrons tous les trois.

– Où allez-vous ? demande le cocher.

– Au parc de Sainte Ilaina, répond Ronan.

Ce nom ne me dit rien. Et puis il doit y avoir tellement de parcs nommés en l'honneur de la patronne de la nature.

Le cocher incline son chapeau, secoue doucement les rênes, et le traîneau s'élance dans les rues.

Ce n'est certainement pas le trajet le plus chaotique ou le plus terrifiant de ma vie (rien à voir avec le carrosse tiré par un thilastri qui volait à des centaines de mètres au-dessus des montagnes pour m'emmener à la Guilde !) mais ce n'est pas le plus doux non plus… Le traîneau secoue beaucoup quand, comme moi, on a l'estomac plein de soupe et de chocolat chaud.

Dans une large courbe, il glisse et manque de percuter un lampadaire…

Je m'agrippe de toutes mes forces à la portière. Mari, elle, admire la ville enneigée autour de nous, l'air de rien. Ronan me regarde d'un air compatissant.

– Les trajets demandent un certain temps d'adaptation, mais on finit par s'y habituer ! crie-t-il pour essayer de couvrir les hurlements du vent.

– Oh, toi, tu t'es presque évanoui la première fois ! plaisante Mari.

– Comment le sais-tu, tu n'étais même pas là ! proteste-t-il.

– Pas besoin, je t'imagine très bien…

Ils échangent des sourires complices qui sont un peu mignons, mais surtout dégoûtants et me forcent à détourner le regard.

Tout à coup, j'aperçois la pointe blanche du clocher de la chapelle secrète… Bon sang, je n'avais pas pensé à Beck : comment se débrouille-t-il, avec toute cette neige ? A-t-il assez chaud ? A-t-il assez de bois de chauffage ? Est-il coincé à l'intérieur ?

J'aimerais pouvoir m'assurer qu'il va bien. Mais même si je parvenais à semer Mari et Ronan, impossible de grimper la colline et de traverser les bois par ce temps. Peut-être que Rosalia pourra lui rendre visite, elle…

J'essaie de chasser de mon esprit l'image horrible de Beck en train de mourir de froid. Non, il est robuste… Il a déjà survécu à bien pire !

Il va bien. Je pense.

Alors que nous nous enfonçons plus profondément dans la ville, la neige se fait plus épaisse. Les sabots du cheval s'enlisent davantage, ce qui nous ralentit. Un jour sans neige, nous irions sans doute plus vite en marchant…

Nous ne croisons qu'un autre traîneau rempli de passagers : la ville est déserte et les maisons hermétiquement fermées. Le vent qui fouette toujours mon visage me fait claquer des dents.

– Pourquoi n'avons-nous pas apporté du chocolat chaud pour nous réchauffer ? je gémis.

– Elle a raison, répond Mari en regardant Ronan. Pourquoi n'y avons-nous pas pensé ?

– Hé, mon rôle est de préparer le chocolat, pas de penser à tout !

– Mais à quoi bon en avoir si nous ne pouvons pas le boire ?

– Elle a encore raison, commente Mari avec un sourire.

Une nouvelle rafale de vent me fait frémir et, instinctivement, Ronan passe son bras autour de mes épaules. Je me fige, mais pas à cause du froid, cette fois.. Il ne m'avait jamais serrée contre lui jusqu'à présent. Que suis-je censée faire ?

Après une seconde d'hésitation, je le laisse se rapprocher de moi. C'est étrange, car nous sommes tous deux enveloppés dans d'épaisses fourrures qui forment une barrière entre nous. Malgré tout, la chaleur de son bras contre mon dos commence à me gagner.

– Vous savez ce qu'il manque à ce traîneau ? Des sièges chauffants ! s'exclame Mari.

– Oh que oui ! je réponds. Et aussi une cheminée. Et des murs. Et un toit.

– En somme, une maison, conclut Ronan.

– Exactement. Sans neige. Ni froid. Ni vent. Ni…

– Azelandiens ? plaisante Mari.

– Peux-tu arrêter avec ça ? Je trouve qu'il est tout à fait normal de détester le froid et la neige ! C'est même une question de survie.

– Vraiment ? Première fois que j'entends ça !

– Hé ! Les sarcasmes, c'est *mon* truc ! je proteste.

– Excuse-moi… Tu m'inspires !

Ronan rit et me donne une petite tape affectueuse sur l'épaule. Soudain, le traîneau s'arrête brusquement, nous projetant presque contre le siège du cocher.

– Nous sommes arrivés ! claironne celui-ci.

Mari ouvre la portière et descend en tirant son sac noir avec elle.

– Allons-y !

Ronan l'imite et saute dans la poudreuse. Il s'approche pour m'aider mais je refuse et descends toute seule, car je n'ai besoin de pers…

Ma botte droite dérape sur la glace, ma jambe gauche s'élance dans les airs et je suis sur le point de tomber quand Ronan me rattrape *in extremis*.

– Attention, ça glisse ! note-t-il.

– Je n'avais pas remarqué, je grommelle.

Je me redresse et attrape la main de Ronan.

Le parc de Saint Laina est bien plus grand que la plupart de ceux que j'ai pu voir à Ruhia. Face à l'entrée se trouvent une série de petites collines et, à gauche, un immense étang gelé. Sur la droite, j'aperçois ce qui ressemble à un ensemble de petits jardins (même si, avec toute cette neige, ce n'est pas évident de déceler la moindre plante).

– Vous allez me dire ce que nous faisons ici, à la fin ? je demande.

Bon, j'ai déjà une petite idée : il y a des familles partout et des enfants rient, courent et jouent dans la neige. Voilà donc comment les Ruhiens passent le temps en cas de tempête.

– Nous sommes là pour nous amuser ! répond Ronan. Contrairement à Azeland, ici, tu peux tout faire par grand froid : des bonshommes de neige, de la luge…

Ce dernier mot évoque tant de souvenirs : une luge dévalant un tunnel, moi volant dans les airs, courant après des voleurs dans les grottes de glace de la Guilde… Je pense alors à Beck et à quel point ce doit être horrible pour lui, en ce moment.

– Tu as oublié le plus important, souffle Mari à Ronan.

Elle sort de son sac… un patin à glace. Je n'en avais jamais vu auparavant. Il faut dire qu'à Azeland, la glace est toujours trop fine pour pouvoir s'aventurer sur les étendues d'eau (peu nombreuses, d'ailleurs). Et puis j'étais coincée à l'orphelinat…

Le patin ressemble à ce que j'imaginais, sauf la lame qui paraît si fine.

– Tu vas vraiment enfiler ces machines à tuer ? je demande.

Ils rient tous les deux.

– Non, *nous* allons enfiler ces machines à tuer, me corrige-t-elle en sortant deux autres patins du sac, qui semblent bien être à ma taille...

– Oh non, je proteste en reculant. Non, non, non, non, non !

– Allez, c'est amusant ! insiste Mari.

– Je suis azelandienne, tu as oublié ? Nous ne patinons pas.

– Sauf que, maintenant, tu es aussi ruhienne, me corrige Mari. Et nous, les Ruhiens, nous patinons.

Je m'imagine attacher ces petites lames de métal à mes pieds, essayer de glisser et m'étaler par terre...

– Non, non, non, non, non.

– Moi non plus je n'aimais pas, au début, déclare Ronan en sortant ses propres patins de son sac. Mais c'est drôle, tu vas voir !

– Ne t'inquiète pas, Alli, il est toujours aussi nul... plaisante Mari en me tendant la paire. Tu ne pourras jamais être plus ridicule que lui !

– Merci beaucoup, ironise Ronan.

– Bon, dépêchez-vous, s'impatiente Mari. La belle lumière décline déjà !

Mon frère et elle se dirigent vers l'étang et je peste en les suivant.

– Déjà que je suis saucissonnée dans toutes ces fourrures, vous voulez en plus que je prie pour rester en équilibre sur ces lames ? Vous voulez ma mort, c'est ça ?

Mari lève les yeux au ciel comme je le fais tout le temps. J'aimerais bien qu'elle arrête de me piquer tous mes trucs...

– Tu survivras, Alli.

Nous nous asseyons sur un banc au bord de l'étang et enfilons nos patins. Comment Mari a-t-elle trouvé une paire à ma taille ? Depuis combien de temps ont-ils planifié cette excursion ? C'est étrange de les imaginer prévoir ces activités avec moi, comme une vraie famille.

Je me prépare aussi lentement que possible pour retarder mon humiliation. Et aussi parce que je dois enlever mes moufles pour m'équiper et que mes doigts sont gelés.

Ronan me tend la main ; je me lève et vacille déjà.

– Ce sera plus facile sur la glace, m'assure Ronan en me tirant vers lui.

Mari descend les quelques marches qui mènent à l'étang avec la grâce d'un cygne. Une fois ses lames sur la surface gelée, elle effectue une petite pirouette pour nous faire face.

Ronan et moi avançons bras dessus, bras dessous vers le bord de l'étang, les jambes flageolantes. Mari ne rit pas, mais elle semble amusée par ce spectacle, et je ne peux pas lui en vouloir.

Ronan descend sur l'étang en premier. Maintenant, je comprends pourquoi Mari aime tant cette activité : regarder Ronan se démener est hilarant.

– Allez, Alli, dit-elle en me tendant la main. Montre-lui comment on fait.

Au premier pas sur la glace, mon patin dérape et mon pied s'envole…

Cette fois, c'est Mari qui me rattrape avant que je ne heurte la glace. Mes deux patins sont maintenant sur la surface gelée et je tends mon bras gauche pour m'équilibrer. Mari tient fermement ma main droite mais, malgré ses efforts, je manque plusieurs fois de tomber et de l'entraîner dans ma chute.

– Détends-toi et essaie de garder tes jambes stables, me conseille Mari.

– Impossible sur ces trucs !

– Pose ton regard sur un point précis, cela t'aidera à rester en équilibre.

Je fixe un bouton de son manteau. Ça paraît bête, mais cela semble aider un peu.

– Tu te débrouilles bien ! s'écrie Ronan en chancelant à côté de nous.

– Plie un peu plus les genoux, dit Mari. Voilà, c'est mieux !

– Je ne peux pas croire que vous faites ça pour le plaisir !

– Je vais te lâcher un instant, prévient-elle. Voyons si tu peux tenir en équilibre toute seule.

Elle lâche ma main et recule. Instantanément, je perds le bouton de vue et titube. Je mouline des bras pour me maintenir debout, ce qui n'a pas l'effet attendu, et je tombe à la renverse. Ces vêtements d'hiver ont au moins un avantage : ils amortissent très bien les chutes !

– Ça va ? s'inquiète Mari en glissant vers moi.

– Non. Tous mes os sont cassés.

Mari lève les yeux au ciel.

– Tsss tsss, tu vas très bien.

Elle m'aide à me relever, et nous recommençons tout le processus.

Après être tombée pour la millième fois, je baisse les bras et me laisse tomber dans la neige au bord de l'étang en gémissant.

– Tu abandonnes déjà, me taquine Ronan en patinant maladroitement dans ma direction.

– Laissez-moi… Je veux simplement mourir ici, je gémis.

Ronan s'arrête à côté de moi et Mari rit de nous et nous nargue en réalisant des boucles parfaites…

C'est la goutte d'eau… Je rassemble de la neige dans mes gants et, avant que mon frère et sa petite amie n'aient le temps de comprendre ce que je fais, je lance une boule en direction de Mari. Elle l'atteint au bras, ce qui la déséquilibre. Pour la première fois de notre excursion, Mari s'écroule sur l'étang.

Elle s'assoit, un peu sonnée, puis un sourire maléfique se dessine sur ses lèvres.

– Toi, tu vas payer pour ça !

Oups. Je remonte sur le talus, mais il est presque impossible de bouger dans cette tenue et avec ces patins. Mari s'est déjà relevée et se dirige vers moi, ramassant sa propre boule de neige.

J'attrape frénétiquement une autre poignée de neige, la compacte du mieux que je peux et la lance dans sa direction, mais elle manque sa cible. Mari riposte et la boule qu'elle m'envoie explose contre ma poitrine.

– Touchée ! crie Mari.

Elle lève les bras en signe de triomphe, mais j'envoie aussitôt une contre-attaque qui fait tomber son bonnet.

Derrière nous, Ronan éclate de rire.

Mari et moi nous regardons d'un air entendu et, presque en même temps, nous ramassons de la neige. Je lui donne le signal.

– Un ! je compte.

Ronan essaie de se lever, mais il n'y arrive pas à cause de ses patins.

– Deux ! fait Mari.

À trois, nous lançons nos projectiles et Ronan s'effondre, hilare, dans un tourbillon blanc. Mari et moi courons vers lui en lançant toujours des boules de neige. Enfin, Mari court. Moi, je me déplace tant bien que mal.

Ronan me lance alors une boule, mais elle atterrit mollement sur ma jambe. Raté ! Je vise alors sa poitrine, mais… Quelque chose vient me frapper dans le dos, et me fait tomber à côté de mon frère.

– Tricheuse ! je crie. J'avais le dos tourné !

Ronan et moi nous jetons sur Mari pour la faire tomber. Dans la bataille, tout le monde est couvert de neige de la tête aux pieds.

Enfin, épuisés, nous nous allongeons par terre, essayant aussi de reprendre notre souffle.

Avec tout ça, j'en aurai presque oublié le froid !

Ronan se tourne vers moi et me sourit.

– Mari est peut-être experte en patinage, mais moi, je suis le champion pour faire… des ailes d'ange dans la neige !

– Eh bien prépare-toi à perdre ton titre.

– Vraiment ? fait Ronan, ses bras sculptant déjà des ailes dans la couche de poudreuse.

– À l'orphelinat, la neige était trop fine pour faire quoi que ce soit avec, hormis des ailes d'ange !

Parfois les sœurs nous laissaient jouer dans le jardin quand il neigeait, mais il n'y avait jamais assez de neige pour faire des bonshommes, et les batailles de boules de neige étaient interdites. En revanche, les sœurs aimaient beaucoup quand nous dessinions des ailes d'ange. Il y en avait partout dans la cour de l'orphelinat à chaque chute de neige.

Ronan se lève le premier, contournant soigneusement la forme qu'il a laissée dans le sol blanc, et nous tend la main pour que nous nous remettions debout. Nous restons immobiles à regarder nos trois créations côte à côte.

Soudain, j'ai une boule dans la gorge et me détourne rapidement.

J'essaie de m'éloigner, mais j'ai toujours mes stupides patins aux pieds. Je chancelle, me heurte à mon frère, et nous tombons tous les deux pile dans ses ailes d'ange.

– Sabotage ! s'exclame Ronan en feignant l'indignation. Destruction intentionnelle de mes ailes !

Mari rit, mais pas moi.

– Ce n'est rien, dis-je. Nous savons tous que les tiennes étaient les plus belles, de toute façon.

Ronan me regarde droit dans les yeux et quelque chose dans son regard me fait penser que lui aussi a une boule dans la gorge.

– Bien sûr que c'étaient les meilleures, lance-t-il en plaisantant.

Il m'aide à me relever et me donne une petite tape sur l'épaule.

– Bon, je pense qu'il est temps de retirer ces engins mortels de mes pieds, je dis.

Nous retournons péniblement au banc où nous avons laissé nos bottes. J'essaie de lacer les miennes, mais mes mains sont tellement engourdies que je capitule et les laisse dénouées.

Cela n'échappe pas à mon frère.

– Si nous rentrions à la maison pour prendre un bon chocolat chaud ? propose-t-il.

– Enfin ! je m'écrie en sautant de joie.

En réalité, j'ai trouvé cette sortie très amusante. Enfin, sauf le froid. Et mes mille chutes sur les fesses.

Nous convenons tous que Mari est la patineuse la plus douée et allons héler un traîneau pour rentrer à la maison.

Ronan époussette distraitement la neige restée accrochée à mon bonnet.

– Alors, Alli ? C'était plus drôle que tu ne le pensais, pas vrai ?

– Absolument pas, je rétorque.

– Donc tu ne t'es pas amusée ? Pas même un tout petit peu ?

– Pas même un tout petit peu, je répète.

– Pas même quand tu m'as frappé avec une boule de neige ?

– Pas *une*, Ronan. Plusieurs !

– Eh bien, moi, j'ai adoré, dit-il en riant. Et je pense que nous devrions te traîner ici à chaque tempête de neige !

Mon cœur fait un drôle de bond : envisage-t-il vraiment de me laisser vivre avec lui tout l'hiver, même si mon anniversaire est seulement dans quelques semaines ?

J'imagine déjà le tableau : moi, Ronan et Mari ensemble, mangeant de la soupe chaude et buvant du chocolat chaud… Entre batailles de boules de neige, festivals et patinage au parc. Cela ressemble à un conte de fées, quelque chose que je croyais impossible à l'orphelinat. Et pourtant, cela ne semble plus si farfelu, à présent.

Peut-être que c'est ce que ma vie aurait dû être… Avec mon frère, nous ne pouvons pas rattraper le temps perdu, mais peut-être que nous pouvons avoir un avenir.

Si je ne gâche pas tout. Et, surtout, si nous arrêtons les Ombres.

– Toi et Mari pourrez y aller sans moi ! Je préfère rester à l'intérieur, comme les humains civilisés.

– Pas question, proteste Ronan en me donnant un coup de coude. Ce ne serait pas aussi amusant sans toi.

Je baisse les yeux, essayant d'improviser une réponse…

Mais je suis sauvée car quelqu'un siffle quelques mètres plus loin. C'est Mari qui se tient à côté d'un traîneau.

Nous marchons ensemble hors du parc, laissant derrière nous trois anges dans la neige.

QUINZE

Cette fois, faire le mur sera plus compliqué.

Le lendemain de nos aventures sur l'étang gelé, il y a toujours un bon mètre de neige dehors et Ronan est encore en congé. Nous passons donc une grande partie de la journée blottis devant le feu à siroter du chocolat chaud.

Mon frère étudie énormément mais, de temps en temps, nous jouons à des jeux : il essaie de m'apprendre les échecs et je le bats à plate couture aux cartes.

Tout cela serait parfait si je ne devais pas sortir en cachette ce soir pour retrouver Mead au marché nocturne.

Le problème, c'est que Ronan n'a pas prévu de sortir de sitôt et il me surveille de près, ce qui m'agace énormément.

Je doute que faire semblant d'être malade fonctionne deux fois de suite… Et puis il y a le problème des vêtements : je dois m'emmitoufler, et il ne manquera pas de le remarquer. Heureusement, Mead et moi n'avons rendez-vous que plus tard dans la soirée, ce qui signifie que je pourrai peut-être m'éclipser quand Ronan sera endormi.

Après le dîner, je nous prépare du thé aux herbes. Pas parce que j'en veux, mais parce que je sais que cette boisson le fait dormir. Et comme prévu, un peu avant 21 heures, il commence déjà à piquer du nez et bâiller… Après quelques minutes, Ronan finit par fermer son livre.

– Allez, il est tard, Alli, déclare-t-il.

Je soupire exagérément et fais semblant de me retirer dans ma chambre. Ensuite, je compte jusqu'à cent. Lorsque je ressors, la porte de la chambre de mon frère est fermée et toutes les chandelles sont éteintes.

Je cours alors vers mon armoire et enfile mes vêtements d'hiver à la hâte car je suis déjà en retard ! De plus, impossible de marcher vite ou de courir avec toute cette neige, et Mead ne m'attendra pas éternellement si je ne me présente pas.

Je n'ai qu'une seule solution, et elle ne me plaît vraiment pas…

Rappelle-toi que tu fais ça pour Beck !

Je me faufile discrètement dans le salon et fouille dans la bourse de Ronan. Dedans, il doit y avoir une vingtaine de jamars, c'est-à-dire largement assez pour louer un traîneau. Ce n'est pas du vol, c'est un emprunt, tout comme les vêtements. Ronan n'en saura jamais rien, et je le rembourserai plus tard, quand nous aurons arrêté les Ombres.

Je me glisse doucement vers la porte d'entrée dont je n'ai pas la clé. Allez savoir pourquoi, Ronan ne doit pas me faire totalement confiance. Je dois donc prendre le risque de laisser la porte déverrouillée pour mon retour.

Espérons que personne n'essaiera de rentrer entre-temps... Mais, à ma connaissance, je suis la seule voleuse de cet immeuble.

Sans perdre plus de temps, je quitte le bâtiment et m'aventure dans la nuit.

– Tu es en retard, grommelle Mead.

Il porte un manteau beaucoup plus épais que la dernière fois que je l'ai vu et ses bottes sont couvertes de neige.

Je pointe le sol du doigt.

– Tu n'imagines pas la galère pour marcher jusqu'ici...

– Tu n'as pas du tout *marché* jusqu'ici, réplique-t-il en désignant le traîneau qui disparaît au coin de la rue.

– J'ai fait une partie du chemin à pied, je précise. Ensuite, il m'a fallu une éternité pour trouver un traîneau. Le premier que j'ai croisé m'a demandé un prix exorbitant, j'ai dû demander à plusieurs cochers.

Mead soupire.

– Tu es censée *marchander* avec les cochers, Rosco ! Ils baissent toujours leur prix.

– J'ai pris un traîneau avec mon frère l'autre jour, et il n'a pas marchandé !

Mead ricane dédaigneusement.

– L'avocat coincé et bon chic bon genre ? Oui, ça ne m'étonne pas.

– Qu'est-ce que tu veux dire ?

– Que les riches n'ont aucun bon sens.

– Ronan n'est pas riche. Il est apprenti, pour l'amour d'Ailara !

Mead bâille comme si mes protestations l'ennuyaient.

– Oui, apprenti de l'un des avocats les plus puissants de Ruhia.

– Comment tu sais ça ?

Mead me sourit sournoisement.

– J'enquête minutieusement sur les antécédents de tous mes associés. Et tu en fais partie… Désolé.

– Sérieusement ? Tu travailles avec les Ombres et tu perds ton temps à enquêter sur moi ?

– Bon, d'accord, peut-être que Reigler m'a dit où travaillait ton frère. Et j'avais déjà entendu parler de ce cabinet. Comme tout le monde, d'ailleurs.

– Oh.

Mead se lève d'un coup, époussetant la neige de son manteau.

– Eh bien, maintenant que tu nous as honorés de ta présence, nous pouvons y aller.

– Et Beck ?

– Il nous rejoint là-bas. Il m'a envoyé un message tout à l'heure pour m'annoncer qu'il devait d'abord finir quelque chose avec Keene. Heureusement, je me suis occupé de nous trouver un moyen de transport.

Il siffle, et une ombre gigantesque se détache du bâtiment devant nous et s'approche. Je recule instinctivement mais, très vite, je comprends à quoi j'ai affaire.

– Il était temps, rugit une voix profonde qui fait trembler les murs.

Une voix familière…

– Jiavar ! je m'écrie.

La thilastri se tourne vers moi. Dans l'obscurité, ses plumes bleu vif sont d'un gris cendré. Elle avance délicatement dans la neige, laissant de profondes empreintes derrière elle.

– Rosco, dit-elle en inclinant sa tête massive vers moi. Ça fait un moment.

La dernière fois que j'ai vu Jiavar, c'était pendant mon épreuve, quand nous avons pénétré dans le manoir des Atherton. C'est aussi elle qui tirait la calèche qui a reconduit Beck au repaire… et m'a laissée derrière. Et comme Jiavar ne m'appréciait pas particulièrement, je doute qu'elle ait protesté quand Beck est parti sans moi, cette nuit-là. De tous les thilastris de la Guilde, il fallait que Mead choisisse *celle-ci*…

– Ce ne sera pas suspect de se balader en pleine nuit en thilastri ? je demande.

– Ici, c'est Ruhia, pas Azeland. Beaucoup de gens voyagent en thilastri, surtout quand il neige abondamment, donc personne ne nous prêtera attention. Et puis c'est le moyen le plus rapide, et nous sommes en retard, alors allons-y !

Je regarde Jiavar, puis Mead, puis à nouveau Jiavar : pas de doute, il manque quelque chose.

– Euh… Beck et moi montions toujours dans des *calèches* tirées par des thilastris, jamais directement *sur* des thilastris…

Mais il n'y a pas de calèche en vue.

Mead s'avance vers Jiavar, et s'arrête net en découvrant ma mine déconfite.

– Oh par tous les saints, ne me dis pas que tu n'es jamais montée sur un thilastri !

– Je suis azelandienne, tu te souviens ?

Il soupire.

– Allez, viens, je vais te donner un coup de main.

– Je n'aime pas du tout ça, je marmonne.

– À trois, fait Mead. Un, deux…

À trois, il me pousse vers le haut, me soulève et me jette pratiquement sur le dos de Jiavar. Je m'accroche désespérément à une poignée de plumes bleues.

– Aïe, gronde Jiavar. Fais attention !

– Désolée !

Je caresse doucement ses plumes froissées. Jiavar souffle, mais je parviens à me stabiliser, avec mes pieds qui pendent juste au-dessus des articulations de ses ailes gigantesques.

– Allons-y, ordonne Mead en se glissant avec souplesse derrière moi.

Jiavar bondit en avant et s'élance dans les airs !

Un cri à la fois aigu et rauque s'échappe de ma gorge tandis que je m'accroche aussi fort que possible aux plumes de la thilastri. Tout vacille et tournoie autour de moi. Le vent me fouette le visage et je ferme les yeux.

C'est sûr, je vais m'évanouir, tomber, ou vomir.

Derrière moi, Mead éclate de rire.

– Tu t'amuses bien, Rosco ?

Je ne peux même pas lui répondre, trop occupée à prier tous les saints que je connais de me laisser la vie sauve.

Soudain, quelque chose de doux me frappe le visage, et j'ouvre les yeux : c'est mon écharpe. Je pourrais la coincer dans mon manteau, mais je crains de tomber si je ne me tiens pas des deux mains, alors je referme les yeux.

– Tu sais, me glisse Mead à l'oreille, je croyais que tu étais du genre tête brûlée, après ton saut de la mort lors de la course de luge. Mais j'ai dû me tromper sur toi.

– Je n'ai pas peur, je marmonne entre mes dents qui claquent. J'ai juste f… f… froid.

– Qu'est-ce que tu dis ? Je ne t'entends pas.

– Je n'ai pas peur ! je crie.

Je rouvre les yeux un tout petit peu et me concentre sur les plumes de la tête de Jiavar.

À ce moment, la voix grave de la thilastri retentit, et je peux sentir ses vibrations sous mes mains, un peu comme les chats lorsqu'ils ronronnent.

– Oh vraiment, tu n'as pas peur ? commente Jiavar. Dans ce cas, pourquoi ne pas s'amuser un peu ?

J'ouvre la bouche pour répondre mais Jiavar plonge brusquement dans le vide et mon cœur fait un saut périlleux dans ma poitrine.

Bon, soyons honnêtes : je hurle.

Nous continuons de chuter, dégringolant dans l'air nocturne, tombant, tombant encore et encore…

Je garde les yeux fermés mais je peux entendre battre les ailes de Jiavar. Deux battements, trois, quatre…

Soudain nous remontons ! J'ouvre les yeux et ne distingue pas grand-chose de la ville en dessous, seulement quelques petits points lumineux à travers les nuages gris qui nous entourent.

Mead est hilare et Jiavar laisse échapper un petit grondement qui pourrait bien être un rire de thilastri…

– Ce n'était pas… pas drôle ! je bredouille en essayant de reprendre mon souffle.

– Oh, si c'était très drôle, tu ne trouves pas, Jia ? réplique Mead.

– Ne dis pas un mot de plus, Jiavar ! je m'écrie.

Je ne peux pas voir sa tête, mais je peux imaginer son regard amusé.

– C'était peut-être un peu drôle, gronde-t-elle.

– Tu sais quoi ? J'allais m'excuser d'avoir arraché tes plumes, mais oublie ça. Tu l'as bien mérité.

– Euh, Rosco, ce n'est pas très malin de contrarier un thilastri quand tu es encore sur son dos, commente Mead.

Jiavar hoche la tête.

– Si tu veux, nous pouvons faire un nouveau plongeon, Alli…

– D'accord, d'accord, j'ai compris, je dis précipitamment. Allons au marché nocturne. Je croyais que nous étions en retard…

Je suis presque sûre que Jiavar est déçue de ne pas pouvoir me taquiner davantage.

Elle tourne à droite dans un grand battement d'ailes.

– Peut-on trouver un autre moyen de transport pour rentrer ? je demande.

Mead me donne une petite tape dans le dos.

– Tu auras déjà de la chance si tu survis assez longtemps pour rentrer.

– Oh, arrête ! Tu oublies que je suis déjà entrée dans la Guilde des voleurs. Ça, à côté, ce n'est rien.

Il me donne une autre petite tape, juste entre les omoplates.

– Ouais, comme si tu y étais restée assez longtemps pour apprendre quoi que ce soit. Ne sois pas stupide.

– C'est toi qui es stupide. Et arrête de me taper

– Oh, belle repartie, Rosco. Très malin !

– Je…

– Les enfants ! nous interrompt Jiavar. Je vais faire demi-tour et vous ramener tous les deux à la maison si vous ne cessez pas de vous chamailler. Et préparez-vous à l'atterrissage.

– Elle est toujours comme ça ? je chuchote en tournant la tête vers Mead. Je ne me souviens pas qu'elle était si autoritaire quand…

Je m'interromps quand les mots de la thilastri parviennent enfin jusqu'à mon cerveau.

– Euh, attends, qu'est-ce que tu veux dire par « préparez-vous à l'atterrissage » ? Qu'est-ce que je…

Pour la troisième fois depuis le début de ce voyage, je laisse échapper un cri de terreur suraigu en m'accrochant désespérément aux plumes de la thilastri.

Elle pique du nez en spirale vers les points de lumière, et j'ai l'impression que mon estomac remonte dans ma gorge. Je regrette ce que j'ai pu faire pour en arriver là… Si je survis à ce voyage, je jure que ne volerai plus jamais ni en calèche ni sur un thilastri. Je resterai clouée au sol pour toujours !

Je garde les yeux fermés pendant la longue, trop longue descente, jusqu'à ce que Jiavar se cabre et atterrisse sur la terre ferme. Elle court encore sur une bonne dizaine de mètres puis replie ses ailes.

– Nous sommes arrivés, annonce-t-elle en secouant la tête.

Je m'effondre alors et enfouis mon visage dans son plumage.

Je ne suis même pas complètement sûre d'être arrivée en un seul morceau…

Mead, lui, saute dans la neige avec une insolente agilité.

– Sincèrement, Rosco, je ne savais pas que tu avais le vertige, dit-il.

– Je n'avais pas le vertige jusqu'à ce soir... je grommelle, en refusant de bouger.

Jiavar soupire.

– Descends avant que je ne te t'éjecte !

Voilà qui me donne de l'énergie pour retrouver la terre ferme.

La thilastri secoue ses plumes.

– Il n'y a pas un trou, là ? J'ai l'impression que tu en as arraché...

– Oh, n'exagère pas, je proteste.

Mead fronce les sourcils, et je suis sûre que Jiavar ferait pareil si elle en avait. En tout cas, je décide de les ignorer.

– Mettons-nous en route ! je propose.

Mead marmonne quelque chose à Jiavar et je ne comprends que le mot « rue », puis elle s'en va.

– Allez, Rosco, par ici, dit-il.

Je regarde autour de moi, essayant de comprendre où nous sommes. Nous avons clairement atterri en périphérie de la ville. La rue est presque déserte et les bâtiments sont rares. Le mont Arat me semble plus proche et plus grand vu d'ici, bien que ce soit difficile à dire dans l'obscurité. Peut-être que nous sommes allés à l'ouest ? Quoi qu'il en soit, la neige est si épaisse que chaque pas est une lutte. Je laisse Mead ouvrir la voie et essaie péniblement de le suivre.

– C'est encore loin ? je demande.

Devant nous, il n'y a aucun éclairage public, juste une rue sombre qui s'étend dans l'obscurité.

– Tu vois ce poteau, là-bas ? dit Mead en pointant une tache sombre sur le côté de la route.

– Euh… Je crois oui ?

– C'est la limite de la ville. Félicitations : tu as maintenant officiellement quitté Ruhia.

– Alors, si nous ne sommes plus à Ruhia, où sommes-nous ?

– Nulle part, justement. Tout comme la Guilde, le marché nocturne se trouve sur un territoire qui n'appartient à aucune ville ni à aucun pays. Il n'y a pas de Protecteurs ici, c'est hors de leur juridiction. Parfois, l'emplacement change par sécurité, au cas où quelqu'un nous aurait repérés, mais le marché se trouve toujours au milieu de nulle part.

– Et « nulle part », c'est encore loin ?

Mead se retourne soudainement pour me faire face.

– Il faut que tu comprennes quelque chose, dit-il en employant ce ton sérieux qu'il n'utilise que rarement. Au marché nocturne, il n'y a aucune loi ni aucune règle. Oui, la Guilde est influente, mais elle n'a qu'une autorité limitée. Donc même si je le voulais, je ne pourrais pas faire grand-chose pour te protéger. Ici, c'est chacun pour soi, alors sois très prudente. Ne contrarie personne. Ne touche à rien. Et s'il te plaît, pour l'amour de tous les saints, ne dis rien.

– Je…

Il lève une main.

– Ne. Parle. Pas.

Je soupire.

Il attend quelques secondes puis hoche la tête.

– Voilà, c'est mieux. Maintenant, reste près de moi si tu veux sortir de tout ça indemne.

– Mais tu ne m'as toujours pas dit ce qui était prévu.

Mead lève les bras en signe d'exaspération.

– Que devons-nous faire pour les Ombres, là, tout de suite ? j'insiste.

– Nous vendons, évidemment ! Les Ombres gardent les biens volés lors des cambriolages de la Guilde et, au lieu de les remettre au roi, ils les vendent ici. C'est ainsi que le Clan se finance et qu'il obtient l'or nécessaire pour recruter.

– D'accord, les Ombres vendent. Mais qui achète ?

Mead a un petit sourire en coin.

– Tu verras. Oh, et une dernière chose : il est possible que l'on croise des membres de la Guilde qui n'ont pas rejoint le Clan, puisque la Guilde utilise également le marché nocturne pour vendre une partie de son butin. Il ne faut donc surtout pas qu'on nous reconnaisse, et il est plus important encore de ne pas mentionner les Ombres. Nous ne pouvons pas risquer d'être reconnus.

– Que se passera-t-il s'ils nous reconnaissent ?

Mead hausse les épaules.

– Comme je viens de te le dire, il n'y a aucune règle ici. Un voleur fidèle au roi pourrait décider de punir un traître d'un coup de couteau dans le dos, par exemple…

Je déglutis péniblement.

– Eh bien, essayons d'éviter ça…

Je remonte mon écharpe plus haut sur mon nez et dissimule mes cheveux sous mon bonnet. Ce n'est pas vraiment un déguisement mais, comme le disait Beck, peu de membres de la Guilde me connaissent, de toute façon.

Mead se coiffe de sa capuche, plongeant son visage dans l'ombre.

– Allez, lance-t-il d'un ton faussement enjoué. Il est temps de visiter ce marché nocturne.

SEIZE

Nous avançons et, soudain, j'aperçois une multitude de points de lumière bleue scintillant tels des flambeaux dans la nuit.

– Qu'est-ce que c'est ? je demande à Mead.

– De la magie. Beaucoup de magiciens installent leur étal ici pour vendre des sorts ou des objets pas tellement… légaux.

– Mais pourquoi ce bleu ?

– Comment veux-tu que je le sache ? J'ai l'air d'un magicien ?

Je regarde son long manteau à capuche et ses vêtements sombres.

– Euh, oui, un peu…

– Qu'est-ce que je t'ai dit : arrête de parler !

Je le fusille du regard.

– J'ai le droit car, techniquement, nous ne sommes pas encore dans l'enceinte du marché !

– Eh bien, étendons cette règle à tout le voyage, d'accord ?

– Hum… Les règles, ce n'est pas trop mon truc, tu sais…

– Oui, ça ne m'avait pas échappé. Mais cette fois je t'en supplie : suis le plan à la lettre.

– Je n'aime pas trop les plans non plus…

– Très chers saints, aidez-moi ! implore-t-il en regardant le ciel. Comment Reigler et toi avez-vous réussi à faire équipe ?

– Ça n'a pas été un grand succès…

– Tu veux rire ? Il a accompli l'une des épreuves les plus difficiles jamais données à quelqu'un de son âge, et il est revenu à la Guilde avec un collier dérobé dans un domaine ultra-sécurisé. Pour moi, c'est un succès.

Je ris jaune et rectifie :

– J'ai l'impression que Beck a omis quelques détails, comme la fois où il s'est fait capturer, ou celle où nous avons été jetés en prison. Ah, et est-ce qu'il t'a raconté qu'un Protecteur a failli nous arrêter dans une boutique, et les dix autres fois où nous avons failli mour…

– C'est bon, j'ai compris, m'interrompt Mead.

Tout à coup, un sifflement aigu retentit au loin. Mead siffle trois courtes notes en retour et une femme apparaît juste devant nous.

Elle sort de nulle part. Littéralement.

Elle porte un large manteau à capuche, de longues tresses, et elle tient dans sa main une sorte de prisme de lumière bleue.

– Tous ne peuvent pas venir. Tous ne peuvent pas partir, prononce-t-elle alors d'un ton énigmatique.

– Tous ne prospéreront pas, poursuit Mead d'un ton blasé. Mais aucun ne suivra la loi.

Le prisme se met alors à briller plus intensément jusqu'à m'éblouir.

– Bienvenue au marché nocturne, annonce-t-elle.

Mead me fait signe que nous pouvons passer et la femme disparaît dans l'obscurité

– C'était qui ? je chuchote.

– La Gardienne. L'une des magiciennes qui organisent le marché et dont les enchantements empêchent les curieux d'entrer. Tu n'étais pas censée te taire, toi ?

Devant nous, une rue apparaît aussi soudainement que la magicienne. Il s'agit d'un chemin pavé dépourvu de neige et jalonné de réverbères. De chaque côté se trouvent des vendeurs ruhiens avec leurs chariots, leurs étals ou leurs tentes de style azelandien. Tout ceci ressemble beaucoup à ce que j'ai connu autrefois, mais il y a une différence majeure : tout est blanc, comme si quelqu'un avait lavé ce marché de toutes ses couleurs et de tous ses motifs.

– Pourquoi tout est immaculé ? Je pensais que le marché nocturne serait plutôt… sombre ?

Mead soupire.

– Le blanc se voit plus facilement dans le noir, Rosco. Maintenant, tais-toi !

– Pourquoi est-ce que je devrais obéir à tes ordres ? je proteste à voix basse.

Nous passons devant un stand de pâtisseries nommé *Aux délices sucrées*, et des odeurs de cannelle et de pain frais nous chatouillent les narines. J'essaie de m'en approcher, mais Mead me tire brusquement par la manche.

– N'y pense même pas.

– Je veux seulement regarder. Ça sent si bon !

– C'est un piège magique : ces sucreries contiennent des enchantements qui t'incitent à les manger.

– Quel genre d'enchantements ?

L'espace d'une seconde, j'envisage de prendre le risque : sous mon nez, il y a une énorme pâtisserie garnie de chocolat et de crème qui n'attend que moi…

– Du genre dangereux…

– Comment tu le sais ?

– S'ils n'étaient pas dangereux, ils ne seraient pas vendus ici. À Ruhia, il y a des magasins de magie pour les riches remplis de petits sorts inoffensifs. Mais les malédictions qui sont illégales à Ruhia sont vendues ici.

Le mot « malédiction » me convainc : j'ai déjà donné !

– On cherche déjà les ennuis ? lance une voix familière.

C'est Beck.

Il sort d'une tente voisine et s'approche de nous, le visage dissimulé par sa capuche.

– Tu t'en doutes bien, répond Mead en le saluant. Prêt ?

– Toujours, confirme Beck.

Je meurs d'envie de lui demander s'il a cherché la Pièce, mais je n'ose rien dire devant Mead ; je ne sais pas ce qu'il sait et je ne lui fais pas confiance…

Nous avançons parmi des silhouettes encapuchonnées, suivis par nos ombres bleutées. Ce marché est étrangement silencieux : les gens marchent tête baissée, et les vendeurs chuchotent leurs offres. Tout le monde semble retenir son souffle.

Beck avait raison : cet endroit est idéal pour cacher un objet magique. Mais trouver la Pièce ici reviendrait à chercher une aiguille dans une botte de foin.

Soudain nous croisons une tente blanche surmontée d'un panneau : « Tous les voleurs seront changés en pierres ».

Mead se penche vers moi :

– La plupart des vendeurs protègent leurs marchandises par des sorts. Ne pense même pas à en piquer.

Je réprime un rire :

– Tu es sérieux ? C'est à moi que tu demandes de ne pas voler ?

– Je ne voudrais pas que tu prennes de mauvaises habitudes, réplique-t-il avec un air malicieux.

Nous passons ensuite devant un chariot bardé de couteaux devant lequel un jongleur lance des balles enflammées, puis devant un stand orné de roses blanches qui forment les lettres : « Voyance : prédictions seulement ».

Une femme passe avec un grand oiseau en cage, et un vendeur crie :

– Potions, potions, achetez vos potions !

Nous dépassons un autre stand qui ressemble de prime abord à un étal d'herboriste, jusqu'à ce que je me rende compte qu'on y vend des bocaux remplis de… d'yeux ?

Mead s'arrête soudain devant un chariot dépourvu de décoration.

– Pourquoi ici ? je chuchote à Beck.

– Aucune idée, répond-il.

Le vendeur demande :

– Achat ou vente ?

– Vente, dit Mead, sortant un livre de son manteau.

– Il est authentique ? marmonne le commerçant.

– On ne peut pas faire plus authentique, assure Mead.

– Il vient d'où ?

Mead parle si bas que je n'entends pas sa réponse.

– Je t'en donne 200 jamars, dit le vendeur.

Le sourire de Mead n'a rien d'inoffensif

– Je n'accepterai pas moins de 500 jamars, rétorque-t-il.

Le marchand secoue la tête.

Cette négociation s'annonce interminable, alors je regarde autour de moi. Mon attention se porte de l'autre côté de la rue, sur un étal de bijoux scintillants. Il y en a des dizaines exposés dans deux vitrines éclairées par cette lumière bleue surnaturelle. Ce sont de véritables joyaux !

Je tire la manche de Beck qui suit mon regard, et ses yeux s'agrandissent.

Nous nous dirigeons vers l'échoppe sans que Mead ne nous remarque.

Dans les vitrines, il y a des pierres de toutes sortes : rouges, bleues, vertes, jaunes, des améthystes, des rubis, des émeraudes, des saphirs et même des diamants... Je n'avais jamais rien vu de pareil.

Ruhia est une ville minière fondée après la découverte de pierres précieuses sous la montagne. Ce n'est donc pas étonnant de trouver un marché noir de ce genre ici, après tout, mais cet étalage de splendeur est tout de même stupéfiant. Je suis sûre que même la reine de Ruhia ne porte pas tant de joyaux sur sa couronne. Même Beck semble impressionné.

Cependant, nous ne pouvons pas nous attarder : les deux vendeurs ne nous quittent pas des yeux, et l'un d'eux est armé jusqu'aux dents.

Nous rebroussons chemin et tombons sur une tente très odorante surmontée de l'écriteau : « Boutique des

ENCHANTEMENTS PARFUMÉS ». Une affichette en dessous nous promet d'y trouver de quoi « envoûter, piéger et séduire ».

Pas question d'entrer là-dedans !

– As-tu eu l'occasion de chercher la Pièce ? je chuchote.

– Pas vraiment… Ce que j'avais à faire avec Keene a duré longtemps, donc je suis arrivé peu de temps après toi.

– Par où commencer ? je demande, en montrant la profusion de marchandises qui nous entoure.

– Peut-être que nous devrions prendre chacun un côté de la rue ? suggère Beck en fronçant les sourcils. Surveille bien tout ce qui pourrait avoir un lien avec le Clan des Ombres.

Facile à dire, ça peut être tout et n'importe quoi !

Beck traverse la rue, et je suis attirée par quelque chose de brillant posé sur un chariot. Fausse alerte, ce n'est qu'un miroir, grand certes, mais parfaitement ordinaire. À côté, un panneau de bois gravé de lettres élégantes indique : « MIROIR AUX VŒUX ».

Je regarde dedans mais n'y vois rien de spécial : dans le noir, je ne suis qu'une forme vague entourée du reflet des lanternes bleues qui dansent derrière moi.

– Tu dois faire un vœu, jeune fille, lance quelqu'un.

Je me retourne. Une femme aux cheveux roux et aux yeux verts est assise par terre.

– Ce miroir les exauce vraiment ?

– Mieux que ça ! Il te dit comment les réaliser toi-même.

– En quoi est-ce mieux ?

– Tu peux voir ce que ton vœu te coûtera *avant* de le faire.

Je reste muette quelques secondes.

– Je ne comprends pas.

– La magie n'est jamais gratuite et elle entraîne toujours des conséquences. Imagine que tu possèdes un tel miroir et que tu souhaites devenir reine de ton propre pays. Tu claques des doigts et le miroir t'accorde ton vœu. Te voilà reine, tu as eu ce que tu voulais ! Mais il y a un problème : pour te donner un territoire sur lequel régner, il faudra qu'une grande guerre éclate. Et pendant cette guerre, toute ta famille sera tuée. Tu comprends ? En réalisant ton vœu, tu perdras tous ceux que tu aimes. Ce sont les conséquences de la magie.

Le sourire de la femme devient étrange.

– Si tu formules ton vœu en regardant dans le miroir, il ne te montrera pas ton reflet tel qu'il est actuellement, mais tel qu'il sera si tes souhaits sont exaucés.

– Donc si je veux devenir reine, par exemple, il me montrera mon reflet avec une couronne ? En quoi est-ce utile ?

Elle secoue la tête.

– Non, il te montrera tout ce qui adviendra. Une femme qui veut devenir reine se verra sur les champs de bataille. Elle verra la guerre ravager sa maison. Elle se verra en train de serrer les corps inertes de ses proches dans ses bras, elle se verra les enterrer. Elle pourra constater les répercussions de son souhait jusqu'à se voir couronner reine. Alors elle comprendra ce qu'il en coûte de vouloir monter sur le trône. Et bien sûr, elle pourra changer son vœu en conséquence.

Je comprends, à présent : le miroir aide à faire le tri entre les bons et les mauvais vœux. Ce qui me semble *très* utile.

Deux noms me viennent immédiatement à l'esprit : Beck et Ronan.

Pourrait-il me montrer comment les protéger des Ombres ?

La femme ne me quitte pas des yeux et son sourire redevient innocent.

– J'offre un vœu à tous les passants.

– Gratuitement ? Vraiment ?

La femme continue de sourire. Encore. Toujours.

– Existe-t-il des choses vraiment gratuites ? murmure-t-elle.

Ça veut dire non.

Je me souviens de l'avertissement de Mead devant le stand de pâtisseries : si ce n'est pas dangereux, alors ce n'est pas vendu au marché nocturne.

Je me tourne vers le miroir, hésitante. Des lueurs bleues dansent sur sa surface parfaitement ordinaire.

Si je n'ai qu'un seul vœu, à qui dois-je le consacrer ? À Beck ? À mon frère ?

– Rosco ! crie Mead en me tirant brutalement par le bras.

Je me retrouve face à lui. Je ne l'ai jamais vu si inquiet.

– À quoi pensais-tu ? Tu n'as pas fait de vœu, j'espère ?

– Non, je voulais juste…

Je me fais peut-être des idées à cause de l'obscurité et de sa capuche, mais il semble soulagé puis foudroie la femme du regard. Elle se tient toujours près de son miroir, et son sourire n'a pas quitté ses lèvres. C'est terrifiant…

Il m'entraîne dans la rue et relâche mon bras quand nous nous trouvons à bonne distance de la femme.

– Je t'avais bien dit de ne rien faire de stupide ! lance-t-il sèchement.

– Je n'ai rien fait ! Je voulais seulement savoir ce que ce miroir…

– Mets-toi ça dans le crâne : ici, tout est dangereux !

– C'est ridicule ! Le livre que tu essayais de vendre avait l'air parfaitement normal. Et la dame m'a expliqué comment fonctionnait le miroir, et je ne vois pas ce qu'il y a de dangereux là-dedans.

– Rosco… Écoute, je n'ai pas de temps pour ces bêtises. J'ai gaspillé dix minutes à te chercher et j'ai encore des choses à vendre. Où est Reigler ?

Je montre la direction que Beck a prise. Mead soupire puis fonce dans la rue.

J'essaie tant bien que mal de le suivre, esquivant quelques silhouettes encapuchonnées au passage.

– Cet endroit te rend nerveux, pas vrai ? je lui lance.

– Bien sûr que non.

Mais il n'est pas convaincant du tout.

J'ouvre la bouche pour le taquiner mais, juste à ce moment-là, Mead s'arrête et attrape quelqu'un par le coude. C'est Beck, qui était en train de fouiner autour d'une tente.

– Ne la quitte plus jamais des yeux, gronde Mead.

Beck hausse les sourcils et me demande :

– Qu'est-ce que tu as fait ?

– Rien ! Il dramatise, c'est tout.

– Ne vous avisez plus de vous éloigner ! insiste Mead.

Je souffle. Nous ne pouvons pas lui dire *pourquoi* nous avons dû filer en douce, mais je meurs d'envie de lui révéler que nous cherchons seulement à sauver la Guilde et à vaincre les Ombres.

Mead s'éloigne d'un pas rapide. Beck me regarde, hausse les épaules et part à sa suite.

– Tu as trouvé quelque chose ? je lui demande en trottinant pour le rejoindre.

– Rien. Et toi ?

– Pas mieux.

Je regarde Mead qui nous distance de quelques mètres et demande à Beck :

– Mead n'aime pas cet endroit, n'est-ce pas ?

Il rit.

– Ne lui dis pas que je t'ai raconté ça, mais Mead a toujours eu un peu peur de la magie.

– Vraiment ?

– Un jour, il a eu la mauvaise idée de faire les poches d'un magicien. Celui-ci lui a lancé un sort et, après ça, chaque fois qu'on l'appelait par son nom, Mead entonnait l'hymne national de Ruhia.

J'éclate de rire en imaginant la situation.

– Combien de temps le sort a-t-il duré ?

– Une semaine. Bray et Flint se sont bien amusés.

– Oh, et je suis certaine que toi, tu n'as pas profité de la situation !

– Bien sûr que non ! Je suis pur et innocent !

Je ris à nouveau. Devant nous, Mead se retourne et proteste :

– J'entends ce que tu dis, menteur.

– Qui, moi ? Je n'oserais pas.

– Oh, tu es tellement innocent que tu as payé Rosalia cinquante jamars pour qu'elle me suive et crie mon nom toute la journée !

– Faux ! Elle s'est portée volontaire.

Mead nous jette un regard noir avant de se retourner et de repartir.

– Je n'arrive pas à croire que tu ne m'aies jamais raconté cette histoire, je chuchote à Beck

– Ne m'obligez pas à revenir pour vous traîner par la peau du coup ! crie Mead par-dessus son épaule.

Ce qui nous fait éclater de rire à nouveau.

Je me rappelle alors ces moments où, au repaire, je plaisantais avec Beck, Mead et tous leurs amis. C'est pour ça que je veux aider Beck et Rosalia. Je ne veux pas sauver la Guilde en tant que telle, je veux sauver ceux qui en font partie.

Mead s'arrête soudain devant une tente surmontée d'une pancarte indiquant « TRÉSOR ».

– Notre destination, précise Mead.

Il soulève la toile qui ferme l'entrée et nous pénétrons à l'intérieur.

Cette tente est faiblement éclairée par des chandelles et des lanternes disposées çà et là. L'espace est occupé par plusieurs tables en bois, des bancs et des chaises de toutes tailles et des petits meubles disposés un peu partout. L'air est saturé de fumée et d'une odeur métallique que je ne parviens pas à identifier.

Mead nous guide à travers ce bazar. Le bruit de nos pas est étouffé par le tapis sombre qui recouvre le sol. Des tentures et des couvertures sont disposées un peu partout, et les meubles sont jonchés d'objets variés : une bombonne en verre remplie de liquide, des bols dorés, des verres en cristal, une statue sophistiquée, un vase bleu aussi haut que moi, une balance en laiton, des billes multicolores…

Mead se déplace trop rapidement pour que j'aie le temps de regarder attentivement ce bric-à-brac, mais je devine ce que ces objets ont en commun : ils ont tous été volés.

Voilà donc où finissent la plupart des biens dérobés par la Guilde.

Et la Pièce pourrait bien se trouver quelque part dans ce fatras. Les Ombres ne veulent pas la vendre, bien sûr, mais ils pourraient facilement la cacher ici, où personne ne la retrouverait sans indications précises. Beck et moi compris.

J'atteins le fond de la tente où trône un large comptoir derrière lequel se trouvent un vendeur et deux vitrines dont le contenu scintille dans la lueur des lanternes.

– Puis-je vous renseigner ? demande le vendeur.

Pour la première fois depuis notre arrivée au marché nocturne, Mead abaisse sa capuche :

– Bonjour, Tarren.

Le visage de l'homme s'illumine.

– Monsieur Mead, ça alors !

– Comment vont les affaires ?

Tarren se renfrogne légèrement.

– Elles ne se sont jamais si bien portées, mais il semble que le roi se montre… prudent, depuis quelque temps. Les voleurs de la Guilde m'apportent de moins en moins de leurs trésors, ces derniers mois. Enfin, sauf nos amis communs.

« Nos amis communs »… Il doit parler des Ombres. Je parierais cent jamars – si je les avais – que cet homme double la Guilde en faisant affaire avec le Clan.

Mon sang commence à bouillir dans mes veines, mais je dois rester impassible. Techniquement, je suis ici en tant qu'Ombre. Je dois faire comme si je me moquais que la Guilde ait apporté la plupart des biens qui se trouvent sous cette tente et que, pour la remercier, ce vendeur trafique avec les Ombres.

Mead se contente de hocher la tête.

– À ce sujet, j'ai quelque chose qui pourrait vous intéresser.

– Quelque chose qui ne concerne pas la Guilde, si je comprends bien.

– Vous comprenez bien.

Tarren nous regarde d'un air suspicieux, Beck et moi.

– Et ces deux-là…

– Ils font partie de nos amis communs, répond Mead.

Le vendeur hoche la tête et Mead sort de sa poche un objet doré. Est-ce que ce serait la Pièce ?

Je me rapproche tandis qu'il tend l'objet à Tarren, et mes espoirs s'effondrent. C'est une épingle à cheveux. Elle est très belle, est ornée de joyaux et doit valoir très cher. C'est le genre de bijou qu'une noble pourrait porter lors d'un bal. Mais ce n'est pas la Pièce.

– Authentique ? demande l'homme.

– De l'or d'Astian massif, répond Mead.

– Et l'émeraude ?

– Authentique aussi. Vérifiez par vous-même.

Tarren pose l'épingle à cheveux sur son comptoir et l'observe à l'aide d'une sorte de loupe.

Son inspection va durer un moment, et j'en profite pour regarder autour de moi. La Pièce est sûrement dans les parages. Tarren ne la laisserait pas loin de son comptoir, mais il ne l'exposerait pas à la vue de tous. Elle doit se trouver dans un endroit auquel lui seul peut accéder.

Je regarde les vitrines disposées de part et d'autre du comptoir. Difficile de bien voir dans la pénombre, mais celle de gauche renferme une sorte de couronne. Elle ne semble ni en argent ni en or – ce n'est donc pas une couronne royale. Sur l'étagère du dessous sont exposés un coffre en bois ainsi qu'un coussin bleu sur lequel reposent des joyaux rouge scintillant. Il y a d'autres objets au fond que je distingue mal, mais ils sont tous trop gros pour être la Pièce.

La vitrine de droite contient des objets similaires.

L'arrière du comptoir est donc le dernier endroit où il serait logique de cacher la Pièce. Mais bien sûr, impossible de m'en assurer sans éveiller les soupçons du vendeur. Et puis ce ne sont que des suppositions. Les Ombres confieraient-ils un objet aussi précieux à Tarren ?

Mead et le commerçant concluent leur transaction et se mettent d'accord sur un prix. Pourtant, Tarren ne donne pas d'argent à Mead. Celui-ci ne paraît pas s'en soucier et nous fait signe de le suivre hors de la tente.

– Pourquoi ne t'a-t-il pas payé ? je lui demande quand nous avons retrouvé l'air froid du marché.

– C'est trop risqué de se promener avec autant d'argent ici, m'explique-t-il. Les vendeurs sont capables de protéger leur marchandise par des sortilèges, mais pas moi. Je ne veux tenter aucun voleur.

– Alors il donnera l'argent aux Ombres, mais ailleurs ?

– Exactement. Mais j'ignore où cela se déroulera : les Ombres les plus haut placés gèrent cette partie de la transaction. Moi, je ne suis qu'une sorte de messager.

Je suis sûre que c'est faux. Le Clan fait confiance à Mead pour transporter des objets de valeur et se charger des négociations. Il ne fait peut-être pas partie des chefs des Ombres, mais il n'est certainement pas un simple messager.

Soudain, Mead m'attrape par le bras si brutalement que je manque de tomber et m'entraîne avec lui dans un recoin sombre entre deux stands. Beck nous suit précipitamment.

Je dégage mon bras et commence à râler

– Mais qu'est-ce que tu…

– Chut ! fait Mead.

Il baisse davantage sa capuche sur son visage et, d'un signe de tête, nous montre deux silhouettes dans la rue.

C'est Kierr, un garçon que j'ai rencontré au repaire. Il est accompagné de Dryn, la fille qui m'avait entraînée pour mon épreuve.

Deux amis de Beck et de Mead.

– Pourquoi se cacher d'eux ? je demande.

– On ne m'a pas envoyé en mission au marché nocturne récemment, explique Mead. Je ne peux pas prendre le risque qu'ils racontent au roi que je me trouvais là où je ne devrais pas être. Kerick comprendrait ce que je trafique. Et puis vous non plus, vous n'êtes pas censés être ici.

– Hé, je ne suis même pas membre de la Guilde ! je proteste. Je peux visiter les marchés illégaux sur mon temps libre si je le veux !

Mead ricane.

– Tu vis avec un avocat et une Protectrice, Rosco. C'est comme si tu étais une espionne pour l'ennemi, maintenant.

– La Protectrice ne vit même pas avec nous, je te signale. Et puis ça te va bien de parler de l'« ennemi », quand toi-même tu...

– Baisse d'un ton ! murmure Mead.

Trop tard...

Kierr tourne la tête dans notre direction et sonde l'obscurité en plissant les yeux. Dryn s'arrête à son tour.

– Qu'y a-t-il ? demande-t-elle.

– Mead ? appelle Kierr, visiblement confus.

Beck et lui partent à toutes jambes et je les suis. Je suis plus rapide qu'eux et les double facilement dans l'allée centrale du marché. Il faut que nous prenions de l'avance pour les perdre dans la foule.

Derrière nous, quelqu'un crie, mais je ne me retourne pas. Je continue de courir, frôlant les silhouettes sombres et encapuchonnées, ignorant les protestations et les cris des vendeurs. J'évite de justesse un homme chargé d'un grand panier rempli de fruits à la peau noire qui se déversent sur les pavés.

Bientôt, nous arrivons à un carrefour et je ralentis.

– À droite ! À droite ! crie Mead dans mon dos.

Je bifurque donc à droite et, presque aussitôt, Beck arrive à mon niveau.

– Par ici ! dit-il.

Nous nous engouffrons dans une gigantesque tente blanche et refermons la toile derrière nous pour camoufler l'entrée.

– On devrait être tranquilles un moment, assure Beck, haletant. Ils croiront qu'on les a semés dans la foule.

– Vous pensez qu'ils nous ont reconnus ? je demande.

– Difficile à dire, intervient Mead. Avec un peu de chance, Kierr se dira qu'il a mal vu.

Puis il récite tout bas une prière à sainte Ailara.

Je hausse les sourcils.

– Je ne savais pas que tu étais croyant !

– Seulement quand je suis d'humeur, répond-il.

– Donc quand tu as des problèmes, si je comprends bien.

– Exactement.

J'observe l'endroit où nous nous sommes réfugiés. L'intérieur est sombre et une sorte de fumée violette flotte dans l'air.

Au fond de la tente, le vendeur est distrait par des clients encapuchonnés et ne nous prête pas attention. Je ne sais pas ce qu'ils négocient, et je ne veux pas le savoir.

Beck jette un coup d'œil dehors.

– On dirait que la voie est libre, signale-t-il.

Nous ressortons prudemment. La rue grouille de monde, mais je ne vois personne que je connais.

– On les vraiment semés ?

– Peut-être, fait Mead, mais allons-y avant que…

Mais Kierr et Dryn apparaissent au coin de la rue et se dirigent droit sur nous.

Mead renverse la tête en arrière, regarde les étoiles et gémit :

– Pas merci, Ailara !

Et nous repartons en courant dans la rue et traversons le marché dans le froid et la nuit noire.

DIX-SEPT

Nous sortons du marché et Beck part chercher le thilastri qui l'a amené ici, tandis que Mead et moi retrouvons Jiavar. Elle nous ramène tous les deux au point de rendez-vous et, bien que le voyage soit tout aussi éprouvant qu'à l'aller, je m'en aperçois à peine, trop occupée à lutter pour garder les yeux ouverts...

Jiavar propose de me déposer devant l'appartement, mais je préfère rentrer seule afin que ni la Guilde ni les Ombres ne puissent découvrir où vit Ronan. Les traîneaux étant rares la nuit, je marche dans la neige en grelottant.

De retour dans l'appartement sombre, je rince mes bottes couvertes de neige sous l'eau chaude avant de les ranger dans ma garde-robe et je me glisse dans mon lit.

Quelques heures plus tard, Mari me réveille. La lumière de l'aube filtre à peine à travers la glace qui recouvre ma fenêtre.

– Debout !

Évidemment, Mari est du matin… Être aussi enjoué à cette heure-là devrait être interdit.

– Mmmh, je gémis en me cachant sous la couverture.

– Je crois bien que Ronan prépare du chocolat chaud.

Je jette la couverture sur le côté et me redresse d'un coup.

– Tu aurais dû commencer par ça !

– Noté pour la prochaine fois, dit-elle en souriant, mais dépêche-toi avant que ton frère ne boive tout !

Malgré sa bonne humeur, elle a l'air fatiguée et de gros cernes se sont installés sous ses yeux : elle doit prendre son service tôt ce matin pour être déjà chez nous. Je me précipite dans la cuisine où Ronan est en train de verser du chocolat dans des tasses colorées et ébréchées.

– Juste à temps, déclare-t-il. Tu as bien dormi ?

– Très bien, mais il est beaucoup trop tôt, alors j'ai besoin d'une très grande tasse !

– Et une grande tasse, une !

Ronan, Mari et moi prenons le petit déjeuner ensemble, puis ils se préparent pour aller travailler. À la seconde où ils partent, je retourne dans ma chambre pour m'emmitoufler dans mon manteau. Dans ces moments-là, Azeland me manque : là-bas, je n'avais pas besoin de me préparer pendant des heures pour sortir. Je ne sais pas comment je vais tenir tout l'hiver…

Je laisse un mot pour Ronan au cas où il rentrerait pour s'assurer que je suis bien à la maison – sans dire où je vais, bien entendu – puis je m'éclipse.

Je me rends d'abord à notre cachette à messages, mais le tronc d'arbre est vide. Puis je me dirige péniblement vers la colline à cause de la neige et des branches alourdies par la glace qui me font trébucher. Beck et Rosalia ont dû effacer leurs traces car je ne distingue aucune empreinte et le sommet de la colline est immaculé.

Quand j'atteins enfin la chapelle, je remarque que quelqu'un a dégagé la neige devant la porte. À l'intérieur, un feu brûle dans la cheminée.

– Beck ?

– Salut, lance-t-il depuis la loge du haut.

Je me retourne pour le voir descendre tout en écartant ses cheveux en bataille de ses yeux.

– Comment ça va, l'orféline ?

– Bien, je réponds, en ignorant la drôle de sensation dans mon estomac que provoque ce surnom. Personne n'a remarqué que j'ai fait le mur la nuit dernière. Et toi, tu es rentré sans problème ?

– Oui.

– Au fait, tu ne m'as jamais dit ce que tu fabriquais avec Keene, avant qu'on se retrouve... Tout s'est bien passé ?

– Oui, plutôt, mais ils ne m'ont rien fait faire d'important. J'ai monté la garde pendant que des gars entraient dans un immeuble pour voler des trucs. J'ai essayé de leur soutirer des infos, mais ils n'ont rien lâché. Le marché nocturne a été plus intéressant, en revanche !

– Je ne dirais pas ça, on n'a même pas localisé la Pièce !

– Mais on a appris qui fait du recel pour les Ombres, et ça, c'est quelque chose que je peux rapporter au roi.

Beck porte un bol à ses lèvres et avale un peu de porridge.

– Beurk… Rappelle-moi de t'apporter une cuillère, la prochaine fois…

Il m'ignore.

– As-tu vu quelque chose, quand on s'est séparés ? Un endroit où ils pourraient cacher la Pièce ?

– Tu plaisantes ? je m'écrie. J'ai vu un *million* d'endroits où pourrait se trouver cette maudite Pièce.

Beck fronce les sourcils et tapote son bol de l'index.

– Honnêtement, je ne suis pas sûre qu'elle soit au marché nocturne, ça n'aurait pas de sens, j'ajoute. Les Ombres ou leur chef doivent la garder toujours sur eux. Pourquoi la confier à quelqu'un d'autre ?

Beck hoche la tête.

– Tu n'as pas tort…

Je me mets à faire les cent pas devant le feu.

– On ne sait toujours pas qui est le chef, d'ailleurs. Ça pourrait être cette fille qui était à la maison, mais on n'en est pas sûrs… Tout cet espionnage, et on n'est pas plus avancés qu'au début.

– Ce n'est pas tout à fait vrai, objecte Beck en souriant. J'ai quand même obtenu une info utile de Keene : apparemment, ils préparent une réunion très importante et secrète dont tout le monde parle. Le chef des Ombres est censé intervenir à cette réunion. Je ne suis pas certain que les nouvelles recrues puissent y assister, mais je pense qu'on devrait essayer de se faire inviter.

– D'accord, mais quand tu dis « bientôt », tu veux dire…

– Demain.

Je soupire.

– Mais on vient à peine d'avoir une réunion avec les Ombres ! Pourquoi si tôt ?

– Hé ! Ce n'est pas moi qui organise tout ça, proteste-t-il.

– Si c'était toi, tout serait tellement plus efficace : pas de temps gaspillé, juste un plan simple et direct !

– C'était vraiment un compliment ?

– Bien sûr que non ! Je n'ai pas dit un *bon* plan. Ce serait un plan imprudent, dangereux, et voué à l'échec. Mais… il y aurait des schémas et des cartes ! Plein de cartes.

– Qu'est-ce que tu as contre les cartes ?

– Et des listes et des tableaux et des horaires et…

– Eh bien, si c'était *toi*, Alli, qui dirigeais les Ombres, il n'y aurait pas de plan du tout. Tu te contenterais d'ordonner : « Allez là. Volez ça. Débrouillez-vous. »

– Parfois, improviser est plus efficace que compter sur un plan qui devient inutile dès que les choses tournent mal. Et sache que je suis très douée pour élaborer des stratégies. Comment crois-tu que j'échappe à mon frère pour comploter contre les Ombres ?

– Je pense que tu improvises en espérant ne pas te faire prendre…

Ce n'est pas faux, mais hors de question de l'admettre, alors je change de sujet :

– Tiens, en parlant d'échapper à mon frère, je suppose que cette réunion aura encore lieu la nuit ? Je ne sais pas comment je vais faire, cette fois. Je ne peux pas encore faire semblant d'être malade, ni saboter à nouveau le thé de Ronan sans éveiller ses soupçons…

– En fait, cette fois, ce sera à midi.

– Eh bien, ça, c'est déjà un soulagement. Mon frère sera au travail donc je n'aurai pas à filer en douce. Il n'aime pas quand je disparais trop longtemps.

– Vraiment ? Qu'est-ce qui s'est passé ?

– On s'est disputés la dernière fois que je suis rentrée tard sans lui dire où j'étais. Je ne suis pas habituée à ce que des adultes se soucient de savoir où je suis…

Le visage de Beck s'assombrit l'espace d'une seconde.

– Ça n'a pas l'air mal, pourtant.

– Oui, eh bien, tu détesterais ça.

Il hausse les épaules.

– Si tu le dis.

Il m'agace : je vois bien que, pour lui, je suis une gamine gâtée qui se plaint d'avoir un couvre-feu. Mais il ne sait pas ce que c'est ! Retrouver ma famille n'a pas rendu ma vie parfaite : je suis toujours Alli, la fille qui a cambriolé le manoir Atherton des mois plus tôt. Peu importe mes efforts, je n'arrive pas à être la sœur idéale, je reste une voleuse.

Mais je ne sais pas comment lui expliquer ça. Les mots s'embrouillent dans ma tête, alors je coupe court à la discussion.

– Ça n'a pas d'importance.

Les portes de la chapelle grincent bruyamment et Beck et moi sursautons. Rosalia fait son entrée en époussetant la neige de son manteau. À part ses joues roses, rien n'indique qu'elle vient de marcher à travers les bois enneigés. Ses cheveux sont toujours parfaitement coiffés et pas une mèche ne s'échappe de ses tresses.

– Rosco ! Tu as laissé des traces qui auraient pu mener n'importe qui droit à nous, gronde-t-elle en guise de salutation.

Elle remonte l'allée pour nous rejoindre puis s'arrête pour réchauffer ses mains gantées devant le feu.

– J'ai du nouveau, lâche-t-elle en regardant Beck.

– Où étais-tu ? je demande.

Mais elle fait comme si je n'existais pas.

– Le nouvel intendant vient de commander plusieurs missions et plusieurs personnes sont attendues demain à une réunion avec le roi en personne. Dont toi et moi.

– Tu en es sûre ? demande Beck.

Rosalia lui lance un regard noir.

– Évidemment que je suis sûre ! J'ai demandé à quelques amis de me tenir informée et ils ont fait passer des messages à ma famille depuis la Guilde. Apparemment, tout le monde pense que le roi prépare quelque chose d'important. Ça fait un moment qu'il n'a pas convoqué autant de monde en même temps.

– Ça doit être à propos des Ombres, suppose Beck.

– Exactement.

– Tu comptes y aller ?

– Oui. Je ne veux pas que Kerick pense que ma famille a déserté, il enverrait des voleurs à nos trousses et ce serait plus compliqué de se cacher. Il faut seulement que je me prépare à affronter les Ombres que je pourrais croiser là-bas.

– Te préparer ? je demande.

Rosalia se tourne enfin vers moi. Une lueur féroce brille dans ses yeux. Elle ne précise pas sa pensée mais c'est inutile : je me souviens de la fois où elle m'a menacée d'un couteau, et je sais qu'elle sera bel et bien préparée.

– Tu vas y aller ? je demande à Beck, même si je connais déjà la réponse.

– Évidemment, je suis sûr que le roi veut des informations sur ce que nous avons fait.

– Ce qui est un problème, car nous n'en avons pas vraiment, je lui fais remarquer.

– As-tu vu mon frère ? nous interrompt Rosalia.

Elle essaie de ne rien laisser paraître mais je commence à mieux la cerner : derrière son apparence impassible, elle est très inquiète.

– Il n'était pas à la réunion et je ne l'ai pas vu au marché nocturne, je réponds. Et toi, Beck ?

– Non… J'ai bien essayé de demander à Keene, mais il n'a pas été d'une grande aide.

– Donc on n'a aucune information sur rien, je grommelle.

Beck se redresse brusquement, soulevant un nuage de poussière, et s'écrie :

– Mais on en aura ! Il y a cette réunion demain, tu te souviens ?

Il se tourne vers Rosalia.

– Quand devons-nous être de retour au repaire ?

– Demain à 14 heures, dit-elle.

– Ce sera serré, mais c'est jouable. Pourrais-tu demander à quelqu'un d'organiser l'arrivée d'un thilastri pour nous ?

– Je verrai ce que je peux faire.

Beck hoche la tête et ajoute :

– Alli et moi irons à la réunion des Ombres pour en apprendre le plus possible, et peut-être que nous pourrons fouiller la planque à la recherche de la Pièce. Ensuite, je te rejoindrai, Rosalia, et nous volerons en thilastri vers la Guilde pour voir le roi, et je pourrai lui dire tout ce que nous avons découvert. Et même lui donner la Pièce, si nous la trouvons avant !

Quelque chose me dit que rien de tout cela ne sera aussi simple.

– Et si on ne met pas la main dessus ? Ou si nous ne découvrons rien d'autre ? je demande.

– Nous en savons déjà plus que tu ne le crois, me rassure Beck. Nous savons où se trouve leur planque, qui sont certains de leurs membres et comment ils s'organisent. Et nous savons qu'il y a au moins quelques vendeurs au marché nocturne qui font du recel pour les Ombres.

– Mais nous ignorons toujours qui est leur chef... je note.

– Eh bien, faisons en sorte de le découvrir demain !

Beck a ce regard déterminé que je lui connais bien, celui qui signifie qu'il ira jusqu'au bout... Comme je l'ai appris à mes dépens.

– Rien de tout cela n'aura d'importance sans la Pièce, objecte Rosalia. Le roi doit l'avoir pour préserver sa légitimité.

– Sans parler des pouvoirs magiques qu'elle lui accorderait, pas vrai ? je dis.

– Il y a peu de preuves que ces pouvoirs existent. C'est surtout un symbole, pas tellement un talisman magique, précise Rosalia.

– Si ce n'est qu'un symbole, alors pourquoi le roi a-t-il tant besoin de la récupérer ?

Rosalia me regarde avec intensité avant de lâcher :

– Ne sous-estime pas les symboles. Ils ont un pouvoir en eux-mêmes.

– Peu importe, nous interrompt sèchement Beck. Nous sommes tous d'accord pour dire que la Pièce est importante et que la trouver doit être notre priorité absolue.

Je croise les bras.

– Si ça se trouve, elle est quand même magique, je bougonne. Et de toute façon, ma priorité à moi, c'est de découvrir qui a ajouté le nom de mon frère à cette liste de malheur.

– Mais si nous trouvons la Pièce, les Ombres seront vaincus, et tu n'auras plus à te soucier de celui qui en veut à Ronan, dit Beck.

Rosalia prend un air inquisiteur et me demande :

– Rosco, tu es vraiment certaine que ton frère n'est pas impliqué dans la Guilde d'une manière ou d'une autre ? Ou dans une affaire criminelle ? Cela n'a pas de sens que son nom soit apparu sans raison.

– N'importe quoi ! Ronan est la personne la plus ennuyeuse de la planète. Il passe toute la journée à son cabinet d'avocat ou à étudier ses livres !

Mais même en disant cela, je ressens une sensation étrange. Je n'ai pas vécu avec Ronan très longtemps. Finalement, est-ce que je le connais si bien que ça ? Pourrait-il me cacher quelque chose ?

– C'est peut-être simplement parce qu'il est avocat, avance Beck. Peut-être qu'il a envoyé une Ombre en prison ?

Rosalia hoche la tête comme si c'était logique. Pourtant, ce n'est pas une explication satisfaisante car Ronan m'a bien dit qu'il ne s'occupait que de droit des affaires…

Je garde ça pour moi car, instinctivement, je veux le défendre, même si je commence moi-même à avoir des soupçons.

– Ou ça pourrait être à cause de sa petite amie Protectrice, je dis. Peut-être qu'elle a arrêté un membre du Clan ?

– Dans ce cas, pourquoi n'est-ce pas son nom à elle qui apparaît sur la liste ? demande Beck.

Rosalia secoue vivement la tête, elle a autre chose en tête :

– Les Ombres pourraient vouloir menacer la Protectrice en s'en prenant à son petit ami.

Cette hypothèse est déjà plus convaincante et me soulage un peu... Peut-être que mon frère n'a rien fait de mal.

– Bon, reprend Beck, que pouvons-nous tenter à la réunion de demain ?

– Je ne sais pas... Ils nous ont surveillés de près, la dernière fois.

– Oui mais cette fois, on devrait avoir davantage de liberté : je crois qu'il y aura plus de monde à cette réunion, donc moins de risques d'être observé à la loupe.

– Ou plus de gens susceptibles de nous attraper, j'ajoute.

Beck se met à faire les cent pas devant la cheminée : ça y est, il planifie et rien ne pourra l'arrêter.

– Peut-être qu'on devrait arriver plus tôt... Ils seront encore en train de préparer la rencontre, beaucoup de voleurs arriveront, il y aura du va-et-vient... Personne ne nous posera de questions si on explore la maison.

– Et si vous prétendiez chercher Mead ? suggère Rosalia en regardant le feu. Il vous couvrirait si on lui demandait de confirmer vos dires.

– Bonne idée, dit Beck en se passant une main dans les cheveux.

– Non, *mauvaise* idée ! je rétorque. On ne peut pas lui faire confiance, il ne pense qu'à lui !

– Peut-être qu'il pense un peu à d'autres personnes ? dit Rosalia, avec une pointe d'amusement dans la voix et en désignant Beck du regard.

Car elle sait ce que je sais : Mead tient à Beck presque autant qu'à lui-même.

– Tu penses qu'il mentirait pour nous ?

J'insiste sur le « nous » pour signifier que je parle surtout de Beck.

– Oui… Si ça ne le met pas directement en danger, je ne vois pas pourquoi il ne le ferait pas.

– C'est la seule solution, marmonne Beck, trop occupé à réfléchir pour remarquer notre échange.

– Ce n'est pas parce que c'est la seule solution que c'est forcément un bon plan, Beck ! je grommelle.

Rosalia soupire.

– Ça t'est déjà arrivé de dire quelque chose de constructif, ou tu te contentes de geindre et de laisser les autres trouver des idées ?

– Oh, maintenant c'est *toi* qui me trouves trop négative ? je m'indigne. Tu es la reine du pessimisme !

Rosalia s'apprête à répondre, mais Beck l'interrompt.

– Vos chamailleries ne nous font pas avancer !

– C'est elle qui a commencé, je murmure, provoquant un soupir désespéré de Beck.

– Bon, écoute. Viens ici dès que tu peux t'éclipser de chez ton frère, ensuite nous irons à la réunion des Ombres tôt pour chercher la Pièce. Si quelqu'un s'interroge sur ce que nous fabriquons, nous prétendrons que nous cherchons Mead. Que nous trouvions la Pièce ou non, nous resterons pour la réunion et découvrirons l'identité du chef du Clan ! Ensuite, je rejoindrai Rosalia pour faire notre rapport au roi.

– Donc je fais tout le boulot, Rosalia fait un rapport au roi et récolte les lauriers ? Super.

Beck ferme les yeux, agacé.

– Nous mentionnerons évidemment ton rôle…

– Oh, c'est trop gentil ! je réponds d'un ton ironique.

Rosalia lève les yeux au ciel. Contente de mon effet, je continue, juste pour l'embêter :

– Et quand tout sera fini, je tiens à un défilé en mon honneur. Une fête annuelle de la Guilde. Avec des confettis, du gâteau et des ménestrels chantant mes exploits.

Beck rit et demande :

– Et quelles seraient les paroles de ces ballades ?

– Quelque chose qui dirait que moi, Alli, j'ai vaincu les méchantes Ombres parce que je suis intelligente, courageuse et talentueuse et…

– Modeste, glisse Beck.

– Et futée et courageuse et…

– Là, tu ne cites que des synonymes, Rosco, persifle Rosalia.

– Et héroïque et audacieuse et brillante et…

Je cherche d'autres adjectifs.

– Hardie ? suggère Beck en souriant.

À ma surprise, Rosalia sourit aussi.

– Intrépide. Audacieuse. Spirituelle… propose-t-elle.

Cette fille n'arrêtera jamais de me surprendre.

– … Et agaçante, ajoute-t-elle (voilà qui lui ressemble plus). Désagréable, paresseuse, arrogante, colérique, insupportable, ennuyeuse et…

– Maintenant, c'est toi qui ne cites que des synonymes !

– Et beaucoup trop sarcastique, bien sûr… conclut-elle.

Beck éclate de rire.

– Eh bien je vous laisse, puisque mes talents sont ignorés !

Sur ce, je tourne les talons et pars vers la porte d'une démarche théâtrale.

– Ah oui, j'avais oublié : comédienne, ajoute Rosalia, ce qui fait encore plus rire Beck.

– Vous verrez ! je crie. Quand on aura trouvé cette fichue Pièce, vous me vénérerez ! Vous verrez !

Je sors en trombe dans la neige fermant la porte sur leurs éclats de rire.

Bon, d'accord, tout ça était peut-être un petit peu drôle. Mais je ne l'admettrai jamais devant Rosalia.

J'attrape une branche et je balaie devant moi tout en marchant à reculons pour effacer mes empreintes – je ne voudrais pas que Rosalia me reproche encore d'avoir laissé mes traces visibles.

Cette opération prend un temps fou et ma branche n'est pas très efficace. Et puis je dois sans arrêt regarder par-dessus mon épaule pour voir où je mets les pieds. Après une minute ou deux, mes mains sont engourdies et les muscles de mes bras me brûlent. Je n'arrête pas de trébucher dans les racines et les branches couvertes de glace me fouettent à chaque pas. J'ai bien envie d'abandonner à mi-chemin, mais la voix de Rosalia m'accusant d'être négative et paresseuse résonne dans ma tête, alors je tiens bon pour lui montrer de quoi je suis capable.

Une fois en bas de la colline, mes bras me font tellement souffrir que je peux à peine soulever la branche, mais mes empreintes de pas ont quasiment disparu.

Prends ça, Rosalia Peakes !

Demain, je lui montrerai ce que je vaux. Je trouverai la Pièce, je rencontrerai le chef des Ombres et le roi aura une telle dette envers moi qu'il m'offrira une montagne d'argent. Rosalia sera bien obligée de ravaler ses paroles. En plus, j'aurai tellement d'or que je pourrai engager un ménestrel pour composer cette ballade sur mes exploits. Partout où Rosalia ira, le ménestrel surgira de l'ombre pour chanter ma grandeur, et là, on verra bien qui rira !

Mais mon instinct me souffle que trouver la Pièce et vaincre les Ombres ne seront pas si simples. Rien dans ma vie ne se passe jamais vraiment comme prévu.

DIX-HUIT

La maison du 218, rue Astian-Sud est comme dans mon souvenir : de jolies fenêtres encadrées de pots de fleurs colorés, une pelouse recouverte de neige, un petit portail décoré. Difficile d'imaginer que les Ombres opèrent ici…

Beck et moi avons peu parlé en chemin. Je l'ai retrouvé plus tôt à la chapelle, comme prévu, mais il semble distrait, ou peut-être inquiet de ce qui va se passer aujourd'hui. Il ne me fait même pas la leçon sur chaque étape du plan comme il a l'habitude de le faire…

– Prêt ? je demande en ouvrant le portail.

Il hoche la tête alors je monte les marches du porche, attrape le heurtoir et frappe deux fois. La jeune femme, celle qui semble posséder la maison, ouvre la porte et nous regarde de haut.

– Vous êtes en avance. La réunion n'aura pas lieu avant une heure.

– Je sais, je réponds. Mais j'espérais pouvoir parler à Koby Mead avant le début. C'est à propos de mes prochaines missions.

Elle me dévisage un moment avant de se tourner vers Beck.

– Et toi ?

– Nous avons partagé une calèche, dit-il simplement.

Elle regarde derrière nous, vers la rue.

– Je ne vois pas de calèche.

– Nous avons demandé au cocher de s'arrêter plus loin pour ne pas éveiller les soupçons des voisins, je réponds.

La neige a suffisamment fondu pour que des voitures tirées par des chevaux soient de retour dans les rues. Mon mensonge est crédible.

Elle recule alors pour nous laisser passer et déclare :

– Utilisez la porte de derrière, la prochaine fois. Je ne veux pas qu'on puisse vous voir.

– Entendu, dit Beck.

– Ivo va prendre vos manteaux.

Ce qui signifie évidemment qu'il va à nouveau nous fouiller pour vérifier que nous ne sommes pas armés.

– Mead était au premier étage, la dernière fois que je l'ai vu, ajoute-t-elle.

– Merci, dit Beck.

Pour toute réponse, elle laisse échapper un grognement et disparaît au salon.

Une fois la fouille terminée, nous montons l'escalier étroit et grinçant et arrivons dans un petit vestibule rond avec des portes de toutes parts. Un tapis circulaire bleu et rouge couvre le plancher, et des peintures poussiéreuses ornent les murs, éclairées par la lumière chaude d'une chandelle posée sur une petite table qui fait face à l'escalier.

– Quelle porte ? je demande à Beck.

– On les essaie toutes ?

– C'est un plan très nul.

– Chut, fait Beck. Ta voix résonne.

– Désolée.

J'ouvre la porte la plus proche : elle donne sur une petite chambre exiguë décorée de la même manière que le reste de la maison avec des meubles en bois pittoresques, des couleurs vives, des portraits sur les murs, du papier peint fleuri. Une couverture est pliée sur un lit impeccablement fait. Mais il n'y a personne.

– Tu penses que… ? je commence.

– Non, d'après la poussière, cette chambre est peu utilisée. Et puis c'est la porte la plus proche de l'escalier, donc la première chambre sur laquelle on peut tomber. Pas l'endroit le plus logique pour cacher la Pièce…

La porte suivante débouche sur une petite salle de bains. J'ouvre et fouille le seul placard, mais il n'y a rien, excepté quelques savons parfumés et une pile de serviettes.

Beck passe ses mains sur les murs, cherchant quelque chose – des compartiments cachés ? Des espaces creux ? – et je tire le rideau de douche : nulle part où cacher la Pièce.

– Vérifie les carreaux, chuchote Beck. Peut-être que certains se descellent.

Je m'exécute, mais aucun des carreaux ne semble bouger. Pendant ce temps, Beck inspecte le réservoir des toilettes, mais il revient bredouille.

– Bon, je pense que ce n'est pas ici, je dis.

Nous sortons discrètement de la salle de bains et ouvrons la porte suivante : c'est à nouveau une chambre, mais encore moins utilisée que la précédente à en juger par les toiles d'araignée…

Je regarde Beck qui secoue la tête.

– La Pièce sera plutôt dans la chambre utilisée par le chef ou la femme… Quelque part où ils peuvent garder un œil dessus. On n'a pas le temps de fouiller la maison de fond en comble, cherchons dans les pièces les plus évidentes, et nous explorerons les autres si on ne trouve rien.

La dernière porte du vestibule circulaire mène à une pièce bien plus grande que les précédentes. Quelques fauteuils sont rangés dans un coin à côté d'une bibliothèque. Dans le coin opposé se trouve un escalier en spirale menant au deuxième étage. Une enquête plus approfondie révèle également des placards remplis de meubles et de boîtes.

– La Pièce pourrait être n'importe où ! je gémis. On fouille au hasard, c'est ça ?

Beck paraît préoccupé. Il se contente de répondre :

– Continuons à chercher.

Après nous être assurés que la bibliothèque ne mène pas à un passage secret, nous montons l'escalier.

Là-haut, les pièces semblent servir davantage que celles du premier étage. Nous entrons dans une salle de bains quasi identique à la première, mais visiblement utilisée : une serviette mouillée traîne par terre, le lavabo est constellé de gouttes d'eau et des bulles de savon sont encore collées à la baignoire. Aucune cachette en vue.

Des voix nous parviennent venant d'une des autres portes. Nous passons devant sur la pointe des pieds pour ne pas alerter ses occupants de notre présence et essayons une troisième porte. Tiens, tiens, celle-ci est verrouillée…

Beck sort son matériel, crochète la serrure en deux minutes et nous entrons.

Je sens tout de suite que c'est la chambre de la jeune femme : les draps en soie sont froissés sur le lit, les tiroirs de la commode débordent de vêtements féminins et les rideaux blancs vaporeux sur la fenêtre sont grands ouverts.

Beck et moi nous regardons : ce pourrait être la bonne pièce.

Nous fermons doucement la porte et nous nous mettons à fouiller. Je m'occupe de la commode surmontée d'un miroir, d'une brosse à cheveux et de flacons de parfum. Une coupelle en forme de coquillage turquoise contient un enchevêtrement de bijoux, mais pas de trace de la Pièce. Je fouille ensuite les tiroirs, jetant les vêtements par terre, cherchant des compartiments cachés, en vain.

Beck a déjà défait le lit et rampe maintenant par terre pour s'assurer qu'aucune planche ne se soulève.

Je me dirige vers la table de chevet et en vide le tiroir : encore des bijoux, des bougies et une boîte d'allumettes, un peigne, des papiers en vrac… et une petite bourse remplie de monnaie scintillante !

– Beck !

Il me rejoint à la hâte.

– Vide-la, murmure-t-il. Nous devons vérifier chaque pièce.

J'en fais un tas et Beck commence à les examiner : un simple jamar, puis un autre, et encore un autre… Il y a assez d'argent par terre pour acheter de quoi se nourrir pour un mois, mais aucune de ces pièces ne semble unique ou spéciale. Il n'y a même pas de monnaie étrangère.

Beck se laisse tomber sur ses talons, déçu.

– Elle n'est pas ici. Elle n'est *nulle part.*

– Tu n'en sais rien ! je réponds. Il y a encore une pièce à fouiller, celle où les gens parlent.

Je n'arrive même pas à me convaincre moi-même, mais cela suffit à réveiller la détermination de Beck.

– D'accord, il nous faut un nouveau plan !

– Pourquoi j'étais sûre que tu allais dire ça ?

– Rends-toi seule à la réunion, découvre qui est le chef et recueille le plus d'informations possible. Moi, je resterai à l'étage pour chercher la Pièce une fois que tout le monde sera descendu. Nous nous retrouverons dehors après la réunion.

Et il m'adresse un large sourire.

– D'accord.

Je me lève et découvre le désordre que nous avons laissé.

– Est-ce qu'il faut tout ranger ?

– Ça prendrait trop de temps. C'est une maison de voleurs, après tout… N'importe qui aurait pu forcer la serrure pour chercher des objets de valeur. Ils ne sauront pas que c'est nous.

– Ils le sauront si nous n'emportons pas au moins ces pièces, je dis en pointant les jamars. Un vrai voleur ne partirait pas sans.

– Bien vu…

Nous ramassons la monnaie et la glissons dans la bourse.

– Prends aussi quelques bijoux, dit-il.

Je m'exécute à contrecœur. Mais Beck a raison, ce serait tout aussi étrange qu'un voleur ne s'empare pas des bijoux. Et puis je me rassure en me disant qu'ils appartiennent à une Ombre, une personne qui s'en prend directement à la Guilde et au roi et qui en veut à mon frère.

Beck fourre aussi quelques bijoux dans ses poches et sort discrètement de la chambre.

– J'attendrai dans la salle de bains… Tu devrais descendre, la réunion va bientôt commencer.

– D'accord. À tout à l'heure.

– À plus tard. Hé, Alli ?

– Oui ?

– Sois prudente.

Je souris.

– Beck, je suis toujours *très* prudente.

Au rez-de-chaussée, les gens se rassemblent dans le salon. Comme la dernière fois, les meubles ont été poussés contre les murs pour faire de la place et la plupart des Ombres sont assis par terre. Beck avait raison : il y a beaucoup plus de monde qu'à ma première réunion. Je suis en avance et la pièce est déjà presque pleine.

Je me place là où les nouvelles recrues se sont installées la dernière fois, partiellement cachée par l'escalier.

J'aperçois Keene près de la cheminée, juste devant la liste ; il discute avec des types qui rient à ce qu'il raconte. Il y a aussi le voleur au chapeau abaissé, toujours appuyé contre le mur. À part ces deux-là, je ne reconnais personne.

De plus en plus de monde s'installe dans le salon après avoir été fouillé par Ivo. Au-dessus de moi, un groupe descend l'escalier – sûrement les voix que Beck et moi avons entendues au deuxième étage. Quelques secondes plus tard, je vois apparaître Mead, reconnaissable immédiatement à sa grande taille, ainsi que plusieurs visages qui me semblent familiers. Et parmi eux, il y a…

Peakes.

Le petit frère de Rosalia. Il a l'air émacié et fatigué. J'avais oublié qu'il était si jeune. Il a toujours été l'avorton du groupe, au repaire, celui qui se faisait taquiner et qui n'avait pas encore passé son épreuve.

Je comprends pourquoi Rosalia s'inquiète tant pour lui : voir Peakes ici… c'est comme voir un chiot effrayé au milieu d'une meute de loups.

Mead jette un regard à la ronde et ses yeux se posent sur moi. Il m'adresse un signe de tête puis rejoint les autres, tout en continuant de scruter la pièce, probablement à la recherche de Beck.

Après quelques minutes, la jeune femme de la maison fait son entrée flanquée d'Ivo et s'installe dans son fauteuil en osier. Quelque chose dans son attitude, dans sa façon de s'asseoir bien droit en faisant attention à sa robe me fait penser à une reine sur son trône.

Le silence s'abat immédiatement sur le salon.

Je m'attends à ce que Keene ouvre la réunion comme la dernière fois, mais c'est elle qui prend la parole.

– Je vous ai fait venir aujourd'hui pour évoquer le moment que nous attendons tous : la chute du roi !

Des huées et des acclamations s'élèvent. Elle lève la main et le silence revient aussitôt.

– Grâce à toutes vos contributions, nous avons enfin notre plan définitif. Le moment est venu de le réaliser, mais il nous reste du travail à accomplir tous ensemble. Ce plan exige que chacun de vous travaille en tandem, notamment lors de la mission finale, la plus importante.

Personne ne bouge d'un cil ; seuls le crépitement de la cheminée et les grincements du plancher se font entendre.

– La plupart d'entre vous sont encore infiltrés au sein de la Guilde, et certains ont peut-être même reçu une convocation à une réunion avec le roi, ce jour même.

Elle doit parler de la réunion à laquelle Beck et Rosalia se rendront à 14 heures… Mais alors comment pourra-t-il s'entretenir avec le roi si des Ombres se trouvent avec eux ?

– Nous avons des raisons de croire que cette rencontre concerne un cambriolage au marché nocturne.

Un nouveau murmure traverse l'audience.

– Le roi tente sans doute l'un des plus gros coups de l'histoire de la Guilde, et il rassemblera de nombreux voleurs pour l'organiser et le planifier. Mais ne vous laissez pas berner : le moment choisi par Kerick n'est pas une coïncidence. Il a appris que certains vendeurs du marché nous aident, et il tente de perturber leur influence. Il espère acheter votre loyauté, apaiser les protestations en vous promettant de l'or, tout en réprimant ceux qui osent s'opposer à lui et en laissant libre cours à la corruption et aux trahisons… Sans personne pour contester son autorité !

Je ne vois vraiment pas de quoi elle parle : toutes les plaintes que les Ombres ont émises la dernière fois peuvent-elles vraiment être qualifiées de corruption ou de trahison ?

Mais les voleurs présents acquiescent.

– Alors je vous pose la question : allez-vous laisser le roi vous acheter ou allez-vous nous rejoindre pour faire tomber le roi une bonne fois pour toutes ?

Des cris enthousiastes et des acclamations explosent de toutes parts.

Je croise le regard de Mead de l'autre côté de la pièce. Il applaudit mollement. Lui ne semble pas si enchanté… Sur son visage, je lis même de l'inquiétude.

La femme laisse les acclamations se poursuivre un moment avant de lever la main pour imposer le silence.

– C'est pourquoi il est temps de vous présenter le maître du Clan des Ombres, l'homme qui a fait de ma vision une réalité. Jusqu'à présent, nous avons gardé son rôle secret pour le protéger des rumeurs au sein de la Guilde. À présent, il est temps de vous révéler sa véritable identité.

L'homme au chapeau s'avance alors jusqu'au centre de la pièce et soulève son couvre-chef.

Des exclamations de surprise fusent dans la pièce, dont la mienne…

Car je le connais.

Il me faut une seconde pour me rappeler son nom, mais c'est bien lui : Garil Gannon.

Le marchand dont j'ai fouillé le chariot de soie au marché… Celui qui m'a donné des indications pour trouver le cabinet d'avocats de Ronan.

Peut-être qu'il savait où il se situait car Avinoch & Associés est un cabinet réputé, comme me l'a dit Mead. Ou peut-être qu'il est celui qui a inscrit le nom de mon frère sur la liste…

Et il sait sans doute aussi que j'ai volé sa bourse.

Je me recroqueville, priant pour qu'il ne me voie pas. Il pourrait me reconnaître et deviner pourquoi j'ai fouillé son chariot. Je n'ose même pas imaginer ce qui pourrait…

– Bonjour, dit-il en souriant.

Il parcourt la pièce du regard. Il y a quelque chose d'innocent et de désarmant dans son sourire, la même chose qui m'a trompée au marché. Je n'aurais jamais pu le prendre pour autre chose qu'un vendeur de soie, ce jour-là.

Mais maintenant que je le vois entouré d'une foule dont il a gagné la confiance en un sourire, je sais que c'est l'une des personnes les plus dangereuses que j'aie jamais rencontrées.

– Merci pour la présentation, Leta, commence-t-il, me tirant de mes pensées.

Leta… Je rapporterai ce nom à Beck. Et je lui dirai aussi que le roi avait raison de suspecter le vendeur de soie de posséder la Pièce, puisqu'il semblerait qu'il soit le chef des Ombres.

– Je connais déjà la plupart d'entre vous, continue-t-il en hochant la tête vers la foule. J'ai observé votre travail et j'en suis très satisfait. Ensemble, nous allons mettre fin à la tyrannie de Kerick. Et nous le ferons en le prenant à son propre jeu, en intervenant pendant le grand coup qu'il pense accomplir !

Il sourit à nouveau et embobine tout le monde.

– Je pense avoir à présent une bonne idée de vos capacités. Je vais attribuer une tâche à chacun pour les événements de ce soir, et verrai certains d'entre vous plus tard pour de plus amples détails.

Il se tourne alors vers Keene et énumère une série de consignes. J'ai du mal à suivre car je reconnais à peine les noms et les mots employés, mais Keene hoche la tête. Gannon parle d'entrées, de positions, d'un « mur nord »...

Ensuite, il fait le tour de la pièce et donne des instructions relativement simples à certains voleurs, comme se trouver à un endroit précis à un moment donné.

Ceux qui ont reçu leur mission quittent la pièce un à un.

Le groupe est déjà presque entièrement dispersé quand Gannon se tourne vers moi et d'autres personnes encore assises. *Sainte Ailara, faites qu'il ne me reconnaisse pas !*

– Ah, les nouvelles recrues, lance-t-il en souriant froidement. Vous avez tous été associés à quelqu'un, je crois ?

Nous hochons la tête.

– Très bien. Référez-vous à cette personne pour vos instructions.

Nous hochons à nouveau la tête et Gannon tourne la sienne, nous donnant clairement congé.

Les deux autres se dirigent vers la porte de derrière et je me lève précipitamment pour retrouver Beck. Mais Gannon se retourne pile à ce moment et son regard se pose sur moi.

Mon estomac se contracte. *Il sait. Il sait, c'est sûr.*

– Alli Rosco, dit-il doucement, reste un moment.

Je suis pétrifiée. Il s'approche et doit se pencher pour me regarder dans les yeux.

– Je t'ai reconnue tout de suite, au marché, murmure-t-il. Dès que tu as mentionné que ton frère travaillait chez Avinoch & Associés, j'ai vu la ressemblance. Imagine comme j'ai été surpris de voir à nouveau la petite sœur de Ronan Rosco à notre dernière réunion, en tant que membre de la Guilde. Et comme j'ai été encore plus surpris de découvrir ensuite que tu n'es *pas* membre de la Guilde !

Un frisson me parcourt l'échine et je serre les dents pour ne pas montrer ma peur.

– Capturée pendant ton épreuve… Emprisonnée pendant plusieurs mois… Puis finalement réunie avec ton frère, apprenti avocat de chez Avinoch & Associés. Et pourtant, te voilà ici, parmi les membres de la Guilde, comme si tu en faisais partie.

– Je peux tout expliquer, je bredouille.

– Oh, j'en suis sûr, tu as sans doute concocté un mensonge très élaboré ! Mais on ne me dupe pas si facilement…

Il se détourne brusquement de moi et regarde Ivo, assis nonchalamment à côté de la porte.

– Fais-le entrer, aboie Gannon.

Ivo se redresse et part dans le couloir. Avant même que je puisse comprendre ce qui se passe, Gannon se retourne vers moi.

– Je sais *tout* de votre petit stratagème, vois-tu. Toi et Beck Reigler, espionnant nos réunions, fouillant la maison, essayant de découvrir nos secrets pour les rapporter au roi. Tu pensais vraiment que tu pourrais protéger ton frère de mes Ombres ?

Mille pensées tourbillonnent dans ma tête, et je ne sais pas quoi faire. Je voudrais lui balancer mon poing à la figure. Me battre.

Mes pieds se mettent en mouvement avant que mon cerveau ne comprenne ce qu'ils font. Mais Gannon plaque aussitôt sa main contre le mur, formant une barrière entre moi et la porte et m'empêchant de m'échapper.

– Tu n'iras pas très loin, Alli Rosco. Je connais bien ton frère… Un jeune homme brillant et bien élevé ! Ce serait dommage qu'il lui arrive malheur…

Un frisson glacé me secoue malgré la chaleur de ma colère qui bouillonne dans mes veines. Je serre les poings.

– N'y pensez même pas ! je m'exclame en le regardant droit dans les yeux. Il n'a rien à voir avec ça.

Gannon poursuit comme si je n'avais rien dit :

– Sans oublier qu'il y a quelqu'un d'autre à qui tu tiens énormément… Ivo !

La porte s'ouvre brusquement, et Ivo entre, traînant derrière lui une silhouette qui se débat.

Beck.

Il lutte et se tortille pour se libérer mais ses mains sont liées dans son dos et la poigne d'Ivo est trop puissante. Je ne sais pas quoi faire. Je ne peux pas maîtriser Ivo toute seule, sans parler de Gannon.

Je sonde la pièce à la recherche d'une issue, de quelqu'un qui pourrait…

Mead est toujours là. Il se tient devant la cheminée et observe la scène d'un regard vide.

Je comprends aussitôt ce qui s'est passé.

– Sale traître, comment as-tu pu…

Je me jette sur lui sans réfléchir, mais Gannon attrape mon manteau et me tire en arrière comme si j'étais un chiot en laisse.

– La Guilde me soupçonnait, déclare Mead, d'un ton calme qui me révolte. Dryn et Kierr m'ont reconnu au marché nocturne. Ils ont compris ce que je manigançais et m'ont dénoncé au roi, mais Gannon m'a fait sortir avant qu'ils ne m'attrapent. J'aurais été tué, sinon.

– Je veille toujours sur mes Ombres, intervient Gannon, satisfait. Je me posais des questions sur sa loyauté, mais il a su me convaincre : dès que je lui ai parlé de mes soupçons à ton sujet et de tes liens avec Beck Reigler, il a déballé tout ce qu'il savait !

Gannon nous a donc laissés venir ici aujourd'hui en sachant que nous serions piégés…

Combien de temps a-t-il fallu à Mead pour tout avouer ? Son amitié avec Beck comptait-elle donc si peu que ça ? Gannon l'a-t-il contraint à avouer ?

Mead me fixe de ses grands yeux clairs et je ne sais plus quoi penser.

Gannon me fait pivoter pour que je me retrouve face à lui, puis il lâche mon manteau.

– Ton petit jeu est maintenant terminé, Rosco. Mais ne t'inquiète pas, tu retrouveras bientôt ton frère…

Je regarde Beck : il est toujours prisonnier, totalement impuissant. Il n'y a que moi qui puisse tenter quelque chose…

– Mais en attendant, nous ne pouvons prendre aucun risque, continue Gannon en se tournant vers Ivo. Emmène Reigler au sous-sol. Je vais m'occuper de la fille personnellement

Beck lève les yeux pour plonger son regard dans le mien, et deux images se superposent dans mon esprit : celle de Beck capturé par les gardes au printemps dernier, et celle de Beck à cet instant… Et les deux Beck me murmurent le même mot :

– Fuis !

DIX-NEUF

Je ne réfléchis pas : j'agis.

Je me débats, me libère de l'emprise de Gannon et titube en arrière. Il se jette sur moi, mais j'utilise une petite chaise comme bouclier. De son côté, Beck lutte de toutes ses forces pour se libérer d'Ivo qui le retient toujours. Je ne vois nulle part la femme, Leta, mais Gannon est flanqué de Keene et d'un autre voleur que je ne connais pas, et ce traître de Mead est toujours près de la cheminée.

Gannon se jette à nouveau vers moi. Je le repousse avec la chaise, mais ce n'est pas la bonne tactique ; je me retrouve contre le mur… Ivo bloque l'avant et ma seule issue est barrée par des meubles. Je suis coincée…

– Où penses-tu aller, petite Rosco ? susurre Gannon en sortant un long couteau de sa poche. J'avais espéré qu'on n'en arriverait pas là. Mais ne t'inquiète pas… Je rendrai visite à ton frère pour lui raconter ce qui t'est arrivé.

Si je pouvais simplement déplacer un meuble et atteindre la porte de derrière…

– C'est très gentil de ta part, je rétorque, mais je le ferai moi-même !

Keene tente de m'approcher par la gauche, mais je lui enfonce les pieds de la chaise dans la poitrine, ce qui le déséquilibre juste assez longtemps pour que je puisse courir de l'autre côté de la pièce. La cheminée est à ma gauche, la porte de derrière quelque part derrière moi. Allez… Encore quelques pas de plus. .

– Comme tu veux, répond Gannon avec un sourire menaçant. Quand j'en aurai fini avec toi, je ferai la même chose à ton frère !

Même en courant vers la porte, je n'aurai pas le temps de sortir avant que Gannon ou les autres ne m'attrapent. J'ai besoin d'une diversion…

Mead se dirige calmement vers le mur opposé. Il me regarde et incline la tête lentement en direction de la cheminée. À quoi joue-t-il encore ?

Il tapote du doigt la nappe d'une petite table près de lui, semblable à celle qui se trouve derrière moi, puis incline à nouveau la tête vers le feu.

Mes yeux s'écarquillent quand je comprends ce qu'il veut me dire.

– Je n'ai pas que ça à faire, il est temps d'en finir ! crie Gannon.

– Je suis tout à fait d'accord ! je crie en retour.

Je tends le bras, attrape la nappe et en jette l'extrémité dans le feu. Elle s'enflamme immédiatement et je la secoue devant moi. La nappe projette des étincelles et des braises qui font reculer le voleur inconnu ; celui-ci trébuche sur Keene.

Je cours alors vers Gannon et lui lance le tissu enflammé de toutes mes forces. Je ne m'arrête pas pour voir ce qui se passe. Je tourne les talons et ouvre la porte de derrière avant de m'enfuir.

La neige tombe doucement tandis que je m'élance dans la ruelle glaciale, dépassant un groupe de voleurs surpris. Je cours aussi vite que possible, le vent et les flocons me fouettant le visage. Je ne vois pas où je pose les pieds. Tout ce qui compte, c'est mettre le plus de distance possible entre moi et le 218, rue Astian-sud.

Très vite, je suis à bout de souffle et je m'effondre dans la neige, haletant et claquant des dents.

Beck… Il est seul avec des voleurs traîtres dans une pièce qui a peut-être pris feu. Enfin, ils auront éteint le début d'incendie, j'imagine, et s'ils n'ont pas réussi, je suis sûre qu'ils auront fui en emmenant Beck avec eux. Ils ne vont quand même pas le laisser brûler vif…

Ne pense pas à ça maintenant, Alli, reste concentrée. Une étape à la fois. Je retournerai chercher Beck. Je le sauverai. Mais d'abord, je dois prévenir Ronan.

Je regarde le ciel nuageux, essayant de deviner la position du soleil. Nous sommes en plein après-midi, donc mon frère n'est pas encore rentré du travail. Mais Gannon sait où se trouve son bureau et il peut très bien le dénicher là-bas… Je dois immédiatement prévenir Ronan.

Le problème, c'est que je ne sais pas où je me trouve. Ces rues se ressemblent encore plus, sous la neige ! Je sais que le soleil est à l'ouest, mais je ne suis pas sûre de la direction à prendre…

Je me dirige au coin d'une rue et lis les panneaux : l'une des rues porte un nom qui me semble familier alors je m'y engage. Mais après deux pâtés de maisons, je suis toujours perdue…

Plus loin, j'aperçois une calèche et je lui adresse un signe désespéré de la main. La conductrice arrête les chevaux.

– Cette calèche est déjà louée, mademoiselle.

– J'ai juste besoin d'une indication pour retrouver mon chemin, je suis un peu perdue.

Elle me regarde, sans méchanceté.

– Où veux-tu aller ?

– Chez Avinoch & Associés, le cabinet d'avocats.

Elle hoche la tête.

– Tu sais quoi ? Je suis en route pour chercher un client et je passerai juste devant. Monte !

– Merci, mais… Je n'ai pas d'argent sur moi.

– Pas grave, répond-elle joyeusement. C'est sur mon chemin.

Je n'en reviens pas d'avoir autant de chance ! Je la remercie et grimpe dans la calèche.

Le trajet est lent à cause du temps et je commence à me dire que courir aurait été plus rapide. Je garde les yeux rivés sur les fenêtres, guettant la moindre apparition d'une Ombre, mais les rues sont presque désertes. Pile au moment où je commence à m'impatienter, la calèche s'arrête brusquement.

– Avinoch &…

La conductrice n'a pas le temps de terminer que je suis déjà sortie.

Je cours pour gravir les marches glissantes du bâtiment, zigzague entre les hommes d'affaires, et entre en trombe dans le hall. Les semelles de mes bottes mouillées grincent sur le sol en pierre luxueux. Je m'approche alors du plus grand bureau, derrière lequel un homme est en train de griffonner. Il lève les yeux vers moi et fronce les sourcils.

– En quoi puis-je vous aider ?

– Je dois voir Ronan Rosco au plus vite.

L'homme pose son stylo.

– De quoi s'agit-il ?

– S'il vous plaît… C'est une urgence !

L'homme me scrute de haut en bas.

– Je crains que M. Rosco ne soit en déplacement. Vous devrez attendre.

– Je ne peux pas attendre !

– Je suis navré mais M. Rosco n'est pas ici. Vous pouvez patienter dans le hall jusqu'à son retour ou lui laisser un message.

Je ne peux pas attendre, Beck ne peut pas attendre.

– D'accord, je vais lui laisser un message, mais c'est confidentiel.

– Je comprends, répond l'homme, me tendant un morceau de papier, un crayon et une enveloppe.

Je me dirige alors vers l'extrémité du bureau et écris à la hâte :

Tu es en danger. Quitte le bureau tout de suite
mais ne rentre pas à la maison. Garil Gannon
et d'autres personnes malintentionnées viennent te chercher.
Ils savent où tu travailles et où tu vis. Cache-toi !
Je suis désolée. Je vais essayer de régler ça.
Alli

Je plie le mot, le glisse dans l'enveloppe que je referme. J'écris soigneusement le nom de Ronan à l'extérieur puis je passe le message au secrétaire.

– Assurez-vous qu'il le reçoive immédiatement. Je ne plaisante pas. Dès qu'il revient, pas une seconde plus tard.

– Compris, répond l'homme.

Je suis presque sûre qu'il ne comprend pas, mais je ne discute pas. Je cours à travers le hall, hors du cabinet, et dans la neige.

Prochaine étape : trouver Rosalia. Quelqu'un doit avertir le roi de l'embuscade que les Ombres préparent au marché nocturne. Quelqu'un doit lui parler de Gannon et du fait que Beck est son prisonnier.

C'est le roi qui a impliqué Beck dans cette histoire, il l'aidera forcément. S'il le faut, nous irons nous-mêmes au marché trouver Beck, Rosalia et moi…

À cette heure, Rosalia et Beck devaient être en train de se retrouver pour retourner au repaire, mais je ne sais pas où ils s'étaient donné rendez-vous… À la chapelle, peut-être ? C'est ma seule piste.

Je cours vers la colline et à travers les bois à une vitesse record puis entre en trombe dans la chapelle. Elle est vide ! Le feu dans la cheminée est éteint, mais les braises sont encore rouges, ce qui signifie que Rosalia était ici récemment. Je l'ai probablement manquée de peu.

Je crie tous les jurons que je connais en faisant les cent pas. Si seulement je pouvais aller moi-même chercher de l'aide au repaire ! Mais il me faudrait un thilastri pour atteindre les montagnes… Si seulement j'avais mieux écouté quand Beck me parlait des cachettes de la Guilde en ville. J'aurai pu y trouver de l'aide !

Je pourrais essayer d'aller au marché nocturne, mais je ne suis pas sûre de pouvoir le retrouver toute seule. Et même si j'y parvenais, que faire ensuite ? Essayer de trouver Beck ? Essayer de trouver le roi ? Essayer de trouver la Pièce ?

Je ne sais pas quoi faire d'autre que d'attendre Rosalia, et je ne suis pas douée pour attendre. Je donne un coup de pied de frustration au banc le plus proche et réussis à me faire mal !

La lumière filtrant à travers les vitraux diminue et j'envisage d'allumer un feu quand j'entends un bruit dehors.

Quelque chose bouge dans la neige… ou quelqu'un ?

Je fais quelques pas vers la porte en restant sur mes gardes. C'est dans ces moments-là que je regrette vraiment de ne jamais avoir d'arme sur moi. Je n'aurai pas toujours la possibilité d'enflammer des nappes, comme tout à l'heure.

La porte s'ouvre d'un coup et tout mon corps se tend. Une silhouette sombre se tient sur le seuil. Elle fait un pas en avant, révélant des cheveux bruns et un manteau bleu familier.

– Rosalia ! je m'écrie en me précipitant vers elle. Ils ont…

Elle essaie de faire un pas supplémentaire mais s'effondre, son manteau taché de sang.

VINGT

Je cours vers Rosalia, toussant à cause de la poussière que soulève chacun de mes pas.

– Que s'est-il passé ?

Elle est allongée par terre, une main pressée contre ses côtes. Du sang rouge sombre s'écoule entre ses doigts. Elle ouvre la bouche, tousse, essaie de parler. Je m'agenouille à côté d'elle.

– Qu'est-ce qui t'est arrivé ? Est-ce que tu vas bien ?

Elle ferme les yeux.

– J'ai l'air d'aller bien ?

Je sursaute et me retiens de rire nerveusement.

– À la réflexion, peut-être que je ne vais pas essayer de te sauver.

Mais je suis déjà en train de déboutonner son manteau pour trouver la source de tout ce sang. Rosalia serre les dents quand je bouge le tissu, son visage déformé par la douleur.

– Ils m'ont trouvée, dit-elle entre deux respirations haletantes. Les Ombres. À... à la réunion de la Guilde.

Ils m'ont coincée juste au moment où je montais dans une calèche pour partir et…

Je termine la phrase pour elle.

– Et ils t'ont poignardée.

Je vois maintenant la blessure. C'est une profonde entaille sur son côté qui saigne abondamment. Si seulement Beck était là, sa magie de guérison nous serait utile… Je commence à paniquer. Con-cen-tre-toi Alli ! Assure-toi déjà que Rosalia ne meure pas ! Tu penseras à Beck plus tard.

– D'accord, eh bien, arrêtons le saignement, je déclare en essayant de donner l'impression que je sais ce que je fais.

Si Rosalia n'était pas en train de haleter de douleur, je suis sûre qu'elle lèverait les yeux au ciel.

– Tu es un prodige de la médecine… souffle-t-elle.

– Ou je pourrais te jeter dehors dans la neige et te laisser te vider de ton sang ?

Je n'ai rien d'autre sous la main, alors sans réfléchir, j'enlève mon écharpe et essaie de l'enrouler autour de la blessure, avec peu de succès. Quand j'ai échoué à mon épreuve et sauvé la vie d'Ariannorah Atherton, j'aurais voulu savoir comment faire un garrot pour arrêter son saignement. Pourquoi n'ai-je pas appris de mes erreurs ! Bon, malgré tout, je n'ai pas laissé Ariannorah mourir ce soir-là et je ne laisserai pas non plus Rosalia mourir.

– Ça, c'est fait, je lance en serrant l'écharpe au maximum. Maintenant, problème suivant. Installe-toi devant la cheminée, ne restons pas dans l'entrée…

– Ton génie n'a donc aucune limite, Docteur Alli…

– Ou tu préfères te faire dévorer par des animaux sauvages dans les bois ?

– Je croyais que j'allais me vider de mon sang…

– C'était avant mon magnifique garrot ! Maintenant, tu risques davantage de geler sur place ou de te faire dévorer par les loups… Si tu t'appuies sur mon épaule, penses-tu pouvoir marcher jusqu'au feu ?

Rosalia semble sceptique.

– Tu es trop petite…

– Les loups vont se régaler…

– Aide-moi à me lever.

Très prudemment, je parviens à la mettre en position semi-assise pendant qu'elle passe un bras autour de mes épaules, gardant l'autre main pressée contre sa blessure.

– À trois. Un… Deux… Trois !

Je nous relève d'un coup et elle s'affaisse de tout son poids sur moi. Nous titubons un instant avant que je trouve mon équilibre. Rosalia enfonce ses doigts dans mon épaule et retient un cri de douleur, puis nous remontons péniblement l'allée centrale.

Arrivées devant la cheminée, nous nous effondrons d'épuisement. Des gouttes de sueur perlent sur le front de Rosalia. Elle se ressaisit et marmonne :

– Je crois que le coup de l'écharpe ne marche pas…

Elle lève la main pour me montrer le sang luisant sur sa paume.

Ma gorge se serre. Je suis totalement dépassée par la situation et nous le savons toutes les deux. Mais je vais feindre la confiance jusqu'à ce que nous trouvions une solution.

– D'accord, nouveau plan : je vais aller chercher de vrais bandages et du matériel de premiers secours. Toi… Tu attends ici, près du feu, et tu essaies de ne pas te vider de ton sang.

– Rosco…

Quelque chose dans sa voix a changé. Son ton est sérieux, pas sarcastique.

– Tu dois les avertir. Il y avait des Ombres à cette réunion, ils savent ce que le roi prévoit ce soir et vont lui tendre un piège…

– Oui, je sais. Ils l'ont dit à la réunion de tout à l'heure.

Elle attrape mon bras et serre fermement ma manche.

– Tu dois les arrêter. Ils vont prendre le contrôle de la Guilde et tuer le roi ainsi que tous ceux qui essaieraient de les arrêter : mon frère, Beck…

Elle fronce les sourcils.

– D'ailleurs, qu'est-il arrivé à Beck ? Il n'était pas à notre point de rendez-vous, alors j'ai dû partir pour la Guilde sans lui.

Je lui raconte tout : Gannon, la femme nommée Leta, la capture de Beck, la trahison de Mead, les menaces contre Ronan.

– Je suis venue ici pour te demander de l'aide, je conclus.

Rosalia affiche une expression que je ne lui ai jamais vue auparavant. Sa détermination habituelle, la fermeté dans ses mâchoires, l'éclat dans ses yeux… Tout cela a disparu. Elle semble résignée.

– Va, murmure-t-elle. Va au marché nocturne. Avertis le roi. Arrête les Ombres.

– Comment sauver Beck ?

– Sauve le roi et tu sauveras Beck.

– Je ne comprends pas.

Elle soupire, grimaçant.

– S'ils l'ont gardé en vie, c'est pour une bonne raison : ils vont l'utiliser. Je pense qu'ils capturent des voleurs fidèles à Kerick pour les utiliser comme monnaie d'échange.

– Je pensais qu'ils voulaient tuer le roi, pas négocier avec lui.

– C'est le cas. Mais ils devront faire en sorte que les hommes de Kerick se rendent avant de pouvoir l'approcher. Les Ombres pourraient menacer de tuer Beck, ainsi que toute autre personne qu'ils ont capturée, pour forcer Kerick à se battre seul.

Elle fait une pause, luttant pour respirer.

– Peut-être que Beck sera quand même au marché nocturne et que tu pourras le libérer, mais cela ne servira à rien si tu n'arrêtes pas les Ombres, tu comprends ? Si dès ce soir ils prennent le contrôle de la Guilde, tu perds toute chance de le sauver.

– D'accord. Je vais aller te chercher des bandages, puis…

– Non, m'interrompt-elle. Pars maintenant !

– Ne sois pas stupide. Je ne vais pas te laisser ici à mourir par terre.

– Alli…

– J'arrêterai les Ombres, comme tu l'as dit. Mais ça ne me prendra pas longtemps d'aller te chercher un bandage, mon frère a de quoi te soigner chez lui. Ce n'est pas loin.

J'évite de mentionner que cet appartement n'est pas sûr et que Gannon m'y attend peut-être.

Rosalia soupire.

– Tu es vraiment têtue, ça te perdra !

– Comme quelqu'un que je connais. Quelqu'un qui devrait utiliser son obstination pour lutter contre la mort au lieu d'essayer d'avoir le dernier mot.

C'est peut-être mon imagination, mais je crois qu'elle sourit presque.

– J'avais raison à ton sujet. Tu es vraiment trop bien pour la Guilde.

– Toi aussi, tu n'es pas si terrible, en fait.

Elle s'apprête à me répondre mais sa repartie se transforme en un gémissement de douleur.

Il est grand temps pour moi de partir.

– Bon, je dois vraiment y aller… Mais, euh… Rosalia ? Comment se rend-on au marché nocturne à pied, exactement ? Je n'y suis allée qu'en thilastri.

Elle prend une profonde respiration avant de parler.

– Il y a un thilastri dans les écuries des Jardins de Miagnar. Les membres de la Guilde font souvent appel à lui pour se rendre au marché. Montre-lui le pendentif que je t'ai confié et il t'y emmènera. La porte de sa stalle est peinte en mauve avec un faucon gris comme emblème. Les Jardins de Miagnar sont…

– Je sais où ils sont.

Beck et moi y étions allés avant de partir pour le manoir des Atherton.

Rosalia expire brusquement.

– Dépêche-toi. Tu n'as pas beaucoup de temps.

Je retourne à l'appartement dans la lumière mourante du crépuscule, marchant d'un pas lourd dans la neige fraîchement tombée. Par manque de temps, je ne couvre pas mes traces et j'espère que le vent le fera pour moi.

Je scrute sans cesse les environs pour repérer d'éventuelles silhouettes aux aguets. Aucun signe des Ombres. Espérons qu'ils sont trop occupés à préparer leur coup de ce soir pour faire attention à moi ou à mon frère.

Je me montre tout de même très prudente et jette un coup d'œil discret au dernier coin de rue pour apercevoir notre immeuble…

Des Protecteurs

Leur uniforme rouge contraste avec la neige qui couvre les trottoirs. Ils sont cinq ou six, principalement regroupés autour de notre bâtiment. Les calèches qui les ont probablement amenés ici sont garées juste devant.

Sainte Ailara, aidez-moi. Ont-ils découvert la Guilde ou les Ombres ? Est-ce qu'ils savent tout ? Viennent-ils pour moi ?

Non. Cela n'a pas de sens. Comment pourraient-ils…

Le message que j'ai laissé au bureau de Ronan ! Soit il l'a reçu et a appelé les Protecteurs, soit quelqu'un d'autre l'a intercepté et l'a fait lui-même. Peut-être qu'ils gardent l'appartement, puisque je suis une menace… Ou peut-être qu'ils me cherchent.

Je me cache discrètement à l'angle de la rue pour me mettre hors de leur vue.

Comment entrer chez Ronan sans qu'ils me voient ? Il n'y a aucun autre accès…

Excepté les fenêtres !

Si l'une d'elles est restée ouverte à l'arrière, je pourrai peut-être me faufiler à l'intérieur.

Je fais demi-tour et emprunte une rue latérale, puis m'engage dans l'allée qui contourne notre bâtiment. Pas de Protecteurs ici, car il n'y a pas de portes.

Je scrute l'arrière de l'immeuble et constate que toutes les fenêtres du rez-de-chaussée sont fermées. Non, là ! Au deuxième étage, un rideau flotte au vent. Mais à moins d'escalader la façade, cette ouverture est inaccessible.

Il y a bien un escalier de secours en métal, mais il ne descend pas jusqu'au sol. Je dois trouver un moyen de l'atteindre.

Dans l'allée, il n'y a rien à part des détritus et... une série de poubelles.

J'en fais rouler une sous l'échelle de secours, espérant qu'elle soit assez haute. *S'il vous plaît, sainte Ailara, s'il vous plaît*... Je tends la main vers le premier échelon. Je suis encore trop petite, alors je saute.

Mes doigts effleurent la marche et je retombe lourdement sur la poubelle en me tordant la cheville. Avec ma veine habituelle, elle est probablement foulée. Super !

L'envie d'abandonner se fait de plus en plus pressante. Je voudrais me recroqueviller près des poubelles avec les chats de gouttière et laisser les Protecteurs me trouver.

L'orféline...

La voix de Beck résonne dans ma tête en écho à toutes les fois où il m'a appelée ainsi, où il a veillé sur moi et m'a fait confiance.

Je ne laisserai pas les Ombres le capturer.

Alors je me prépare, plie les genoux et saute à nouveau.

Cette fois, mes doigts atteignent le métal rouillé. Centimètre par centimètre, je me soulève jusqu'à ce que je parvienne à la balustrade. Avec ce qui me reste de force, je hisse mon corps par-dessus et atterris lourdement de l'autre côté, sur la galerie en fer.

J'ai réussi ! Je suis épuisée, ma cheville enfle et je suis couverte de rouille, mais j'ai réussi. En revanche, l'escalier de secours et la galerie grincent dangereusement sous mon poids.

En quelques pas rapides, j'atteins la fenêtre ouverte et jette un coup d'œil prudent à l'intérieur. Derrière les fins rideaux vert menthe se trouve une cuisine encombrée. Elle s'ouvre sur un petit salon semblable à celui de notre appartement. Personne en vue, mais un sac de provisions est posé sur la table de la cuisine. L'appartement est certainement occupé…

La fenêtre est étroite mais je parviens à faire passer mes jambes à l'intérieur et à me glisser à travers, évitant de justesse de me cogner la tête. J'atterris pratiquement dans l'évier de la cuisine et bouscule la vaisselle qui s'y trouve et s'entrechoque. Heureusement, personne n'entend.

Je descends, me faufile dans le salon, puis jette un œil dans le couloir. La porte de la salle de bains est fermée et la lumière est allumée.

Sans même oser respirer, je traverse le salon à toute vitesse, ouvre doucement la porte d'entrée, et me précipite dans le couloir.

J'ai déjà perdu trop de temps, il me faut absolument ces bandages avant que…

Je tourne à l'angle du couloir et heurte un Protecteur de plein fouet !

Il me regarde, médusé, mais je me faufile sous son bras et m'enfuis en courant dans l'escalier en direction de notre appartement. La porte n'est pas verrouillée ; j'entre et la claque derrière moi.

Une seconde plus tard, je comprends mon erreur. Je ne me suis pas assurée que l'appartement était vide. Et le fait est qu'il ne l'est pas.

Ronan et Mari sont debout dans le salon et me dévisagent.

– Alli, où étais… commence Ronan.

– Qu'est-ce que tu… dit Mari en même temps.

Je les interromps :

– Ronan ! Qu'est-ce que tu fabriques ici ? Tu n'as pas eu mon message ?

Mon frère semble à court de mots.

– Si, Alli…

– Alors pourquoi es-tu revenu ici ? Je t'ai dit que c'était dangereux !

– Mais pourquoi serait-ce dangereux ? demande-t-il.

– Six Protecteurs surveillent le bâtiment, Alli, renchérit Mari. Nous sommes en sécurité.

– Non, pas du tout ! Sans vouloir offenser tes amis Protecteurs, Mari, ils ne sont pas de taille à affronter ce qui les attend. Pour commencer, je viens de rentrer dans ce bâtiment en échappant à leur surveillance…

Pendant quelques secondes, ils ne savent plus quoi dire.

– Je n'ai pas le temps de vous expliquer, je continue en me dirigeant vers le couloir. Vous devez partir tout de suite. Faites-vous escorter par les Protecteurs vers un endroit sûr. Des gens très dangereux en ont après vous !

Mari fait un pas dans ma direction.

– Attends, tu ne peux pas débouler comme ça et simplement…

– Pas le temps d'expliquer ! je répète. Fais-moi confiance.

Je me dirige vers la salle de bains et trouve la trousse de premiers secours. Comme je ne sais pas de quoi Rosalia a besoin, je prends tout.

– Alli ! Tu dois nous dire ce qui se passe.

Ronan se tient dans l'embrasure de la porte. Ses yeux tombent sur le sang qui macule mes vêtements, et ses yeux s'écarquillent.

– Tu es blessée ?

– Ce n'est pas mon sang, je marmonne, ajoutant un rouleau de bandages dans la trousse. Nous devons partir, Ronan, nous devons tous…

– Pas avant que tu nous expliques pourquoi. À quoi pensais-tu en laissant ce message ? Tu sais comme on s'est inquiétés, tous les deux ? Mari a mobilisé la moitié des Protecteurs de la ville pour te chercher et l'autre moitié est ici pour nous protéger d'une menace inconnue !

– Écoute, je suis désolée, d'accord ? Désolée de t'avoir effrayé et désolée de nous avoir mis dans le pétrin mais, là, tout de suite, rien de tout ça n'a d'importance.

– Bien sûr que si…

Je lui coupe la parole.

– Des gens sont en danger de mort et je suis la seule à pouvoir arrêter ceux qui veulent les tuer, alors laisse-moi partir !

Je le repousse avant qu'il puisse me répondre et cours dans le salon, mais Mari se tient devant la porte, bloquant la sortie.

– Arrête, dit-elle. Raconte-nous.

– Je…

Ronan nous rejoint.

– Toute la vérité cette fois, Alli. S'il te plaît.

Je suis coincée.

Je sais que je dois leur dire quelque chose. Mais par où commencer ? Je ne peux pas tout leur avouer. Ronan me détestera en découvrant que je suis toujours une voleuse et une menteuse, et Mari me jettera probablement en prison.

Si je ne suis pas honnête avec mon frère, il ne me fera plus jamais confiance.

Si je suis honnête, je le perdrai pour toujours.

Voilà, nous y sommes : mes deux vies se percutent et je dois faire un choix.

– Alli, insiste Ronan d'une voix douce. Dis-nous simplement la vérité.

Alors je m'exécute.

VINGT ET UN

Je m'assois dans le canapé et laisse tomber la trousse de premiers secours à côté de moi. Ronan s'installe dans son fauteuil et se penche en avant, les coudes sur les genoux. Il me dévisage. Il ne semble pas en colère… Pas encore, du moins.

Je prends une grande inspiration. Comment leur révéler des détails sur la Guilde sans mettre Beck en danger ?

Je regarde Mari qui se tient toujours debout devant la porte, bras croisés. Son expression est impossible à déchiffrer.

– Bon, voilà, je commence, m'adressant surtout à elle. J'ai des amis qui sont… ce sont des gens bien, vraiment, mais ils sont mêlés à des trucs pas très nets, et je ne sais pas comment vous en parler sans leur causer des ennuis. Mari, je sais que, en tant que Protectrice, tu te dois de signaler ce genre de choses… Et pourtant, il ne faut vraiment pas que tu le fasses, je t'en supplie…

Ronan regarde sa petite amie qui réfléchit un long moment.

– Tu as raison, lâche-t-elle enfin. C'est mon devoir de signaler toute activité criminelle dont j'aurais connaissance.

Mon cœur rate un battement.

– Cependant, poursuit Mari, si j'entendais parler d'une situation complètement hypothétique, par exemple, je ne serais pas tenue de faire un rapport. Pas sans preuves concrètes, en tout cas...

Ce n'est que maintenant qu'elle me le dit ?

– Donc si je vous racontais une histoire complètement hypothétique qui ne serait en rien basée sur des personnes que je connais, vous pourriez garder cette histoire hypothétique pour vous, hypothétiquement ? je demande.

– Hypothétiquement, oui. Même si je me sentais obligée de faire un signalement si une vie était en danger, par exemple. Si tu m'apprenais que quelqu'un pouvait entrer ici et tuer Ronan, je devrais prévenir les Protecteurs en bas pour assurer sa sécurité. Mais si tu évoques un crime que quelqu'un a commis – ou pas commis ! – dans le passé, je n'ai pas à faire part de mes soupçons sans preuves solides.

Je réfléchis un moment car je dois peser chacun de mes mots...

– Je vais vous raconter une histoire *très* hypothétique, alors. Je veux que vous m'écoutiez sans m'interrompre. Ensuite, vous aurez le droit d'être en colère contre moi. D'accord ?

Mari hoche la tête. Ronan a juste l'air inquiet et je me sens encore plus coupable.

– D'accord, Alli, dit-il, commence par le début.

Je prends une grande inspiration puis je déballe tout d'un coup avant de changer d'avis.

– Vous avez peut-être entendu certaines rumeurs à propos de l'existence d'une organisation aux activités, disons… pas très légales. Une organisation comme un groupe ou une société ou… une guilde.

Les yeux de Mari s'écarquillent. Elle devait s'attendre à tout sauf à ça. Ronan met un peu plus de temps à comprendre, mais il est plus rapide à masquer sa surprise.

– Donc, hypothétiquement, disons qu'une orpheline d'Azeland s'est enfuie d'un orphelinat. Elle est tombée sur des Protecteurs qui lui ont lancé une malédiction. Heureusement, cette orpheline a rencontré un garçon dont le nom était peut-être Berkeley ou Beck. Ce garçon faisait partie de cette fameuse organisation secrète et illégale. Il a dit à l'orpheline que si elle rejoignait cette organisation, elle aurait l'argent nécessaire pour acheter un remède contre la malédiction et, ainsi, rester en vie. L'orpheline était ravie, parce qu'elle n'avait pas spécialement envie de mourir… Alors elle est allée à Ruhia pour rejoindre ce groupe. Mais les choses ont très mal tourné pendant l'une de ces activités illégales totalement hypothétiques. Quelqu'un est même mort. Le garçon a pu retourner à l'organisation secrète, mais la fille, elle, s'est fait capturer et a passé un moment en prison. Ce qui s'est avéré être une bonne chose car, après ça, elle a retrouvé son frère perdu de vue depuis longtemps, un type vraiment super qui l'a laissée venir vivre avec lui. Tout ce que voulait cette orpheline, c'était mener une vie normale et rangée, et ne jamais retourner à l'organisation secrète. Mais il y a eu un léger problème : un jour, Beck est apparu à sa porte et lui a appris que des gens très méchants pourraient vouloir tuer son frère, et qu'il avait besoin de son aide pour les arrêter.

Ronan et Mari écoutent en silence, essayant de garder une expression impassible… Je me mets à fixer le sol, car je sais que je n'arriverai pas à les regarder en face en racontant la suite de mon histoire hypothétique.

– La fille se met donc à aider le garçon en secret. Elle ne veut pas l'avouer à son frère parce qu'elle ne veut pas causer des ennuis à Beck, et elle ne veut pas non plus que son frère la mette à la porte. Mais tout devient beaucoup plus dangereux que prévu. Les méchants de cette organisation hypothétique, qui s'appellent les Ombres, veulent faire des choses terribles. Quand Beck essaie de les arrêter, il se fait attraper. Maintenant, il est possible que les Ombres le tuent… Et la fille doit le sauver. Et il y a d'autres problèmes ! Problème numéro un : Beck a une autre amie nommée Rosalia qui pourrait hypothétiquement être membre de cette organisation hypothétique. Elle est agaçante mais pas si méchante, au fond. Et l'une des Ombres l'a poignardée dans les côtes. Rosalia saigne beaucoup, et je pense qu'elle risque de mourir, mais *pas* hypothétiquement…

Je leur montre mes paumes ensanglantées pour appuyer mon propos.

– Problème numéro deux : Les méchants sont dirigés par un type qui connaît le frère de l'orpheline et qui a menacé de le tuer, il y a quelques heures à peine. Un gars qui ne s'appelle pas hypothétiquement du tout Garil Gannon.

Ronan cligne des yeux, l'air stupéfait, et Mari le regarde, confuse.

– Gannon ? demande Ronan. Tu en es sûre ?

– Très sûre. Il a mentionné ton nom, Ronan. Il sait où tu travailles, et je ne sais pas s'il sait où se trouve cet appartement. C'est pour ça que je suis allée te prévenir au bureau.

Ronan secoue la tête, incrédule.

– Je n'aurais jamais pensé…

– Il est à la tête d'une bande de types vraiment méchants. Et son plan est de renverser le chef actuel de… l'organisation secrète pour prendre le pouvoir. Je pense qu'il tuera tous ceux qui se mettront en travers de son chemin. Ce qui m'inclut moi, soit dit en passant, mais toi aussi, pour une raison que j'ignore.

– Attends, intervient Mari, reviens un peu en arrière… Cette fille qui a été poignardée, où se trouve-t-elle ?

Rosalia me tuera si je le lui révèle, mais si je tiens ma langue, elle mourra…

– Dans une chapelle abandonnée en haut de la colline.

Mari fronce les sourcils.

– La petite chapelle d'Harona ? Elle a été fermée il y a des années. J'avais oublié qu'elle existait encore !

– On l'a utilisée comme planque, Beck, Rosalia et moi. C'est là que j'allais quand je sortais en cachette.

Ronan et Mari se regardent d'un air que je n'arrive pas à déchiffrer, puis Mari reprend :

– D'accord, voici ce qu'on va faire. J'ai une formation en premiers secours, donc je vais aller trouver cette fille et m'assurer qu'elle va bien. Ronan et Alli, vous devez immédiatement quitter cet appartement. Allez trouver les Protecteurs en bas et dites-leur où les Ombres gardent le garçon, et ils…

– Non ! je rétorque aussitôt. Les Protecteurs ne feront pas la différence entre les Ombres et les autres voleurs, ils arrêteront tout le monde, y compris Beck !

Mari a une moue de désapprobation.

– Je sais ce que tu penses, je continue, mais ils ne méritent pas tous d'être arrêtés. Beck est juste un gamin qui a grandi au sein de la G... de l'organisation. Sa mère est morte, il est tout seul... C'est la seule vie qu'il ait jamais connue. C'est un garçon bien, vraiment, et il m'a sauvé la vie plus d'une fois. Tu ne peux pas l'arrêter !

– Je sais que tu veux protéger ton ami, Alli, mais...

– Si tu dois arrêter quelqu'un, arrête-moi à la place, d'accord ? Je savais parfaitement qu'il ne fallait pas voler ni traîner à nouveau avec des voleurs, mais je l'ai fait quand même. Je vous ai menti à tous les deux, je suis sortie en cachette... Vous pouvez me jeter en prison. Mais ne punissez pas Beck à cause de ce qu'il est...

Mari semble hésitante, alors j'enfonce le clou :

– Si vous envoyez les Protecteurs là-bas, vous savez aussi bien que moi qu'ils arrêteront des gens à tout-va, et les voleurs essaieront de fuir ou de se battre... Il pourrait y avoir des victimes des deux côtés. Vos amis Protecteurs ne sont pas préparés à ce qui les attend, je vous le garantis. En revanche, si vous me laissez y aller, je peux retrouver mon ami et arrêter les Ombres. Je peux révéler le plan de Gannon au chef des voleurs, et alors il le neutralisera. Conclusion : à part les Ombres, personne ne sera blessé, Mari. Mais vous devez me laisser partir maintenant !

– Je t'accompagne, s'écrie Ronan en se levant.

– Non, je...

– Pas question de te laisser affronter ça toute seule ! Je ne veux pas que tu y ailles tout court, mais si tu dois vraiment sauver ton ami, alors je viens aussi.

Mari quitte enfin son poste près de la porte et ramasse la trousse de premiers secours dont le contenu s'est éparpillé sur le canapé.

– Je vais raconter aux Protecteurs qui montent la garde que c'était une fausse alerte, puis nous pourrons partir. Quant à moi, je vais trouver la fille dans la chapelle et voir si je peux la soigner.

– On vous retrouvera là-bas après, je réponds. Beck possède un peu de magie de guérison – sa mère était guérisseuse. Il pourra peut-être aussi l'aider !

Mari hoche la tête en glissant un rouleau de bandages dans sa poche.

– D'accord. Si vous n'êtes pas revenus dans quelques heures, j'enverrai les Protecteurs vous chercher que ça vous plaise ou non. Où allez-vous ?

– Au marché nocturne, je réponds.

Mari ouvre la bouche pour me demander l'adresse, mais je lève la main pour l'interrompre :

– Pas le temps d'expliquer tout ça maintenant mais, oui, ce marché existe bien et, non, je ne connais pas son emplacement exact. Mais un thilastri peut m'y emmener. C'est tout ce que je peux dire.

– Soyez prudents, dit-elle en fronçant les sourcils.

– Au fait, Mari ? Cette fille que tu vas aider ne mérite pas non plus d'aller en prison. Elle essaie simplement d'aider sa famille.

Mari soupire.

– Je ne peux rien te promettre, mais je ferai de mon mieux pour la sauver.

Je n'ai pas le temps d'argumenter alors je me contenterai de ça pour le moment.

– D'accord, allons-y.

Je me tourne vers Ronan.

– Tu es sûr de vouloir venir ? Tu pourrais fuir avec les Protecteurs et…

Brusquement, Ronan me prend dans ses bras. Je suis tellement surprise que je me fige, même si c'est plutôt agréable.

– Tu n'as pas à affronter ça toute seule, Alli.

Et pour la première fois, je le crois vraiment.

VINGT-DEUX

RONAN ET MOI COURONS dans l'obscurité, guidés par les lueurs des réverbères. Nous courons donc à perdre haleine, projetant de la neige fondue à chacun de nos pas.

Nous nous arrêtons au coin d'une rue pour reprendre notre souffle et j'en profite pour poser la question qui me brûle les lèvres :

– Dis-moi, qui est ce Gannon et pourquoi veut-il te tuer ?

– Je n'aurais jamais pensé…

Il hésite, puis poursuit :

– Gannon était apprenti en même temps que moi chez Avinoch & Associés. Nous étions en concurrence pour une promotion mais, au début, nous étions en bons termes. C'était le type sympa que tout le monde appréciait. Mais au bout d'un moment, je me suis rendu compte qu'il y avait quelque chose qui clochait chez lui : il allait et venait à des heures étranges, il était souvent en retard, ne racontait jamais rien sur lui… On ne savait même pas où il habitait ! Et puis… Des choses étranges ont commencé à se produire : des documents mélangés, des dossiers importants et des preuves qui disparaissent... Presque à chaque fois, cela concernait une affaire de fraude contre un important homme d'affaires.

– Laisse-moi deviner : Gannon était derrière tout ça ?

Ronan hoche la tête. Il jette un coup d'œil en haut et en bas de la rue avant que nous reprenions notre course pour tourner au pâté de maisons suivant.

– Je n'ai jamais réussi à prouver comment et pourquoi Gannon était lié à cet homme d'affaires mais, une nuit, je l'ai surpris en train de voler un dossier au bureau et j'en ai parlé à Avinoch. Gannon a essayé de nier, et les choses se sont envenimées. Avinoch a tenté d'appeler les Protecteurs mais Gannon s'est enfui avant leur arrivée. C'est la dernière fois qu'on l'a vu et, honnêtement, je n'avais pas beaucoup pensé à lui depuis. Je savais qu'il était corrompu, mais je n'aurais jamais pensé qu'il était violent ou dangereux, ni qu'il m'en voudrait. Bon, c'est vrai que je l'ai fait virer et presque arrêter...

– Eh bien, il veut carrément te tuer ! Il a inscrit ton nom sur une liste noire des Ombres, et une des personnes qui y figurait est déjà morte. Quand il m'a vue tout à l'heure, il a parlé de toi et t'a menacé.

Ronan accélère et serre les lèvres jusqu'à ce qu'elles ne forment plus qu'une mince ligne. Nous tournons encore et enfin une calèche apparaît devant nous. Ronan la hèle, tend au conducteur une bourse pleine de jamars et lui demande de nous emmener aussi vite que possible aux Jardins de Miagnar.

Quelques minutes plus tard, nous nous arrêtons et descendons dans l'obscurité. Les Jardins ressemblent beaucoup à la première fois que je les ai vus, au printemps dernier : des lanternes tamisées éclairent de longs chemins sinueux, des arbres dénudés se balancent dans le vent. Cependant, cette fois, mes pieds foulent de la neige et non l'herbe, tandis que des bourrasques glacées me fouettent le visage. Comme je connais les lieux, je guide Ronan jusqu'aux écuries.

– Il devrait être là-dedans, je chuchote, comme s'il y avait quelqu'un pour nous entendre.

– Qui cherchons-nous ? chuchote Ronan en retour.

– Un thilastri. D'après Rosalia, sa stalle serait ornée de… quelque chose de gris. Un oiseau, peut-être. Un aigle ou un faucon, je ne sais plus. Et la couleur du fond est… euh…

Je m'arrête. Ronan ne dit rien, mais son expression est sceptique.

– Elle a utilisé un nom de couleur compliqué, d'accord ? je m'écrie. Elle ne pouvait pas juste dire, genre, bleu ? Non, il a fallu qu'elle utilise quelque chose de compliqué, comme cyan ou pourpre ou .. je ne sais pas, lie-de-vin, un truc comme ça !

– Donc nous cherchons une stalle peut-être de couleur lie-de-vin avec, peut-être, un oiseau gris dessus ?

Il essaie de ne pas avoir l'air sarcastique mais n'y parvient pas tout à fait.

– Hé ! N'oublie pas que la personne qui m'a dit ça était en train de se vider de son sang, alors sois indulgent…

– C'est vrai… Mais qui utilise des termes comme « lie-de-vin » dans une telle urgence ?

– Je sais ! je m'exclame. Pourquoi ne pas dire « rouge », comme tout le monde ? Crois-moi, cette fille est insupportable…

– Et ton ami Beck, il est insupportable aussi ?

– Parfois, oui, je réponds. Il ne faut jamais lui demander son chemin, par exemple, à moins de vouloir l'écouter réciter une carte entière pendant une heure. Et il ne faut pas le laisser planifier quoi que ce soit à l'avance, sinon, on se retrouve à l'écouter parler sans fin de stratégie et de préparatifs. À mon avis, il ne peut même pas marcher dans la rue sans calculer d'abord l'itinéraire parfait, alors que toi, tu te dis : « euh… je voulais juste me promener… » Tu vois ce que je veux dire ?

Nous entrons dans les écuries sombres et inquiétantes et examinons les plaques des stalles sans savoir ce que nous cherchons.

– On dirait que tu l'aimes bien, glisse soudain Ronan.

– Qui ? Beck ? N'importe quoi ! Je viens de t'expliquer à quel point il est insupportable !

– Oui, oui, c'est ça…

– Et ai-je mentionné qu'il a l'habitude de me faire faire des choses ridicules comme trouver un thilastri en pleine nuit pour le sauver de voleurs sanguinaires ? Vraiment, je me fiche complètement de lui…

Je fais semblant de regarder les plaques de la rangée d'en face pour que Ronan ne voie pas mon visage.

– Et c'est pour cela que jamais tu ne risquerais ta vie ou ne prendrais de décisions douteuses pour essayer de le sauver, c'est ça ?

– Exact.

Mais j'ai répondu trop vite et comprends trop tard qu'il était ironique.

– Toi, tu as officiellement passé trop de temps avec moi, je murmure. J'ai une mauvaise influence sur toi !

Ronan rit de bon cœur, un son doux et plein d'espoir dans l'obscurité.

– Tu n'es pas la seule à pratiquer le sarcasme. C'est un truc de famille !

« Un truc de famille »... À cette expression, mon cœur fait un bond. Personne ne l'avait jamais employée en parlant de moi. Quand j'étais petite, je me demandais souvent si j'avais les yeux de ma mère ou les cheveux épais de mon père, si j'avais leur voix, leurs manières ou leur rire, si mon frère me ressemblait, si nous aimions tous les deux le chocolat blanc. Puis j'ai grandi et j'ai refoulé toutes ces questions parce que je pensais ne jamais pouvoir découvrir ce qu'étaient ces « trucs de famille ».

À présent, je sais que mon frère est intelligent et gentil, qu'il sourit plus que moi et qu'il rit tout le temps. Je sais qu'il est parfois sarcastique et me trouve drôle, que nous avons les mêmes cheveux, les mêmes yeux et le même accent. Je sais qu'il met trop de sucre dans son thé, qu'il est fort en chocolat chaud et nul en patinage.

Mais j'ai encore tellement à découvrir : je veux savoir s'il préfère l'été à l'hiver, comme moi ; s'il ouvre les fenêtres pendant les orages pour écouter le tonnerre, comme je le fais ; si, parfois, il est tellement furieux qu'il sent la colère couler dans ses veines. Je veux le connaître quand il est triste, quand il est fatigué ou irrité, quand il est impatient ou vraiment, vraiment heureux ! Le connaître à chaque instant de sa vie, les pires et les meilleurs... Jusqu'à présent, j'ai manqué la plupart de ces moments, et il a manqué les miens.

Maintenant, je ne veux plus rien rater, je veux que nous trouvions un moyen de nous sortir de tout ce bazar avec le Clan des Ombres et que nous soyons enfin une famille. Je veux aller patiner, boire trop de chocolat chaud et aller à chaque festival de la Nuit de l'hiver, juste pour voir mon frère retirer des confettis de son verre de cidre.

Mais j'ai tout gâché…

C'est un miracle que Ronan soit encore là et qu'il m'aide alors qu'il devrait fuir Gannon et les Ombres. Mon frère est comme ça, il se met en danger pour sauver un garçon qu'il ne connaît même pas, seulement parce qu'il veut m'aider et me protéger. Je ne me fais pas d'illusions : après cette nuit, tout sera fini. Si nous survivons, je suis sûre que Ronan et Mari me renverront en prison ou à l'orphelinat, si j'ai de la chance… Et qui pourrait le leur reprocher, après tout ce que j'ai fait ?

Petite, j'ai appris que je ne devrais jamais espérer être adoptée, que ça ne marche jamais pour les enfants comme moi. J'ai baissé ma garde avec Ronan parce que je voulais que ça marche. C'était une erreur.

Si nous nous en tirons ce soir, je ne supplierai pas Ronan de me laisser rester ; cela ne ferait que le mettre en danger à nouveau. Il faudra que je sorte de sa vie pour de bon. Enfin, si nous survivons, bien sûr.

Nous continuons notre inspection et je reste dans l'ombre des lanternes pour que Ronan ne voie pas mes larmes.

Par ailleurs, j'ai beau regarder partout, je ne trouve pas la stalle qui correspond à la description de Rosalia : elles sont peintes de différentes couleurs – rouges, jaunes, vertes et bleues – et beaucoup sont décorées du blason de la famille noble à laquelle le thilastri appartient.

J'ai la boule au ventre en pensant que je pourrais tomber sur celui des Atherton… Je ne veux pas avoir à penser à eux ni au fait que la dernière fois que j'ai été mêlée à la Guilde, quelqu'un est mort...

Ce soir, ce sera différent... Il le faut.

– Hé, Alli, tu avais bien dit un oiseau gris ? lance soudain Ronan.

Je me retourne et le vois devant une stalle dont la porte est peinte en violet clair, avec un oiseau gris pâle – une sorte de faucon ou d'aigle – dessus.

– C'est peut-être ça, je réponds sans grande conviction. Est-ce que cette couleur est « lie-de-vin » ?

Ronan penche la tête, fixant la peinture.

– Est-il possible que le nom de couleur qu'elle t'ait donné soit « mauve » et non « lie-de-vin » ?

– C'est une possibilité. Est-ce que c'est ça, « mauve » ?

Ronan hoche la tête.

– Je dirais que oui.

– Ça me semble plutôt violet.

Il a l'air un tout petit peu exaspéré, mais il me sourit quand même.

– Bon, allons rencontrer notre thilastri ! déclare-t-il.

À l'intérieur de la stalle éclairée par une lanterne, un énorme thilastri au plumage bleu éclatant repose sur un coussin géant et moelleux. Il ouvre un grand œil jaune en nous voyant entrer puis les plumes de sa tête se hérissent.

– Qui êtes-vous ? Que me voulez-vous ?

– Euh, salut. Je suis une... amie de Rosalia Peakes. Tu la connais, n'est-ce pas ? Elle m'a dit que tu accepterais de m'emmener quelque part... à un certain *marché* qui, je pense, est toujours ouvert à cette heure *nocturne*...

Le thilastri lève la tête et nous fixe de ses yeux jaunes.

– Et pourquoi je ferais ça ? Je ne te connais même pas.

Si Rosalia s'est trompée, je jure de retourner dans cette fichue chapelle pour lui faire passer un sale quart d'heure !

– Rosalia m'a assuré que tu m'aiderais. C'est urgent. Vraiment, vraiment urgent. Je t'en supplie…

– Non. Je répète : je ne sais pas qui tu es…

Ah mais oui ! Le pendentif. Rosalia m'a dit de montrer le pendentif.

Je fouille dans ma poche et lui tend la clé. La lanterne au-dessus de nous fait scintiller la pierre verte qui éblouit Ronan.

– Moi, je crois que tu me connais. Je crois que nous avons beaucoup d'amis en commun. Et certains de ces amis sont en danger en ce moment et j'ai besoin de ton aide pour les sauver.

– Range ça, grommelle le thilastri avec une voix si profonde qu'elle fait trembler le sol. Tu es mal renseignée, ma petite : le marché n'est pas ouvert ce soir.

– Fais une exception, je t'en supplie.

Le thilastri me scrute de haut en bas de son grand œil doré.

– Non… Je ne sais pas qui tu es, ni pourquoi Rosalia Peakes te confierait son pendentif, mais si elle veut que je t'emmène quelque part, elle n'a qu'à venir ici me le demander elle-même !

– Elle ne le peut pas puisqu'elle a été poignardée.

– C'est son problème, pas le mien.

– Bon sang ! je m'exclame, j'en ai tellement assez de vous tous, avec vos règles idiotes et égoïstes. C'est chacun pour soi, c'est ça ? Ne pas s'impliquer, surtout ne jamais aider personne. Franchement, ce n'est pas étonnant que les Ombres aient pu corrompre certains voleurs si facilement. Vous ne méritez même pas d'être sauvés !

Je me rends compte trop tard que j'ai haussé la voix et qu'elle résonne au-dehors. Des bruissements et des murmures commencent à se faire entendre à l'extérieur des écuries...

– Alli, chuchote Ronan sans s'énerver, je pense qu'on ferait mieux de partir.

– Impossible, je réplique en pointant le thilastri du doigt. C'est le seul qu'on connaisse qui puisse nous emmener...

– Alli Rosco ? tonne une autre voix de thilastri.

Une voix familière.

– Ser ? j'appelle en me retournant.

Je sors dans l'allée, et je tombe sur plusieurs grandes têtes bleues qui dépassent de leur stalle et me fixent.

– Serenier ? C'est toi ?

Je me précipite vers sa chambre, Ronan sur mes talons.

C'est vraiment lui ! Le premier thilastri que j'aie jamais rencontré, celui qui m'a emmenée au repaire avec Beck.

– Rosco, gronde-t-il en nous regardant tour à tour, Ronan et moi.

Les thilastri ne peuvent pas grimacer puisqu'ils ont des becs et non des bouches, et j'ai pourtant l'impression qu'il me regarde avec désapprobation.

– Que fais-tu ici ? C'est quoi, tout ce raffut ?

– Beck est en danger. Je n'ai pas le temps de t'expliquer, mais je dois aller au marché nocturne... Tout de suite !

Ser se lève rapidement et secoue ses plumes.

– Je peux t'y emmener. Qu'est-il arrivé à Beck ?

– Il ne lui arrivera rien si j'arrive à l'empêcher, justement... C'est une longue histoire. Nous devons partir tout de suite...

– Qui est-ce ? demande-t-il en regardant Ronan.

– Euh, voici mon frère, Ronan. Ça aussi, c'est une longue histoire. Mais ne t'inquiète pas : il est là pour nous aider.

Ser semble dubitatif mais il finit par acquiescer :

– D'accord. Montez.

– Euh, Alli ? chuchote Ronan à mon oreille. Je ne sais pas si c'est le bon moment pour mentionner que… je n'ai jamais monté de thilastri.

– Oh, c'est facile, ne t'inquiète pas, et ce n'est pas du tout effrayant ! je mens.

Ser abaisse ses épaules pour que nous puissions monter et je lui saute dessus, m'agrippant fermement à ses plumes ; Ronan m'imite et se glisse derrière moi. Ser trotte hors de sa stalle, franchit la porte ouverte des écuries puis sort dans les jardins. Il déploie alors ses larges ailes et Ronan laisse échapper un petit cri d'angoisse.

Encore une chose que nous avons visiblement en commun : le vertige…

– Accrochez-vous, nous conseille Ser. Je vais voler vite.

Oh. Génial.

Ser bondit en avant, court puis s'élance dans le ciel. Ronan et moi nous agrippons à son dos comme si notre vie en dépendait. Le vent froid et la neige nous fouettent le visage. Je ferme les yeux en serrant les dents tandis que mon cœur bat dans mes oreilles, plus fort et plus vite encore que les battements puissants des ailes de Ser. Je répète le conseil de Ser dans ma tête : *Accrochez-vous, accrochez-vous, accrochez-vous, accrochez-vous…*

Accroche-toi, Beck. Accroche-toi. Nous arrivons.

VINGT-TROIS

Quand Ser atterrit enfin, Ronan a l'air aussi mal en point que moi.

– Rappelle-moi de ne plus jamais faire ça, je bougonne en sautant du dos du thilastri, qui éclate de rire.

– J'en déduis que tu n'auras pas besoin de moi pour rentrer ?

– Oui, bon, d'accord… Mais après, rappelle-moi de ne plus jamais voyager comme ça.

Ser replie ses ailes et hérisse ses plumes.

– Il vaut mieux que je ne poursuive pas le chemin avec vous, observe-t-il.

– Oui… Tu es un peu trop… voyant. Je ne veux pas te vexer, mais nous aurions du mal à nous faufiler au marché avec toi.

Il incline la tête vers un bâtiment abandonné au coin de la rue.

– Retrouvez-moi là-bas quand vous aurez terminé.

– D'accord. Et… merci, Ser.

Je lui dois une fière chandelle : il ne m'a jamais beaucoup appréciée et, pourtant, il n'a pas refusé de m'aider comme l'autre thilastri.

Il claque son bec et je suppose que ça signifie : « de rien ».

– Promettez-moi de sauver Beck, conclut-il avant de trotter dans la rue et de se fondre dans l'obscurité.

Quant à Ronan, il est toujours un peu verdâtre.

– Et maintenant, on fait quoi ? demande-t-il.

– Allons dans cette direction. Enfin, je crois.

Je guide mon frère dans les rues sombres, essayant de me souvenir du chemin emprunté par Mead lors de ma première venue. Comme il a neigé, j'ai du mal à reconnaître les lieux et à me repérer.

Nous arrivons finalement à l'endroit où la gardienne étrange nous avait arrêtés, Mead et moi, et j'espère ne pas avoir à lui répéter le très long mot de passe, car je l'ai oublié.

Mais aucun signe de la gardienne… Personne ne surveille l'entrée et, en avançant dans l'allée principale du marché nocturne, nous comprenons pourquoi : comme me l'a dit le thilastri, il n'y a pas de marché ce soir. La plupart des stands et des chariots sont emballés, probablement prêts à être déplacés ailleurs ; les clients et les vendeurs ont disparu, l'endroit est presque désert. Il reste bien quelques grandes tentes, mais je suis persuadée qu'elles sont enchantées pour empêcher les voleurs de s'y introduire. Ce sera un problème pour nous si Beck est dans l'une d'elles.

– Nous devons rester hors de vue, je chuchote à Ronan. Il y aura beaucoup de voleurs dans les parages, ce soir, et la plupart ne seront pas ravis de nous voir.

– Bon plan, murmure Ronan en retour.

Nous nous faufilons derrière les tentes et j'essaie de me rappeler le chemin vers celle qui abrite le Trésor. Je suis à peu près sûre que c'est là que le grand braquage aura lieu : le vendeur est le principal receleur des Ombres, donc c'est à coup sûr celui que le roi voudra détrousser.

Le problème, c'est que je ne sais pas comment Kerick prévoit de voler le Trésor ni comment les Ombres comptent l'arrêter. Mais si les voleurs de Kerick viennent ici, alors les Ombres y seront aussi, probablement avec Beck. Si toutefois Rosalia avait raison de penser que Beck serait utilisé comme monnaie d'échange…

– Qu'est-ce que c'est que cet endroit ? chuchote Ronan, regardant avec émerveillement les stands et les enseignes devant lesquels nous passons.

– Le marché nocturne. C'est comme un marché noir pour les objets volés et… toutes sortes de choses illégales.

– De la *magie* illégale, observe Ronan en lisant une enseigne proposant POTIONS, MALÉDICTIONS ET PLUS ENCORE !

– Oui, on trouve de ça aussi.

Nous errons un moment en essayant de rester dans l'obscurité. Les tentes blanches rendent notre manœuvre difficile car elles ne dissimulent pas du tout nos ombres. Mais j'ai peur de trop m'éloigner de l'allée principale et de ne jamais retrouver mon chemin.

Devant nous, j'aperçois enfin quelque chose que je reconnais : le miroir, celui qui montre les conséquences des souhaits et dont Mead a dû m'éloigner. Il est toujours là, apparemment sans surveillance. Au moins, maintenant, je sais que nous allons dans la bonne direction.

D'un coup, j'y pense : ce miroir montre comment obtenir ce que l'on souhaite !

Je m'arrête si brusquement que Ronan manque de me rentrer dedans.

– Qu'est-ce qu'il y a ? Qu'est-ce qui ne va pas ? murmure-t-il.

Je regarde autour de moi, mais la propriétaire du miroir n'est nulle part en vue. Mead m'a prévenue que cet objet est dangereux, mais il n'est pas là non plus, et il n'y a personne pour m'arrêter.

– Attends-moi là-bas, je dis à Ronan en désignant un coin sombre près du stand le plus proche. J'ai besoin de regarder dans ce miroir un instant.

– Le miroir ?

– Oui, il est magique. Fais-moi confiance.

– Très bien, répond-il d'un ton incertain.

Il se cache derrière le stand et je m'approche du miroir.

Qu'est-ce que je souhaite ?

Sauver Beck ? Mais mon frère est avec moi, et il faut aussi que je me préoccupe de lui.

Car la femme a bien dit que le miroir me montrerait les *conséquences* de mes vœux. Et si, par exemple, Ronan se blessait pendant la bataille contre les Ombres sans que ce soit lié à mon souhait, est-ce que le miroir me le montrerait quand même ?

Il faut que je m'assure que je ne mets pas Ronan en danger en voulant sauver Beck.

C'est la même question, encore et toujours : Comment réconcilier des choses incompatibles entre elles. Je veux vivre avec mon frère tout en faisant partie de la vie de Beck ; je veux être la voleuse que Beck voit en moi et la sœur que Ronan veut que je sois.

Et si c'était ça, le problème ? Je ne peux pas me diviser en deux ! L'ancienne Alli et la nouvelle existent en même temps…

En même temps…

Ça y est ! Je sais ce que je dois souhaiter.

Je fixe le miroir, regardant mes yeux bruns dans la glace, puis je murmure ces mots :

– Je souhaite sauver… à la fois Beck et Ronan.

La surface ondule et une brume recouvre peu à peu tout le miroir. Petit à petit, elle se solidifie et des silhouettes sombres en émergent, comme un croquis en noir et blanc.

Je vois une fille debout devant un miroir. Elle se retourne puis marche sur ce qui ressemble à une rue pavée et s'approche d'un petit chariot banal. La fille – moi – s'accroupit derrière et se relève un instant plus tard, quelque chose à la main.

L'image change alors : l'arrière-plan s'efface tandis que les contours de la fille deviennent plus clairs. L'objet qu'elle tient est une sorte de carré avec un petit cercle incrusté en son centre. Un cercle qui pourrait être une pièce de monnaie…

La brume tourbillonne à nouveau, les formes s'évanouissent et se reconstituent. Une scène se dessine : des dizaines de silhouettes se battent. L'une d'elles tombe à terre, puis une autre, tandis que de nouvelles silhouettes entrent en scène. Mais elles défilent si rapidement que je ne peux pas vraiment distinguer ce qui se passe, ni reconnaître qui que ce soit.

Brusquement, quelque chose change : la plupart des silhouettes cessent de bouger ; une se tient seule au centre, une petite forme qui ressemble à la fille de la scène précédente. Elle tient à nouveau le carré avec la pièce de monnaie, et elle… qu'est-ce qu'elle fait, au juste ?

Avant que j'aie le temps de comprendre, les ombres dansent, ondulent à travers le verre et disparaissent. Je ressens comme un poids immense dans mon ventre sans comprendre ce que cela signifie. Désormais, le miroir ne montre plus que mon propre reflet.

– Attends, peux-tu me remontrer la toute dernière scène ? je demande au miroir.

Il ne se passe rien.

– Oh, allez ! Ce n'est pas juste. Je n'ai même pas compris ce qui s'est passé !

Toujours rien.

– Eh bien, merci quand même…

Je m'éloigne du miroir et me dirige vers le stand où Ronan s'est caché. Toujours aucun signe de la femme qui était là avant.

Si Mead avait raison à propos des conséquences de l'utilisation du miroir, il faudra que je m'en inquiète plus tard (et que je me préoccupe aussi de cette sensation désagréable dans mon ventre).

– Tu peux sortir, maintenant, je lance à Ronan tapi dans l'obscurité.

– Que s'est-il passé ? demande-t-il, l'air perplexe. J'ai vu que tu regardais dans le miroir.

– Pas le temps de t'expliquer ! Mais j'ai découvert quelque chose d'important et nous devons faire un détour rapide.

Nous empruntons une rue et arrivons quelques stands plus loin, là où Mead s'était arrêté la dernière fois. Je ne sais rien de ce petit chariot, si ce n'est que son vendeur était complice des Ombres. Je n'ai pas compris tout de suite à quel point il aidait le Clan.

La Pièce du roi est cachée ici.

Je m'accroupis derrière le chariot et l'examine : les étagères sont presque vides. Évidemment, la Pièce ne va pas être exposée à la vue de tous. Comment suis-je censée la trouver ? Le miroir a été bien trop vague à ce sujet.

– Qu'est-ce qu'on cherche ? chuchote Ronan.

– Une pièce de monnaie, probablement en or ou en argent, mais très particulière.

– Laisse-moi deviner… Elle est magique ?

– Euh, probablement.

Je passe mes mains sur la surface en bois des étagères, mais je ne sens rien d'inhabituel. Il doit y avoir un compartiment secret quelque part, c'est sûr ! Gannon l'a sans doute soigneusement dissimulée dans un endroit auquel lui seul peut accéder… Un endroit que seuls les membres de la Guilde peuvent atteindre !

Je sors alors le pendentif de Rosalia de ma poche. Sa surface dorée scintille dans la lumière bleue des lanternes du marché.

Le pendentif doit être la clé.

– Est-ce qu'il ne rentrerait pas là, par hasard ? demande Ronan.

Je regarde ce qu'il pointe du doigt et découvre une encoche taillée dans le bois de l'étagère du bas. Elle pourrait effectivement correspondre au pendentif.

Je me penche et presse le médaillon dans l'encoche : la clé s'ajuste parfaitement.

– Et maintenant ? chuchote Ronan.

Je sais quoi faire : je repense au mur qui dissimule l'entrée du repaire des montagnes. Le fonctionnement doit être le même. J'enfonce le pendentif et le tourne. Le bois grince et un petit panneau s'ouvre alors, révélant un espace creux.

Il fait trop sombre pour voir ce qu'il y a dedans. De plus, c'est peut-être un piège. Mais le miroir a été formel : la Pièce se trouve à l'intérieur, alors…

Je prends une profonde inspiration et avance prudemment la main. Mes doigts se referment sur quelque chose de dur, lisse et froid. Je sors l'objet et l'examine : c'est un carré solide en verre, comme une toute petite vitrine à l'intérieur de laquelle est incrustée une pièce de monnaie.

Elle est en argent lisse et brillant et ne ressemble à aucune pièce que j'aie jamais vue. Une fine chaîne passe par un petit trou en haut, comme si quelqu'un l'avait portée en collier. Malgré l'obscurité, je distingue sur sa surface un serpent sinueux, pas très différent de la forme du pendentif de la Guilde. Et le serpent s'enroule autour… d'une couronne !

– C'est ça ! je m'exclame, osant à peine respirer. C'est la Pièce !

Ronan semble avoir mille questions à poser, mais il les garde pour lui.

– D'accord, partons d'ici, dit-il à la place.

Je range le pendentif de la Guilde et la Pièce encastrée dans le verre dans la poche de mon manteau. Ensuite, je referme le petit compartiment et laisse le chariot exactement comme nous l'avons trouvé, même si cela ne ferait aucune différence si Gannon apprenait que nous sommes passés. Je vais apporter la Pièce au roi et tout cela n'aura plus d'importance.

Pour la première fois de la soirée, je ressens quelque chose qui ressemble à de l'espoir. J'ai la Pièce. Le miroir avait raison. Peut-être (je dis bien peut-être) que nous allons réussir à sauver Beck et à vaincre les Ombres.

– Allons chercher Beck, je lance.

Sans un mot de plus, nous marchons en silence pendant quelques minutes sans rencontrer personne.

Soudain, des bruits de pas retentissent devant nous, sur le chemin. Je tire Ronan sur le côté, et nous nous accroupissons derrière un chariot. Les pas se rapprochent et deux silhouettes disparaissent dans l'obscurité, en direction du Trésor. S'agit-il de partisans du roi ou du Clan ? Une chose est sûre : nous sommes en retard.

– Allez, dépêchons-nous, Ronan !

Nous nous mettons à plat ventre et rampons pendant quelques minutes, gardant toujours un œil sur les silhouettes. Bien entendu, elles nous mènent directement au Trésor. La tente blanche massive est toujours déployée et son enseigne se balance doucement dans la brise. Les deux silhouettes se glissent à l'intérieur.

– Et maintenant ? chuchote Ronan.

Je reste muette parce que je n'ai pas de réponse.

« Sauve le roi et tu sauveras Beck » m'avait dit Rosalia. Mais comment suis-je censée m'y prendre ? Que dois-je faire avec la Pièce ? Le miroir ne s'est pas montré très précis !

Si le roi passait par là, je pourrais simplement la lui donner et lui raconter ce que je sais sur les Ombres et leur embuscade. Ensuite, il gérerait la situation et hop, problème résolu !

Mais sainte Ailara et moi savons que je n'ai jamais ce genre de chance.

Bon, que faire ? Entrer de force dans la tente ? La contourner pour voir si Beck se trouve à proximité ? Attendre ?

Tout à coup, de nouveaux pas martèlent la rue, plus nombreux cette fois.

Ronan et moi nous cachons rapidement derrière une tente face au Trésor et tendons l'oreille : c'est en fait tout un groupe qui remonte le chemin.

– Attends-moi ici, je murmure à Ronan. J'ai besoin de me rapprocher pour voir qui approche.

– Alli, attends !

Trop tard, je suis déjà partie et me faufile sur le côté de la tente : j'aperçois cinq ou six silhouettes encapuchonnées qui se dirigent droit vers le Trésor. Je ne peux pas distinguer leurs visages. Sont-ils des Ombres ou travaillent-ils pour Kerick ? S'ils ont été envoyés par le roi, je dois les avertir.

La toile de la tente à côté de moi frémit et ondule brusquement, puis un cri déchire la nuit. C'est la voix de Ronan !

Je fais demi-tour et cours le long de la tente, mes bottes martelant le sol, et tombe sur cette scène terrible : Keene a enroulé un bras autour de mon frère et, de l'autre main, il tient un couteau. Sa lame d'argent brille contre la gorge de mon frère.

VINGT-QUATRE

– **Lâche-le !** je crie, sans me soucier de faire du bruit.

D'ailleurs, peut-être que les voleurs du roi m'entendront et nous viendront en aide.

– Tais-toi, Rosco, gronde Keene en tapotant sa lame contre le menton de Ronan. Laisse-moi deviner : c'est le fameux Ronan, ton frère… Oh, Gannon va être tellement content, il vous traque depuis si longtemps, tous les deux…

Désespérée, je l'implore :

– Ne fais pas ça, Keene. Nous ne sommes pas ici à cause des Ombres et les affaires de la Guilde ne nous regardent pas. Nous ne te causerons aucun problème, laisse-nous partir !

Il ricane.

– Bien essayé, Rosco, mais j'ai du mal à te croire. Que dirais-tu d'aller faire un tour au Trésor pour voir ce que Gannon en pense ? Je suis sûr qu'il sera ravi de vous voir.

Keene traîne Ronan dans l'allée principale et je n'ai d'autre choix que de les suivre. L'espace d'un instant, je croise le regard de mon frère et je sais ce qu'il me dit : « Fuis ! »

Mais je ne le ferai pas. Quoi qu'il arrive, je ne l'abandonnerai pas.

Le miroir m'a montré que je pouvais les sauver tous les deux. Je dois seulement comprendre comment.

Nous arrivons au Trésor, mais il est déjà trop tard : le piège des Ombres s'est refermé.

C'est le chaos. La plupart des meubles ont été jetés sur les côtés, laissant un espace libre au centre de la tente. De nombreux voleurs se battent et, dans le tumulte, il est difficile de distinguer qui est qui. Gannon traverse la tente en brandissant une paire de dagues étincelantes. Il fait face à deux voleurs trop éloignés de moi pour que je puisse les reconnaître. Derrière eux, deux femmes s'affrontent à l'épée et leurs lames d'acier rutilantes s'entrechoquent violemment. Keene emmène Ronan plus loin et nous passons près d'un voleur en train d'asséner un coup de poing. C'est Mead.

À notre gauche, un corps est étendu sur le sol, immobile. Je refuse de le regarder, car je suis presque sûre qu'il est mort…

Nous nous faufilons ensuite sur les côtés et nous rapprochons de Gannon, et je peux enfin voir qui sont ses adversaires. L'un d'eux tient une longue épée d'argent. C'est Kerick.

Keene le reconnaît aussi. Il s'arrête et hésite à s'approcher davantage.

Gannon et le roi se tournent autour, lame à la main. Le voleur qui combat aux côtés de Kerick – l'un de ses gardes – est également armé, mais Gannon ne semble guère s'en soucier. Il n'a d'yeux que pour le roi.

Kerick brandit son épée, prêt à frapper...

– Arrêtez !

Leta surgit de l'ombre. Elle traîne avec elle deux otages dont les bras sont liés dans le dos.

Mon cœur s'emballe : l'un d'eux est Peakes, le petit frère de Rosalia. L'autre est Beck.

Son œil droit est tuméfié et du sang a séché sur sa bouche mais, à part ça, il semble indemne.

– Si tu ne veux pas que ces deux jeunes voleurs périssent, rends-toi ! crie Leta.

Kerick et Leta s'affrontent du regard.

Finalement, le roi abaisse son épée et ordonne à son garde de reculer. Peu à peu les membres de la Guilde l'imitent et les combats cessent.

Keene profite du silence pour pousser Ronan en avant.

– Regardez qui j'ai trouvé en train de rôder ! s'exclame-t-il. Deux Rosco pour le prix d'un !

Les yeux de Gallon s'illuminent en nous voyant.

– Eh bien, eh bien, eh bien. Comme c'est gentil de vous joindre à nous ! dit Gannon en me regardant. Nous étions tellement déçus que tu nous quittes, tout à l'heure !

Puis il se tourne vers mon frère et son sourire charmant se transforme en un rictus sinistre.

– Ronan. Ça fait une éternité...

– Et c'était bien trop court, rétorque mon frère d'une voix calme mais ferme.

– Attache-les derrière, ordonne Gannon à Keene. Nous nous occuperons d'eux après.

– Attendez ! je crie.

Tous les yeux se tournent vers moi.

Sauf ceux de Leta : elle continue de dévisager Kerick comme si elle voyait un revenant.

Je n'ai pas le temps de me demander pourquoi car tout le monde attend que je prenne la parole et je ne sais pas encore ce que je vais dire. J'ouvre la bouche et laisse les mots s'échapper :

– J'ai quelque chose dont tu as besoin, je lance à Gannon. Quelque chose que j'ai récupéré dans un petit chariot au marché, en face d'un stand de pierres précieuses et d'un miroir vraiment bizarre…

Gannon écarquille les yeux et Leta le foudroie du regard.

– Qu'est-ce qu'elle veut dire, Garil ? demande-t-elle.

– Tu n'aurais pas osé ? me dit Gannon, la voix dangereusement grave. Tu bluffes !

– Tu ne me crois pas ? Et si je montrais à tout le monde ce que j'ai trouvé ?

Lentement, je plonge ma main dans ma poche, attrape le carré de verre et le brandis afin que chacun puisse le voir.

Quelques secondes qui me paraissent interminables s'écoulent en silence pendant que l'assemblée regarde la Pièce.

Kerick est le premier à réagir. Il s'avance vers moi, soit pour me protéger soit pour m'attaquer.

– Ne bouge pas ! aboie Leta.

Il s'arrête net et elle fait un geste menaçant en direction de Beck et de Peakes.

– Je n'hésiterai pas une seconde, Kerick, ajoute-t-elle.

Je regarde Beck et Ronan tour à tour. La boule dans mon estomac grandit, je n'ai jamais eu aussi peur de ma vie, mais… J'ai la Pièce ! Si je la joue fine, je peux les sauver tous les deux. En revanche, si j'échoue, ils mourront…

Kerick se tourne vers Leta avec un air froid et indéchiffrable.

– C'est ça, le genre de chef que tu veux être ? demande-t-il doucement.

– Je veux être le genre de chef prêt à tout. Quelque chose que toi-même m'as appris.

Je remarque alors que ses yeux sont de la même couleur que ceux de Kerick et, soudain, tout s'éclaire !

L'histoire que Beck m'a racontée à propos de la Pièce du roi, comment Kerick et sa sœur ont tué l'ancien souverain ensemble, puis comment Kerick a finalement gagné la Pièce, prenant ainsi le pouvoir tandis que sa sœur était chassée de la Guilde…

Cette sœur, c'est Leta.

Elle a probablement planifié tout cela depuis le début, depuis son exil. Elle a dû patiemment se préparer pour le moment où elle renverserait son propre frère et s'emparerait de son titre.

Bien entendu, elle ne pouvait pas y arriver seule. C'est pourquoi elle a formé les Ombres. Il lui était impossible de recruter elle-même des membres de la Guilde mais, avec l'aide de Garil Gannon infiltré parmi les voleurs, elle a pu commencer à les retourner contre son frère. La seule chose qui lui manquait pour revendiquer le trône, c'était la Pièce.

Celle que je détiens.

Leta se tourne alors vers moi.

– Donne-la-moi, ordonne-t-elle.

Je prends une profonde inspiration.

– Désolée, mais je crois que tu n'as pas compris comment fonctionne une négociation. Je t'explique : j'ai quelque chose que tu veux et, toi, tu as quelque chose que je veux… Que dirais-tu d'un échange ?

Son visage se tord en un rictus effrayant.

– Et si à la place, je te tuais et prenais la Pièce moi-même ?

Oups. J'espérais vraiment qu'elle ne penserait pas à ça.

– Attends, ne nous emballons pas… Bien sûr, tu pourrais demander à l'un de tes sbires de me tuer. Mais leur fais-tu assez confiance pour te la remettre ? Je ne pense pas. Tu ne peux pas non plus demander à Keene de s'en charger car il est occupé avec mon frère. Et toi, tu dois garder un œil sur tes deux prisonniers car ce sont eux qui empêchent le roi de te tuer, n'est-ce pas ? Bien sûr, tu pourrais envoyer Gannon récupérer la Pièce, mais tu ne le feras pas. Parce que nous savons toutes les deux comment ce partage du pouvoir a fonctionné pour toi, la dernière fois, pas vrai ? Tu as laissé Gannon cacher la Pièce pour gagner sa confiance, mais tu n'as jamais vraiment prévu de lui donner le pouvoir. Tu l'as seulement utilisé pour qu'il s'occupe de ton frère, et tu comptais ensuite le tuer et garder la Pièce pour toi. Et tu sais parfaitement que s'il me la prend, il fera la même chose avec toi.

Gannon se retourne vers Leta.

– C'est vrai, tout ça ?

– Bien sûr que non, rétorque Leta. Tu ne vois pas qu'elle essaie de nous monter l'un contre l'autre ?

Mais quelque chose dans sa voix ne sonne pas tout à fait juste et Gannon fronce les sourcils.

– Tu mens ! crie-t-il.

– Je ne mens pas !

– Très bien, répond-il d'une voix soudain calme et charmante. Alors dans ce cas, tu ne vois aucun inconvénient à ce que j'aille prendre la Pièce ?

Leta ferme les yeux.

– À la réflexion, déclare-t-elle doucement, je crois que la fille a raison. Ça me dérange, oui.

D'un geste rapide, elle dégaine un poignard et le plante dans la poitrine de Gannon.

Keene s'éloigne d'elle, entraînant Ronan avec lui, alors que Garil Gannon s'effondre… Du sang s'écoule alors de la plaie au niveau de son cœur.

Kerick se précipite vers Peakes et Beck, mais Leta anticipe son mouvement. Elle se retourne et brandit son couteau ensanglanté, faisant barrage entre son frère et les prisonniers.

Quant à moi, je ne peux qu'observer avec horreur la mort de Gannon.

Mais tout à coup, le poids qui m'oppressait depuis que j'ai regardé dans le miroir s'efface. Leta, elle, n'a pas un regard pour sa victime.

– Donne-moi la Pièce, petite, ou Keene tranchera la gorge de ton frère.

– Tu n'en feras rien, je réplique calmement, essayant de garder ma voix ferme.

Ai-je fait tuer Gannon par mes paroles tout à l'heure ? Ou est-ce lié au miroir et à ce poids étrange ?

– Et pourquoi pas ? demande-t-elle d'une voix lugubre.

– Parce que si tu tues mon frère, tu perds ton seul levier sur moi : plus rien ne m'empêchera de donner la Pièce au roi. Et quelque chose me dit que ça ne te plairait pas du tout.

Alors que je parle, les éléments de cette histoire deviennent de plus en plus clairs dans ma tête.

– La légende dit que cette Pièce est magique, n'est-ce pas ? je poursuis. C'est pourquoi tu l'as dérobée bien avant de tenter de combattre le roi ce soir : parce que, sans elle, tu crains de perdre. Et c'est aussi pour cela que tu as caché la Pièce au lieu d'utiliser son pouvoir ce soir… Car tu en as peur !

Leta reste impassible, mais peu importe : j'ai raison et elle le sait.

– Qu'est-ce que tu veux ? susurre-t-elle.

Enfin les mots que je voulais entendre !

Sauf que, maintenant, je suis bien incapable de savoir ce que je veux…

Soudain, un frisson me parcourt l'échine. Je me rends compte de la terrible erreur que j'ai commise en lui disant que Ronan était son seul levier. C'était un mensonge, car Beck aussi est un levier. Elle l'ignore et je ne peux pas le lui révéler. Mais si je lui demande de libérer Beck ET Ronan, elle comprendra tout de suite et se servira de Beck pour me forcer à lui donner la Pièce. Et elle nous tuera probablement tous les trois – sans parler du roi.

Je ne peux donc pas lui demander de relâcher Beck. Mais alors devrais-je l'abandonner là ? Non, ce serait pire ! Leta utiliserait la Pièce pour tuer son frère, puis Beck et tous ceux qui sont loyaux au roi.

Je me retrouve face à un choix impossible : si je sauve Ronan, Beck meurt ; si je sauve Beck, c'est mon frère qui pourrait mourir. Est-ce le miroir qui avait tort ou moi qui n'ai pas trouvé le moyen de les sauver tous les deux ?

– Tic-tac, tic-tac… fait Leta. Dis-moi vite ce que tu veux, petite, avant que je ne change d'avis et ne te tue moi-même.

– Très bien, très bien… je réponds, pour gagner un peu de temps. Je…

C'est comme si je me retrouvais à nouveau face au miroir, face à la même question.

Que souhaites-tu ? Beck ou Ronan. Ronan ou Beck.

Je prends alors une profonde inspiration.

– Je…

Réfléchis vite, Alli, il doit y avoir un moyen. Le miroir avait raison à propos de la Pièce, il doit donc avoir raison sur cette situation aussi… Mais je refuse de choisir : je les sauverai tous les deux ! Et peut-être bien que je sauverai aussi tout le monde. Beck et Ronan et Peakes et Kerick et Mead et moi-même et…

Kerick.

La voix de Rosalia résonne dans ma tête : « Sauve le roi et tu sauveras Beck… »

Sauver le roi… Mais comment ?

Remettre la Pièce à Leta, c'est tuer le roi. Mais je ne peux pas non plus la donner à Kerick, car Keene pourrait tuer Ronan. Je ne peux pas la donner à qui que ce soit. Donc je dois…

Quand l'idée me vient, j'agis sans hésitation : je tends la Pièce entre Leta et Kerick. Tous les deux suivent mes mouvements sans quitter le précieux objet des yeux.

C'est alors que je la laisse tomber.

Le verre se brise au sol, se fragmentant en mille morceaux tranchants. Avant que quelqu'un n'ait le temps de réagir, je me penche et m'empare du petit rond d'argent.

Aussitôt, de la chaleur se répand dans ma paume et un éclair fuse dans mes veines. Pendant une seconde, mon environnement disparaît complètement, et il n'existe rien d'autre que moi et le pouvoir qui me submerge.

Je regarde la Pièce qui brille dans ma main : sa surface est à présent réfléchissante et j'y vois mon propre visage. Mais le reflet se transforme, s'étire et grandit devant moi.

C'est comme si je scrutais mon reflet dans le miroir des souhaits sauf que, cette fois, je ne peux pas choisir ce que je veux y voir. La Pièce me montre une image de moi-même, étrange et magnifique, un pendentif de la Guilde autour du cou et des centaines de pièces d'or entassées à mes pieds. Des filaments argentés de magie tourbillonnent et se tordent autour de moi, émanant de la Pièce qui se trouve toujours dans ma main. Je suis riche, puissante, magicienne... Je peux faire tout ce que je veux !

L'image se transforme à nouveau, montrant Beck en train de rire. Tout cela pourrait être à moi. L'énergie de la Pièce coule dans mes veines comme une promesse : tout pour moi, pour toujours. La Pièce me donnera le pouvoir dont j'ai besoin, elle réalisera cette vision dans laquelle il y a tout ce que j'ai toujours voulu...

Sauf Ronan.

Cette pensée déchire immédiatement le voile des images. La vision se dissipe dans une pluie de particules argentées. Ce pouvoir venu du fond des âges me promet tout, sauf mon frère. Car cette magie est affamée et sombre... Si je lui cède, je perdrai Ronan pour toujours.

Je ferme alors les yeux, chassant les images de mon esprit.

Je ne veux pas. Je ne veux pas. Je ne veux pas !

Je suis peut-être une voleuse, mais je suis aussi la sœur de Ronan Rosco et je ne renoncerai à cela pour rien au monde ! Je ne choisirai pas entre Beck et Ronan, et je ne choisirai pas entre deux parties de moi-même.

Je renonce au pouvoir, j'essaie de le repousser. Mais il s'écoule toujours dans mes veines. La chaleur devient insupportable et brûle maintenant mon bras, ma main, mes doigts. Elle devient comme un soleil d'argent se consumant dans ma paume, mais je ne peux pas la lâcher. Je ne peux pas…

Soudain, j'ouvre les yeux et reviens brusquement à la réalité.

Un nuage de chaleur et d'étincelles argentées me sépare de tout le monde, mais il est en train de s'estomper. La Pièce redevient terne et froide dans ma main.

À son air confus et plein d'espoir à la fois, je comprends que Kerick a deviné ce qui vient de se passer. Mais les autres l'ignorent. Personne d'autre ne sait ce que j'ai vu, ce qui m'a été promis. Personne d'autre n'a touché la Pièce et expérimenté son pouvoir. Et personne ne sait à quoi je viens de renoncer…

Au cas où, je me baisse et ramasse un morceau de verre brisé, l'arme la plus proche que je peux trouver.

– Keene, je déclare calmement, je te suggère de lâcher ce couteau et de laisser mon frère partir tout de suite. Sinon, je devrai utiliser le pouvoir de cette Pièce pour te brûler vif.

– Elle ment, assure Leta.

Je me tourne vers elle et essaie de prendre l'air aussi menaçant que possible.

– Ah, tu crois ? Tu connais le pouvoir de cet objet. Tu as vu ce qui est arrivé à Kerick quand il l'a touché la première fois, le pouvoir qu'il a absorbé, ce qu'il peut en faire, n'est-ce pas ? Dis à tes Ombres de se rendre.

Pendant une seconde, Leta reste silencieuse, puis elle regarde Keene.

– Fais ce qu'elle dit.

Keene s'écarte aussitôt de mon frère. Ronan traverse rapidement la pièce pour me rejoindre.

– Ça va ? murmure-t-il tout bas.

Je lui fais un signe de tête.

– Fais-moi confiance une dernière fois, je murmure en retour.

Leta se retourne et regarde autour d'elle : plusieurs Ombres qui l'accompagnaient se sont évanouis. Ils ont tout vu – comment elle a tué Gannon, comment j'ai pris la pièce – et ont décidé de fuir.

Mais ce n'est pas mon problème pour le moment. Je me racle la gorge, attirant à nouveau l'attention de Leta sur moi.

– Libère les prisonniers, je lui ordonne en désignant Peakes et Beck.

Leta ne les détache pas mais elle recule. Peakes et Beck se précipitent vers Kerick et moi. Soudain, Keene se jette sur Beck, sa lame luisant faiblement dans l'obscurité de la tente…

Ronan arrache le morceau de verre brisé de ma main et s'interpose devant Beck. Je doute que mon frère sache comment utiliser cette arme de fortune, mais Keene l'ignore. Il recule vers Leta, ce qui permet à mon frère de couper les cordes liant les mains de Beck.

À peine libre, Beck sort son propre couteau et détache Peakes.

Je me tourne alors vers Kerick.

– Je crois que cela vous appartient.

Je lui tends la Pièce.

Une explosion d'étincelles argentées jaillit de sa main et Beck me tire en arrière tandis que la pluie de magie enveloppe le roi. Cela ne dure qu'un instant, puis une tornade de fumée grise jaillit de la brume argentée pour se jeter sur Leta, Keene et les Ombres restants.

La fumée épaisse tourbillonne dans la tente, sa chaleur magique crépite contre ma peau et une lumière blanche éclatante jaillit du corps du roi. Je ferme les yeux un instant.

Quand je les rouvre, Kerick se tient devant nous la Pièce serrée dans son poing.

Leta et les Ombres ont disparu. Il ne reste plus que Ronan, Beck, Peakes et les gardes du roi. Gannon gît par terre, sans vie, et je jette un coup d'œil rapide à l'autre cadavre que j'avais trop peur de regarder tout à l'heure. C'est Ivo, le garde du corps des réunions des Ombres.

Mead est introuvable, mais il ne se tenait pas parmi les Ombres quand ils ont disparu. Il a dû se faire la malle quand personne ne regardait. Ça lui ressemble bien.

– Alli Rosco, dit calmement le roi en croisant mon regard. Pour une surprise, c'est une surprise…

– Oh, de rien ! je réponds. Bon, on dirait que tout est sous contrôle maintenant, donc nous allons filer…

– Attends. Je crains de ne pas pouvoir vous laisser partir pour l'instant.

Peakes a l'air paniqué.

– Je suis désolé, monsieur, bredouille-t-il. Je… je n'avais pas compris ce que les Ombres avaient prévu de faire, sinon je n'aurais jamais… dès que j'ai su, j'ai essayé de les arrêter…

Le roi secoue la tête, et Peakes se tait instantanément.

Voilà. C'est le moment où le roi nous offre une récompense incroyable en remerciement pour tout ce que nous avons accompli, comme l'avait prédit Beck.

Pourtant, le roi ne semble pas d'humeur à distribuer des cadeaux. Au contraire, il fronce les sourcils comme quelqu'un sur le point d'annoncer une mauvaise nouvelle et fixe Beck.

– Malheureusement, poursuit-il, je ne peux pas permettre que des informations sur ce qui s'est passé ce soir circulent au sein de la Guilde. J'ai encore des ennemis, et ils utiliseraient ces événements contre moi. C'est pour cette raison que je ne peux autoriser Beck et Peakes à revenir parmi nous.

Pendant une seconde, je ne comprends pas un traître mot de ce qu'il raconte.

Il renvoie Beck et Peakes ?

Peakes est bouche bée et Beck vacille comme s'il avait reçu un coup de poing. Ils restent interdits, incapables de saisir ce qui se passe.

Mais moi, je comprends.

J'ai toujours trouvé étrange que Kerick choisisse Beck pour cette mission alors qu'il y avait tant de voleurs plus âgés et plus expérimentés. Je pensais que c'était parce que c'était risqué et que Beck était sacrifiable. Et je ne me trompais qu'à moitié.

Kerick tient à ce que la Pièce reste secrète pour une raison bien précise : il ne souhaite pas que d'autres voleurs découvrent le pouvoir de cet objet, ni à quel point il serait facile de le renverser s'ils l'obtenaient. Le roi avait tout prévu depuis le début : personne ne doit apprendre ce que Beck sait, et il n'avait jamais été question de le laisser revenir dans la Guilde.

Beck se reprend et comprend à son tour.

– Je prendrai une potion de mémoire, supplie-t-il. Tu peux effacer toute trace de ce qui s'est passé de mes souvenirs.

Kerick réfléchit une seconde avant de secouer la tête.

– Les potions de mémoire sont peu fiables et altérer des souvenirs si précis serait difficile. On ne maintient pas son pouvoir en tant que souverain en prenant des risques. Ma sœur vient de me le rappeler à son corps défendant…

– Je ne dirai rien à personne, promet Beck. Vous savez que je tiendrai ma langue.

Kerick le regarde avec une expression indéchiffrable.

– Tu as toujours été loyal et je regrette d'avoir à te bannir. Mais je crois que les événements de ce soir prouvent que cela est nécessaire afin d'éviter que ce chaos ne se reproduise.

Je comprends ce qu'il sous-entend : si Beck décidait un jour de se retourner contre Kerick, il représenterait une vraie menace à cause de ce qu'il sait. Forcer Beck à quitter la Guilde et à se couper des autres voleurs réduit tout risque de rébellion.

Kerick tend la main.

Peakes est réticent mais résigné ; après avoir trahi son roi en rejoignant les Ombres, il a de la chance que ce soit sa seule punition et il en est conscient. Il fouille dans sa poche, en sort son pendentif de la Guilde et le remet à Kerick.

Beck l'imite, plus lentement. Le bijou brille à la lumière, me rappelant la première fois que je l'ai aperçu, cette nuit à Azeland, quand Beck m'a appris qu'on m'avait jeté une malédiction. Il passe son pouce sur les contours du pendentif une dernière fois et le laisse tomber dans la paume de Kerick.

Le roi se tourne alors vers moi.

– Rosco. Je devrais probablement exiger que toi et ton frère buviez une potion de mémoire. Mais, comme je l'ai dit, elles ne sont pas toujours fiables, et vu ta tendance naturelle à te retrouver dans des situations délicates, tu serais bien capable de retrouver la Guilde une deuxième fois. Quoi qu'il en soit, je te remercie pour ce que tu as fait ce soir. En signe de gratitude, je vais vous permettre, à toi et à ton frère, de partir avec vos souvenirs intacts, à condition que vous ne parliez de la Guilde à personne et que vous ne vous impliquiez plus jamais de près ou de loin dans nos affaires.

C'est ça, notre récompense ? Nous pouvons partir et… c'est tout ?

C'est injuste, mais vu le sort que Kerick a réservé à Beck, je ne vais pas me plaindre. Je me contente de répondre :

– Merci, monsieur. Nous ne dirons rien à personne. Promis.

Kerick hoche la tête.

– Très bien.

Le roi jette ensuite un coup d'œil à la ronde, inspectant le Trésor endommagé et les corps au sol. Je suis tentée de lui demander ce que sa magie a fait à Leta et aux autres Ombres, mais je ne suis pas sûre de vouloir le découvrir…

– Bon, nous allons partir, je déclare en poussant Ronan vers la sortie.

Le roi ne répond pas, il fixe l'endroit vide où sa sœur se trouvait quelques instants plus tôt.

Beck reste planté là, sous le choc, alors je lui attrape le bras et le traîne dehors après Ronan, et Peakes nous suit en boitant. Nous fermons le rabat de la tente, laissant le roi seul avec son chagrin – enfin, s'il est capable de ressentir du chagrin.

Ronan me serre dans ses bras.

– Oh mon Dieu, Alli…

– Ça va… Tout le monde va bien. Maintenant, partons d'ici.

Je regarde Beck.

– Que s'est-il passé ? Est-ce qu'ils t'ont fait du mal ?

Beck montre son œil noirci.

– Rien que ça

Il réussit à esquisser un petit sourire.

– Ce que tu as fait est incroyable, Alli.

– Qui, moi ?

– Non, non, l'autre personne qui vient de nous sauver la vie !

Je souris.

– Oh, au fait, je te présente mon frère, Ronan. Et Ronan, voici mon ami Beck Reigler.

Beck a l'air un peu surpris alors je précise :

– J'ai un peu été obligée de lui parler de la Guilde et de tout le reste pour venir te sauver la vie.

Beck n'a pas l'air ravi de cette nouvelle, mais Ronan lui tend une main qu'il accepte de serrer. Ce serait presque un moment réconfortant s'il n'était interrompu par Peakes.

– Où est ma sœur ? demande-t-il. Quelqu'un l'a vue ? Elle a disparu du repaire !

Je prends une profonde inspiration.

– Oh oui, à ce propos… Elle se cache dans une chapelle abandonnée. Elle a été poignardée par une Ombre. Mais la petite amie de Ronan est avec elle avec du matériel de premiers secours pour la soigner.

– Je dois aller la voir ! s'exclame Peakes. Tu m'y emmènes ?

– Oui, bien sûr, dis-je, mais il y a quelque chose que tu dois savoir. La copine de Ronan est… une Protectrice.

– Quoi ? s'écrie Peakes.

– Calme-toi. Je lui ai tout expliqué et je pense qu'elle veut nous aider. Elle ne ferait pas de mal à Rosalia. En revanche, elle pourrait décider de t'arrêter.

Je me tourne vers Beck et continue :

– Si tu ne veux pas venir tant qu'elle n'est pas partie, je comprends tout à fait.

Peakes secoue la tête.

– Je dois voir ma sœur. Je dois m'assurer qu'elle va bien.

Beck acquiesce.

– Je devrais vous accompagner. Peut-être que ma magie de guérison peut l'aider.

– D'accord. Mais ne dites pas que je ne vous ai pas prévenus.

Nous nous hâtons à travers le marché désert, les tentes blanches se dressant comme des fantômes dans l'obscurité. Nous passons devant l'endroit où se trouve le miroir et je m'arrête net.

La femme est de retour.

Elle est assise directement devant le miroir, les jambes croisées et les yeux fermés. Elle a la même apparence que la dernière fois que je l'ai vue. Même ses vêtements sont identiques.

– Attendez-moi ici, je dis aux autres. Je dois lui demander quelque chose.

Je quitte l'allée et me rapproche de son stand.

– Bonjour…

Pas de réponse.

– Je sais que vous me voyez…

– Un seul vœu par client, répond-elle, les paupières toujours closes.

– Je ne veux pas d'un autre vœu. Je veux que vous m'expliquiez ce qui s'est passé ce soir.

– Il se passe beaucoup de choses, tu sais… dans ce monde comme dans les autres.

Je soupire.

– Oui, bon, vous savez de quoi je parle. Qu'est-ce que c'était, ce poids bizarre dans mon ventre ? Vous m'avez jeté un sort ?

– Je n'ai rien fait de tel.

Elle joint ses mains sur ses genoux, refusant toujours d'ouvrir les yeux et ajoute :

– Tu l'as fait toi-même.

– Quand j'ai utilisé le miroir ?

Elle a le même drôle de sourire que la dernière fois.

– Hum… Je t'avais prévenue qu'il y aurait des conséquences.

– Ce poids, c'était la conséquence ? Pourquoi a-t-il disparu ?

– Cette magie, c'était la dette que tu devais. Elle a disparu lorsque la dette a été payée.

– Quand Gannon est mort, vous voulez dire ?

Son sourire s'élargit mais elle ne dit rien.

– Donc c'était la conséquence de mon vœu ? j'insiste. Que vous ayez tué Gannon ?

– Je n'ai rien fait. C'était toi.

– Ce n'était pas ma magie.

– C'était ton vœu.

À travers ses paupières, je suis sûre qu'elle peut me voir croiser les bras et la dévisager, incrédule.

– Je ne comprends pas. Quel est le rapport entre la mort de Gannon et mon vœu ?

Ses dents luisent dans l'obscurité quand elle reprend, toujours souriante :

– Le miroir ne prend que ce qui lui est dû. Ton vœu a sauvé une vie. La magie rétablit simplement l'équilibre. Elle remet les choses en place. Elle prend ce qui lui revient.

– Comme j'ai sauvé quelqu'un, une autre personne devait mourir, c'est ça ?

Elle se contente de sourire.

– Pourquoi Gannon ? Ne vous méprenez pas, je ne suis pas contrariée que ce soit tombé sur ce sale type. Mais je ne saisis pas : pourquoi lui ?

– C'était ton choix.

– Euh, non ! Le miroir ne m'a pas consultée avant de prendre cette décision…

Je commence à en avoir assez de ses déclarations vagues.

– Mais n'étaient-ce pas tes actions, tes paroles, qui ont précédé sa mort ? N'était-ce pas toi qui as provoqué tout cela ?

– Eh bien…

– C'était ton choix, répète-t-elle.

Je soupire.

– Cette conversation ne nous mène nulle part.

J'ai l'intention de partir et, plus loin, je vois que Beck et Ronan me regardent comme s'ils étaient prêts à intervenir à tout moment.

Ce qui me fait penser à quelque chose.

Je me retourne à nouveau vers la femme et demande :

– Attendez une minute. J'ai souhaité sauver deux personnes : Beck et Ronan. Pour rétablir l'équilibre, il aurait donc fallu que deux personnes meurent…

– Sans ton vœu, une seule personne serait morte ce soir. Tu as simplement échangé une vie contre une autre.

– Laquelle ?

– Certaines choses ne doivent pas être sues…

– Vous ne voulez pas me le dire, c'est tout !

Elle sourit.

– Oh, laissez tomber, je grommelle.

Je tourne les talons et m'éloigne en tapant des pieds. Beck et Ronan se précipitent alors vers moi, Peakes traînant derrière eux.

– Que s'est-il passé ? demande Beck.

– Qui est cette femme ? dit Ronan.

– Ne vous en faites pas, je réponds. Partons d'ici.

VINGT-CINQ

Nous trouvons Ser exactement là où il avait annoncé qu'il serait, derrière le bâtiment abandonné. Il bougonne un peu à propos des deux passagers supplémentaires, mais il est tout de même ravi de revoir Beck.

Lui et Peakes semblent trop abasourdis par leur bannissement de la Guilde pour en parler, alors nous ne l'évoquons pas. Pendant que nous volons en direction des Jardins de Miagnar, nous racontons à Ser mes exploits héroïques.

Enfin, Peakes et Beck les racontent. Ronan et moi, terrifiés, sommes trop occupés à nous accrocher aux plumes et à garder les yeux fermés. De toute façon, Beck et Peakes se chargent très bien de me faire passer pour une personne courageuse et audacieuse, n'hésitant pas à surgir armée de la Pièce pour sauver tout le monde. À la fin de leur récit, on a l'impression que j'ai vaincu les Ombres toute seule. Ce n'est vraiment pas désagréable, alors je le laisse dire.

Ser nous dépose enfin aux Jardins et nous marchons tous les quatre à travers les bois en direction de la chapelle.

– Je n'arrive pas à croire que tu aies trouvé cet endroit ! s'exclame Ronan en la découvrant. Je ne savais même pas qu'il existait !

– Oui, bon, un peu de rénovation ne serait pas du luxe, je commente. Cette planque manque de confort.

Nous entrons, Peakes en tête, et trouvons Rosalia emmitouflée dans une pile de couvertures devant un beau feu. Mari est assise sur un banc à proximité et veille sur elle. Elle bondit dès qu'elle nous voit.

– Oh, Dieu merci !

Elle enlace Ronan et l'embrasse, ce qui est dégoûtant mais aussi adorable, il faut bien l'avouer. Ensuite, à ma grande surprise, elle me prend dans ses bras.

– J'étais tellement inquiète, me confie-t-elle.

Peakes et Beck se tiennent aussi loin d'elle que possible et restent près de la porte.

– Comment va Rosalia ? demande Peakes.

Je me dégage de l'étreinte de Mari et je fais les présentations :

– Voici Peakes, le petit frère de Rosalia. Et voici mon ami Beck dont je t'ai parlé. Il est un peu guérisseur.

Mari leur sourit à tous les deux.

– Elle va s'en sortir. C'était une vilaine blessure, mais elle ne saigne plus et jusqu'ici, il n'y a pas de signe d'infection. Elle devra néanmoins être très prudente pendant la guérison.

– Laissez-moi regarder, intervient Beck. Peut-être que je peux faire quelque chose.

Lui et Peakes s'avancent d'un pas hésitant et je lève les yeux au ciel.

– Allez, venez, elle ne mord pas !

Beck et Peakes passent rapidement devant Mari sans lui accorder un regard et s'agenouillent près de Rosalia. Beck retire les couvertures pour examiner sa blessure tandis que Peakes tient la main de sa sœur. Rosalia lève faiblement les yeux vers Beck quand ses mains se mettent à briller d'une lumière bleue : sa magie de guérison. La lueur enveloppe un instant Rosalia, avant de s'éteindre.

– Je ne peux pas faire beaucoup plus, avoue timidement Beck, mais ça devrait aider un peu.

– Ça suffira, répond Rosalia.

Ce qui est sa façon à elle de dire « merci ».

Puis elle tourne la tête vers moi.

– Rosco.

– Oui, Rosalia ?

– Je suis vraiment contente que tu sois vivante, comme ça, je vais pouvoir te tuer.

Je ris.

– Contente de voir que tu vas mieux, j'ironise.

Ronan emmène Mari à part, et ils commencent à parler à voix basse. Peut-être que Ronan lui raconte simplement ce qui s'est passé au marché… ou qu'ils préparent un plan pour appeler les amis Protecteurs de Mari et nous arrêter tous ? Beck et moi nous éloignons, laissant à Peakes et à sa sœur un peu d'intimité.

– Désolée pour ce qui t'est arrivé.

– Merci, dit Beck doucement.

– Qu'est-ce que tu vas faire, maintenant ?

– Je ne sais vraiment pas.

– Et Peakes ?

Il hausse les épaules.

– Peakes s'en sortira toujours. Sa famille se cache déjà quelque part loin du repaire de la Guilde, donc il n'y a aucune raison pour qu'il ne puisse pas les rejoindre. Son père et Rosalia s'occuperont de lui.

Il n'ajoute pas ce que nous pensons tous les deux : Beck, lui, n'a pas de famille pour s'occuper de lui.

Néanmoins, il fait un effort pour faire comme si tout allait bien, comme si son monde ne s'était pas écroulé cette nuit. Sa bouche tremble.

– Merci, l'orféline. Pour tout.

Je balaie sa phrase d'un geste de la main, comme si ce n'était rien.

– Désolé de m'être trompé au sujet du roi. Je pensais vraiment qu'il allait te récompenser…

– Ne t'inquiète pas. La vérité, c'est que je n'ai jamais souhaité revenir à la Guilde. Je voulais sauver Ronan et vivre avec lui. Voleuse, c'est terminé pour moi ! Enfin, tout ça n'a plus aucune importance. Mon frère ne me laissera jamais rester chez lui, de toute façon.

Beck hoche la tête.

– On se retrouve seuls tous les deux, alors…

– On dirait bien.

Il a l'air si triste que je ne peux le supporter.

– C'est mieux pour toi, tu sais ? La Guilde n'est pas fréquentable.

Il ne dit rien, mais il ne conteste pas non plus.

– Nous verrons ce que nous réserve l'avenir…

Je baisse les yeux et me résous à poser la question qui me trotte dans la tête.

– Tu crois que j'ai bien fait de donner la Pièce au roi ?

Beck fronce les sourcils.

– Oui. Enfin, que veux-tu dire ?

– Est-ce que le roi est vraiment si différent de Leta, au fond ?

– Bien sûr qu'il est différent. Alli, tu as vu ce que Leta a fait à Gannon. Et… et Kerick a essayé de nous sauver, Peakes et moi. Quand Leta nous a attachés, Kerick aurait pu laisser sa sœur nous tuer. C'est ce que la plupart des voleurs de la Guilde auraient fait. Mais il a pris de gros risques pour tenter de nous venir en aide. Et même si j'en souffre, je comprends pourquoi il a dû me bannir.

– Peut-être…

Pourtant, je ne peux pas m'empêcher de penser que j'ai choisi entre deux mauvaises options. J'ai ressenti la puissance du pouvoir de la Pièce, et l'avoir remise à Kerick m'apparaît maintenant comme une mauvaise idée. Mais comment aurais-je pu faire autrement ?

Je vais devoir vivre avec ça et avec tout ce que j'ai provoqué. Comme la mort de Gannon.

– Je n'ai pas l'impression d'être une héroïne là, tout de suite.

– Tu as sauvé beaucoup de monde ce soir, l'orféline. Moi, Peakes, Kerick, ton frère et beaucoup de membres de la Guilde. Les Ombres allaient tuer quiconque essayait de les arrêter. Quand tu es arrivée, certains avaient déjà été tués !

– Des… Des voleurs du roi sont morts ?

– Quelques-uns, oui, au moment de l'embuscade à l'extérieur de la tente, avant que tu n'arrives. Personne que tu connaissais, mais…

Il déglutit avec difficulté.

– Ils n'auraient pas dû mourir comme ça.

Faute de trouver des mots réconfortants, je hoche la tête.

– Alli, m'appelle Ronan, tu peux venir ici une seconde ?

J'avale ma salive.

– Allez, c'est parti.

– Bonne chance, dit Beck.

Je traverse la chapelle pour retrouver Ronan et Mari. Mon frère prend une profonde inspiration.

– Je vais avoir besoin que tu expliques tout ce qui s'est passé ce soir, commence-t-il.

– Compris…

– Mais ça peut attendre demain. Tu as traversé assez de choses comme ça pour cette nuit.

– D'accord, alors… Quand dois-je faire mes bagages ?

Il jette un regard confus à sa petite amie.

– Faire tes bagages ?

– Tu sais, pour la prison ou un apprentissage ou l'endroit où tu comptes m'envoyer…

Il semble encore plus perdu.

– Je ne t'envoie nulle part !

– Mais…

Maintenant, c'est mon tour d'être confuse.

– J'ai menti, volé des choses, mis des gens en danger et…

– Et nous reparlerons de tout ça, tu peux me croire, précise Ronan. Je ne peux pas dire que je ne suis pas déçu par certains de tes choix. Tu es privée de sortie jusqu'à la fin de tes jours, au moins.

– Attends, mais ça signifie que je peux rester vivre avec toi ?

– Bien sûr, répond-il en souriant, tu es ma famille, Alli. Je veux que tu restes, quoi qu'il arrive.

Je jette un coup d'œil à Mari.

– Et toi ? Ça te va de ne pas m'arrêter, même si j'ai enfreint la loi ?

Elle feint alors de ne pas comprendre de quoi je parle.

– Écoute, à ma connaissance personne n'a enfreint la loi, répond-elle. Enfin, sauf dans certains scénarios purement hypothétiques, bien sûr…

– Mais je pensais…

Je me tourne vers Ronan.

– Avec tout ton discours sur l'apprentissage et le tutorat, je pensais que tu allais me mettre à la porte dès que j'aurai treize ans…

– Oh, non, bien sûr que non, dit Ronan rapidement. Je voulais seulement que tu sois préparée pour une carrière un jour, c'est tout. Tu es la bienvenue à la maison aussi longtemps que tu le souhaites.

Je me jette dans ses bras et je le serre très fort.

– Oui, je veux rester.

Nous restons enlacés un long moment, puis je m'éloigne car je sens que je vais pleurer.

– Alli, demande Mari doucement, que prévoient de faire tes amis ?

– Eh bien, en supposant que tu ne vas pas les arrêter… Peakes et Beck ne peuvent pas retourner à la Gui… euh, à l'organisation illégale hypothétique, car le roi vient de les en bannir… Rosalia et Peakes pourront retrouver leur famille.

– Et Beck ? demande doucement Ronan.

– Il est orphelin. Sa mère est morte il y a quelques années. Mais il a grandi là-bas, et c'est tout ce qu'il connaît. Il n'a nulle part où aller.

Mari et Ronan échangent des regards et ont une conversation entière sans parler.

– Beck, tu peux venir ici, s'il te plaît ? appelle soudain Mari.

Beck marche lentement vers nous en me regardant d'un air interrogateur. Je hausse les épaules, tout aussi confuse que lui. Il s'arrête à mes côtés et elle s'adresse à lui.

– J'ai appris que tu quittais la Guilde des voleurs. Est-ce exact ?

Beck a l'air un peu paniqué mais il hoche la tête. Inutile de nier, à présent.

– Alli nous a expliqué que tu as grandi là-bas et que tu n'as nulle part où aller, alors j'aimerais te faire une proposition. Je sais que tu n'apprécies pas particulièrement les Protecteurs et je peux tout à fait comprendre pourquoi. Mais certains d'entre nous font du bon travail et essaient d'aider les autres. Il se trouve que nous aurions bien besoin de quelqu'un avec ton expérience et ta connaissance des organisations criminelles.

Beck ouvre la bouche pour protester mais Mari l'en empêche d'un geste.

– Je ne te demande pas de trahir tes amis ni de partager tous tes secrets, continue-t-elle. Ce n'est pas un interrogatoire et tu n'es pas en état d'arrestation. Ce que je te demande, c'est de l'aide pour arrêter des meurtriers et des criminels violents, pour sauver des vies innocentes. Tu as probablement des informations précieuses. Considère cela comme une sorte d'apprentissage chez les Protecteurs. Tu nous apprends des choses, et nous t'en apprenons d'autres.

Beck a toujours l'air hésitant.

– Je ne suis pas sûr de pouvoir vous aider.

– Que dirais-tu d'un essai, alors ? Voyons comment ça se passe et tu es libre de partir à tout moment.

Lentement, Beck hoche la tête.

– Mais où va-t-il vivre ? je demande. Je ne crois pas que cette chapelle soit un bon plan, à long terme…

– C'est vrai, reconnaît Mari.

Elle sourit à Beck.

– J'habite à côté de chez Alli et Ronan et j'ai une chambre d'amis. Que dirais-tu de t'installer chez moi pour l'instant ? Encore une fois, à titre d'essai, et nous verrons comment ça se passe.

Beck et moi la dévisageons, choqués.

– Tu veux dire qu'il peut venir vivre avec toi ? je demande après quelques secondes.

– Je… je n'ai pas de papiers, avoue finalement Beck. Je suis né dans la Guilde donc, légalement, je n'existe même pas…

– Je sais, répond Mari. Mais si tu peux fournir aux Protecteurs autant d'informations précieuses que je le soupçonne, nous serons prêts à tirer quelques ficelles et à te procurer des papiers.

Elle marque une pause.

– Je veux être claire sur un point, cependant : pas de vols, pas d'infractions aux règles. À partir du moment où tu vis avec moi, tu devras être droit et honnête.

– Oh, mais ça lui convient très bien, je glisse en donnant un coup d'épaule à Beck. Il est très doué pour suivre les règles.

Comme il ne réagit pas, je lui donne un nouveau coup d'épaule.

– Dis oui, Beck !

Mon cœur se serre. Il va refuser…

– D'accord, lâche-t-il enfin. Je… merci.

– Oui ! je m'écrie. Beck, nous allons être voisins !

– Euh, à la réflexion, c'est non ! plaisante-t-il.

– Ça va être génial ! Peut-être que, moi aussi, je pourrais trouver un apprentissage, et…

Je m'arrête net car une pensée terrible me traverse l'esprit.

– Que se passera-t-il si la Guilde découvre que tu travailles pour les Protecteurs ? Est-ce qu'ils s'en prendront à toi ?

– Je ne sais pas, c'est sûr qu'il y a un risque. Mais tant que je reste prudent et que je ne révèle rien qui pourrait trop nuire à la Guilde, je pense que Kerrick me laissera tranquille. Il ne voudrait pas que je devienne bavard à propos d'une certaine petite chose ronde…

Je souris.

– Oui, et si le roi n'est pas content, rappelle-lui comment je lui ai sauvé la mise en étant si *extraordinaire* !

Beck fait semblant de soupirer.

– Je ne pourrai plus jamais t'éviter, maintenant, pas vrai ?

– En effet, tu es coincé avec nous.

Ronan bâille et propose :

– Je ne sais pas vous, mais moi, je meurs de faim, dit-il. Qui veut un dîner tardif ?

– Oui ! De la nourriture ! Trouvons de la nourriture ! je m'exclame.

– Là, je vois bien l'air de famille… plaisante Beck.

Je lui donne un coup d'épaule, plus fort cette fois.

– Mari, est-ce qu'il est encore temps de retirer ton offre ?

– Trop tard, me taquine Beck.

Puis sur un ton plus sérieux, il ajoute :

– Laisse-moi récupérer mes affaires à l'étage.

Alors qu'il s'éloigne, Ronan regarde Mari d'un air confus.

– Il y a un étage ?

Mari n'a pas le temps de répondre ; je me jette dans ses bras et la serre très fort.

– Merci, merci, merci, merci !

Elle peut faire semblant d'accueillir Beck pour obtenir des informations si ça lui chante, mais elle ne trompe personne.

Peakes veut aller prévenir sa famille qu'il faut venir chercher Rosalia. Mari lui donne des instructions pour changer les pansements de sa sœur tandis que Beck emballe ses affaires, puis nous quittons la petite chapelle et traversons les bois.

Lorsque nous sortons du couvert des arbres, une neige légère commence à tomber. Ronan passe un bras autour de mes épaules et je ne le repousse pas. Beck est à côté de moi, près de Mari.

Tous les quatre, ensemble, nous rentrons chez nous et nos ombres étirées ne forment plus qu'une.

REMERCIEMENTS

Je suis extrêmement reconnaissante envers toutes les personnes qui ont contribué à donner vie à ce livre :

À mon éditrice, Alyson Heller qui savait exactement comment façonner mes premiers brouillons pour rendre l'histoire d'Alli resplendissante, à Tricia Lin pour son regard éditorial, à Eric Deschamps qui a créé la magnifique couverture originale et à toute l'équipe d'Aladdin pour leur travail acharné.

À mon agente, Victoria Doherty Munro, dont la sagesse et les conseils m'ont été précieux à chaque étape de ce voyage.

À Alexandrina Brant, Rachel Done et Allison Pauli, qui m'ont fait part de leurs commentaires sur ce livre dès le début et dont les retours ont été indispensables.

À Kate Brauning, Bethany Robison et tous les membres de l'équipe Brauning de qui j'apprends tellement chaque jour.

Aux bibliothécaires, libraires et éducateurs qui nous ont soutenus, mes livres et moi.

À tous les amis et collègues écrivains qui m'ont encouragée tout au long du chemin.

À ma famille élargie, pour leur soutien et leurs encouragements.

Et à Maman, Papa et Katie, mes soutiens les plus enthousiastes. Je vous aime.

L'AUTRICE

Alexandra Ott écrit des œuvres de fiction pour jeunes lecteurs, notamment son tout premier roman, *L'Apprentie voleuse*, ainsi que la duologie *Sentinelles du royaume sauvage*.

Alexandra profite de son temps libre pour manger des tonnes de chocolat et lire tout ce qui lui passe sous la main. Elle vit actuellement dans l'Oklahoma en compagnie de son petit maître canin. Retrouvez-la à l'adresse www.alexandraott.com.

Tu as aimé *L'Apprentie voleuse* ?
Découvre ***Sentinelles du royaume sauvage***,
d'Alexandra Ott :

Bryn rêve de devenir Sentinelle, une place pourtant interdite aux filles. Mais tout va changer quand son chemin va croiser celui d'un bébé dragon…

Une duologie fantastique dans un monde peuplé d'animaux magiques !

Tome 1 :

Tome 2 :

Composé par Nord Compo
7, rue de Fives, 59 650 Villeneuve-d'Ascq

ACHEVÉ D'IMPRIMER EN OCTOBRE 2024
PAR PRÉSENCE GRAPHIQUE
DÉPÔT LÉGAL : NOVEMBRE 2024
N° 155913-1 (102479750)

IMPRIMÉ EN FRANCE